अफ़लातून

अफ़लातून

ज्ञानेश साहू

युवा हिंदी
Zip Zap Books

प्रकाशक : **युवा हिंदी**

भवन संख्या 2/42 (दूसरी मंजिल), अंसारी रोड, दरियागंज, नई दिल्ली–110002

सर्वाधिकार : सुरक्षित / संस्करण : 2025 / पेपरबैक मूल्य : तीन सौ रुपए

मुद्रक : आर–टेक ऑफसेट प्रिंटर्स, दिल्ली ISBN 978-93-94871-88-5

AFLATOON *novel* by Shri Gyanesh Sahu ₹ 300.00 (PB)

Published by **YUVA HINDI**

An imprint of **Namaskar Books**

Building No. 2/42 (Second Floor), Ansari Road, Daryaganj, New Delhi-2

समर्पित

मेरी माँ, पत्नी और बहन को,
साथ-ही-साथ उन सभी लड़कियों को भी, जो लड़कों को
किसी-न-किसी तरह से बेहतर बना रही हैं।

कहानी से पहले की कहानी

कहते हैं, हर सफल व्यक्ति के पीछे किसी लड़की का हाथ होता है, लेकिन उससे भी जरूरी बात है कि हर असफल व्यक्ति के पीछे भी किसी लड़की का साथ होता है। कभी वह लड़की पत्नी या गर्लफ्रेंड होती है तो कभी माँ। आजकल के जमाने में वह बॉस भी हो सकती है। दरअसल लड़की चाहे कुछ भी करे, वह लड़कों को कुछ-न-कुछ सिखाती ही है। खुद से ज्यादा प्यार करने पर बेवफा बनना सिखाती है कि पहले खुद से प्यार करो। प्यार पर भरोसा नहीं करने पर ऐसे प्यार करती है कि सारी दुनिया ही प्यारी लगने लगती है।

यह भी ऐसे ही एक साधारण पिता की असाधारण कहानी है जिसकी जिंदगी के महत्त्वपूर्ण पड़ावों पर कोई-न-कोई लड़की आती है और उसकी जिंदगी में हलचल कर जाती है, लेकिन हर लड़की उसे कुछ सबक सिखाकर और कुछ बेहतर बनाकर ही जाती है। इस दौरान नायक भी लड़कियों की भावनाओं से रूबरू होता है और समझता है कि लड़कियों को जिंदगी में किन कठिनाइयों का सामना करना पड़ता है। कहानी के एक मोड़ पर नायक एक मुकाम पर पहुँचता है, जहाँ वह अफ़लातून बनने की राह पर निकल पड़ता है। वैसे तो 'अफ़लातून' शब्द के बहुत से मायने हैं, लेकिन यहाँ अफ़लातून का मतलब उस व्यक्ति से है, जो खुद की तारीफ खुद से ही करता है। जो अपनी बातों से सबको प्रभावित करना चाहता है। वैसे तो नायक कभी भी ऐसा नहीं था, लेकिन वक्त और हालात उसे अफ़लातून बनने पर मजबूर करते हैं। वह अफ़लातून बनकर खुश रह पाएगा कि नहीं, यह तो वक्त ही बताएगा!

लेकिन इन सबसे इतर नायक का बेटा अपने पापा को लूजर समझता है और उसके पास बहुत सी शिकायतें भी हैं। ऐसे में एक दिन उसकी मम्मी उसको

उसके पापा के ऐसे पहलू से रूबरू कराती हैं जिसे सुनकर उसके दिल में न सिर्फ अपने पापा के लिए इज्जत बढ़ जाती है, बल्कि वह अपने पापा को पूरी दुनिया के सामने हीरो बनाना चाहता है। साथ-ही-साथ यह कहानी यह भी बताती है कि यह दुनिया सच में गोल ही है, क्योंकि आज मिला हुआ कोई अजनबी कल फिर से टकराता है और जिंदगी का अहम हिस्सा बन जाता है। चलिए, इन कहानियों में गोता लगाते हैं।

यादों की अलमारी

"हैलो रिद्धिमा! अब लगता है, हम दोनों शादी नहीं कर पाएँगे।" पार्थ ने बेचैनी से कहा।

"क्यों पार्थ? ऐसा क्यों बोल रहा है तू?" रिद्धिमा ने थोड़े ऊँचे स्वर में आश्चर्य के साथ पूछा।

"एक्चुअली मम्मी और पापा को मैंने बात करते सुना है कि हम लोग दूसरे शहर में शिफ्ट करने जा रहे हैं। ऐसे में वे मुझे भी साथ ले जाएँगे न?"

"लेकिन पार्थ! तेरी मम्मी ने तो हम दोनों से प्रॉमिस किया था कि हम दोनों की शादी करा देंगे।"

"हाँ! और मैंने तो पापा को बता भी दिया था कि तू मेरी गर्लफ्रेंड है।"

"फिर क्या करेंगे पार्थ?"

"एक काम कर, तू मेरे घर आ जा। हम दोनों मम्मी से बात करते हैं।"

"ठीक है। मैं थोड़ी देर में आ रही हूँ।"

अब क्या होगा? क्या रिद्धिमा और पार्थ अलग हो जाएँगे? क्या अब दोनों की शादी नहीं होगी?

मुझे मालूम है कि कुछ ऐसे ही सवाल आपके जेहन में आ रहे होंगे, लेकिन आप लोग कुछ ज्यादा सोचें, उससे पहले मैं बता दूँ कि रिद्धिमा और पार्थ महज नौ-दस साल के बच्चे हैं। कहने को तो रिद्धिमा और पार्थ बस क्लासमेट हैं, लेकिन पिछले कई सालों से एक सोसाइटी में रहने के कारण एक-दूसरे के बेस्ट फ्रेंड भी हैं। फ्रेंडशिप डे पर दोनों ने एक-दूसरे को फ्रेंडशिप बैंड बाँधकर इस बात का पूरी क्लास में ऐलान भी कर दिया था। स्कूल के पहले दिन से ही एक ऑटो में साथ स्कूल जाते थे। कुछ बड़े हुए तो ट्यूशन भी साथ जाने लगे।

जब पहली बार पार्थ ने साइकिल चलाना सीखा तो पीछे वाली सीट पर रिद्धिमा को ही बैठाया था। यह बात अलग है कि पार्थ उसे बिठाकर साइकिल को बैलेंस नहीं कर पाया और दोनों ही गिर पड़े। उसके बाद रिद्धिमा ने पार्थ से पूरे दो दिनों तक बात नहीं की थी। तब पार्थ ने अपनी पॉकेटमनी से पैसे बचाकर रिद्धिमा के लिए चॉकलेट ली थी और तब कहीं जाकर रिद्धिमा की नाराजगी दूर हुई।

ऐसा नहीं है कि केवल रिद्धिमा और पार्थ ही अच्छे दोस्त हैं, बल्कि रिद्धिमा और पार्थ के मम्मी-पापा भी एक-दूसरे को काफी सालों से जानते हैं। किसी का बर्थडे हो या कोई त्योहार, दोनों परिवार साथ ही मनाते हैं। ऐसे में एक दिन जब रिद्धिमा और पार्थ को स्कूल में पता चला कि दोस्त लोग भी हमेशा साथ नहीं रहते हैं और उनकी शादी हो जाने के बाद वे किसी और के साथ रहते हैं, उसी दिन रिद्धिमा स्कूल से आकर अपनी मम्मी को पार्थ के घर ले गई। फिर क्या था! पार्थ और रिद्धिमा ने अपनी-अपनी मम्मी को बता दिया कि दोनों शादी करना चाहते हैं ताकि जिंदगी भर एक-दूसरे के साथ रह सकें। बच्चों की अनूठी और भोली-भाली माँग सुनकर दोनों की मम्मी खिलखिलाकर हँस पड़ीं। साथ-ही-साथ दोनों ने ही बच्चों को बोल दिया कि बड़े होने पर उनकी शादी करा देंगे।

शायद अब तक मैं आपको यकीन दिलाने में कामयाब हो चुका हूँ कि यह कहानी पार्थ और रिद्धिमा की है, लेकिन दोस्तो! अभी तो कहानी में नायक की एंट्री ही नहीं हुई है और मुझे लगता है कि उसकी एंट्री के बिना भी कहानी पूरी हो सकती है। आपको लग रहा होगा कि लेखक का दिमाग कुछ ठीक नहीं है और वह बिना नायक के ही पूरी कहानी कहने चला है, लेकिन सच कहूँ तो नायक में नायक कहने लायक कोई बात ही नहीं है, क्योंकि न ही वह पूरे समाज को ठीक करने का ठीकरा अपने सिर पर लेना चाहता है और न ही लोगों ने उसके साथ कुछ ज्यादा बुरा किया है, जिस वजह से वह लोगों से बदला लेने के लिए नायक न सही खलनायक ही बन जाए, लेकिन इन सबसे इतर नायक बिल्कुल ही साधारण सा आदमी है। साधारण मतलब बिल्कुल साधारण। कद-काठी और नैन-नक्श में साधारण, बोलने में साधारण, पैसे कमाने में साधारण, खाने-पीने में साधारण। मुझे लगता है कि साधारण शब्द को हिंदी के शब्दकोश में नायक को देखने के बाद ही परिभाषित किया गया होगा।

बहरहाल, नायक अपनी जिंदगी में आने वाली कठिनाइयों से हैरान-परेशान

रहा है। आपको लग रहा होगा कि जिंदगी की मुसीबतों से लड़ते-लड़ते एक दिन यह नायक साधारण से असाधारण बन जाता होगा ठीक हिंदी फिल्मों की तरह, लेकिन ऐसा कुछ भी नहीं है। उसकी जिंदगी कहानी के अंत तक साधारण ही होगी, लेकिन इस साधारण सी जिंदगी में उसके बहुत से ऐसे किस्से हैं, जो इस कहानी को साधारण बिल्कुल नहीं रहने देंगे।

खैर, अब कहानी पर आते हैं। आज जब रिद्धिमा ने पार्थ के घर की घंटी बजाई तो पार्थ ने बिना किसी देरी के दरवाजा खोल दिया। जाहिर सी बात है कि पार्थ रिद्धिमा का ही इंतजार कर रहा था। जब भी दोनों मिलते थे तो दोनों के चेहरे पर एक अलग ही खुशी होती थी, लेकिन आज वह खुशी नदारद थी। वजह भी साफ थी। रिद्धिमा पार्थ से कुछ न बोलकर सीधे पार्थ की मम्मी के पास गई।

"आंटी! क्या आप लोग यह घर छोड़कर जा रहे हो?" रिद्धिमा ने थोड़ा गुस्सा दिखाते हुए पूछा।

"हाँ बेटा, पार्थ के पापा का दूसरे शहर में ट्रांसफर हो गया है।"

"लेकिन आंटी, आपने और मम्मी ने तो बोला था न कि मेरी और पार्थ की शादी करा देंगे।" रिद्धिमा ने मुँह बनाते हुए कहा। शायद उसे लगा कि उसके साथ विश्वासघात हो गया है।

"बेटा, शादी तो बड़े होने पर होती है न! अभी तो आप लोग छोटे हो। जैसे ही बड़े हो जाओगे, तुम दोनों की शादी करा देंगे।"

"सच्ची बोल रही हो आप? पिछली बार जैसे आप मेरे लिए चॉकलेट लाना भूल गए थे, ठीक वैसे ही अगर आप हमारी शादी कराना भूल गए तो?" पार्थ तपाक से बोल पड़ा।

"नहीं बेटा, वह मैं भूल गई थी, लेकिन यह बात नहीं भूलूँगी। प्रॉमिस!" पार्थ की मम्मी ने कान पकड़ते हुए कहा। पार्थ की मम्मी के इतना कहते ही पार्थ और रिद्धिमा खुशी से एक-दूसरे की तरफ देखने लगे।

बच्चे कितने भोले होते हैं न! एक बार धोखा खाने के बाद भी दूसरी बार उतना ही भरोसा कर लेते हैं। आज भी पार्थ और रिद्धिमा ने पार्थ की मम्मी की बातों का झट से विश्वास कर लिया था। अब बस वे कौतूहल भरी बातें कर रहे थे।

"पार्थ, तेरी इस खिड़की से शाम को सूरज उन पेड़ों के पीछे छिप जाता है।

क्या तेरे नए घर में भी ऐसा ही होगा ?" रिद्धिमा ने मासूमियत से पूछा।

"मुझे नहीं पता। पापा ने तो मुझे कुछ बताया भी नहीं।" पार्थ ने नाराजगी भरे लहजे में कहा।

"अरे पता है तुझे! मेरे पापा तो मुझे सब बताते हैं, जब हम लोगों ने कार ली थी तो भी मेरी पसंद से ही ली थी।" रिद्धिमा के स्वर में गर्व का भाव था।

"तेरे पापा कितने अच्छे हैं रिद्धिमा! मेरे पापा तो मुझे कुछ बताते ही नहीं हैं। न ही मेरी पसंद की चीजें लेते हैं।" पार्थ की आवाज में निराशा थी।

"लगता है, तेरे पापा तेरे से प्यार नहीं करते हैं!" रिद्धिमा इतने आत्मविश्वास से बोली कि पार्थ का चेहरा उतर गया। वह कुछ भी नहीं बोला। ऐसे में रिद्धिमा पार्थ के पास आकर बोली, "अरे बुद्धू, मैं तो मजाक कर रही थी। चल आंटी की हेल्प करते हैं, देख वे कितना काम कर रही हैं!"

पार्थ तुरंत ही मान गया। लड़कियाँ चाहे किसी भी उम्र की हों, लेकिन लड़कों की भावनाओं को आसानी से समझ जाती हैं और उतनी ही आसानी से उनका ध्यान भी बँटा देती हैं। जब दोनों पार्थ की मम्मी के पास मदद करने के लिए गए तो उन्होंने एक अलमारी के सामान को साफ करके बॉक्स में डालने के लिए कहा। वह अलमारी सिर्फ एक अलमारी भर नहीं थी, बल्कि वह 'यादों की अलमारी' थी। हर घर में एक यादों की अलमारी होती है जहाँ कितनी ही पुराने चीजें, जो काम की नहीं हैं, होती हैं, लेकिन एक बार वह अलमारी खुल जाए तो जल्दी बंद नहीं होती है। आज पार्थ के घर भी वही अलमारी खुलने वाली थी।

"पार्थ, वो ऊपर वाले शेल्फ से शुरुआत करते हैं।" रिद्धिमा ने इतना बोलकर एक कुरसी पार्थ की तरफ खिसका दी। पार्थ उस पर चढ़कर सामान नीचे निकालने लगा। सबसे पहले उन्हें पार्थ के मम्मी-पापा की शादी की एल्बम मिली। दोनों ही बच्चे पूरी उत्सुकता से उसे देखने लगे। सबसे ज्यादा हैरानी तो उन्हें यह देखकर हुई कि पार्थ के मम्मी-पापा की शादी में रिद्धिमा के मम्मी-पापा भी थे। अब तक उन्हें लगता था कि सिर्फ एक सोसाइटी में रहने के कारण उनके मम्मी-पापा अच्छे दोस्त हैं। साथ-ही-साथ उन्होंने पार्थ की मम्मी की शादी की पहले वाली एल्बम भी देखी। पार्थ की मम्मी अपने जमाने में बेहद खूबसूरत थीं। इसके ठीक उलट पार्थ के पापा की फोटोज निहायती तौर पर साधारण थीं। इसके बाद पार्थ के मम्मी-पापा की मार्कशीट्स की बारी थी। उन्होंने देखा कि पार्थ की मम्मी तो कॉलेज की टॉपर

थीं लेकिन उसके पापा सेकेंड डिवीजन से किसी तरह पास हुए थे। सहसा इस बात पर यकीन करना मुश्किल था कि पार्थ की मम्मी ने उसके पापा से शादी की थी। इसके बाद भी काफी चीजें ऐसी निकल रही थीं, जिससे पार्थ के मन में अपने पापा के लिए इज्जत कम हो रही थी। पार्थ को ऐसा लग रहा था कि पापा से जुड़ी किसी भी चीज को खोलकर देखना अपने ही बेस्टफ्रेंड के सामने अपनी बेइज्जती कराने जैसा है।

कहते हैं, बच्चे कोई भी बात जल्दी नहीं भूलते हैं। आज पार्थ को भी अपने पापा की हर खामी याद आने लगी। जब रिद्धिमा अपने मम्मी-पापा के साथ दुबई छुट्टियाँ मनाने गई थी, तब पार्थ ने भी अपने पापा से दुबई जाने की जिद की थी, लेकिन उसके पापा तो उसे पंचगनी ही ले जा सके। अरे, दुबई न सही, कम-से-कम अंडमान ही घुमा देते! उसके सब दोस्तों के पापा उनके साथ गेम खेलते हैं, लेकिन उसके पापा को इतना टाइम ही कहाँ है!

आज पार्थ रिद्धिमा के साथ होकर भी अपने ही खयालों में गुम था। न उसका शेल्फ साफ करने का मन था और न ही रिद्धिमा से बात करने का। वह रिद्धिमा को उसी कमरे में छोड़ किचन में अपनी मम्मी के पास गया। उसकी आँखें भर आई थीं। पीछे से अपनी मम्मी को जाकर पकड़कर बोला—

"मम्मी, पापा क्या हमेशा से ही लूजर रहे हैं?"

"क्या हुआ बेटा? और ऐसे रो क्यों रहे हो?" उसकी मम्मी ने उसके आँसू पोंछते हुए पूछा।

"मम्मी, मैंने ना⋯पापा तो हर चीज में ही लूजर हैं। पता है, उनके कॉलेज में बस 55% थे और मुझे तो वो बताते थे कि उनके अच्छे नंबर आते थे। कितने झूठे हैं पापा! पता नहीं आपने उनसे शादी कैसे कर ली!"

"ऐसे नहीं बोलते बेटा! पापा ने भी अपनी लाइफ में बहुत कुछ किया है।" उसकी मम्मी ने उसके बालों पर हाथ फेरते हुए कहा।

"नहीं मम्मी! कुछ भी नहीं किया है उन्होंने लाइफ में। पता है, मेरी रिद्धिमा के सामने कितनी इंसल्ट हुई।"

"दोस्ती में इंसल्ट जैसा कुछ नहीं होता। बल्कि इंसल्ट करना और कराना ही सच्ची दोस्ती है।" वे एक लंबी साँस लेकर बोलीं, "अच्छा, अभी आप जाओ और रिद्धिमा की हेल्प करो। मैं बस पाँच मिनट में आती हूँ।"

पार्थ की मम्मी ने पार्थ को किसी तरह समझाकर भेज दिया, लेकिन वे समझ गई थीं कि पार्थ अपने पापा को लेकर बहुत ही नेगेटिव हो गया था। कहीं-न-कहीं पार्थ अपने पापा को लेकर शर्म महसूस कर रहा था। ऐसे में उन्होंने तय किया कि उसके मन से ऐसे विचार को किसी-न-किसी तरह हटाना जरूरी था। तब उन्हें एक तरकीब सूझी। वे तुरंत उस कमरे में गईं, जहाँ पार्थ और रिद्धिमा सफाई कर रहे थे।

"रिद्धिमा बेटा! क्या आप लोगों ने पूरी अलमारी की सफाई कर ली?" पार्थ की मम्मी ने पूछा।

"नहीं आंटी! अभी दो-तीन शेल्फ बाकी हैं और ये पार्थ भी तो मेरी ठीक से हेल्प नहीं कर रहा है।" रिद्धिमा ने पार्थ की शिकायत करते हुए कहा।

"अच्छा चलो, यह सब छोड़ो। मैंने तुम लोगों के लिए मैगी बनाई है। तुम दोनों मैगी फिनिश करो। फिर मैं तुम दोनों को पार्थ के पापा का एक सीक्रेट बताऊँगी।"

रिद्धिमा और पार्थ दोनों ही उस सीक्रेट को जानने के लिए बहुत बेचैन थे, लेकिन दोनों की बेचैनी का कारण अलग था। जहाँ रिद्धिमा पार्थ के पापा के बारे में कुछ नया जानने को बेचैन थी, वहीं पार्थ सोच रहा था कि अब पापा ने कौन सा सियापा किया है।

तभी पार्थ की मम्मी ने अलमारी के एक शेल्फ से डायरी निकाली। उस डायरी के ऊपर जमी धूल को देखकर यह आसानी से अंदाजा लगाया जा सकता था कि काफी समय से इसे खोला नहीं गया था, लेकिन 'यादों की अलमारी' की हर एक चीज के पीछे एक कहानी होती है और इस डायरी में ही नायक की साधारण सी, लेकिन अच्छी कहानियाँ छुपी थीं।

"मम्मी, अब तो मैगी भी फिनिश कर ली हम दोनों ने। अब प्लीज हमें वह सीक्रेट बता दो न?" पार्थ ने कहा।

"ठीक है बेटा! आप लोग सोफे पर जाकर बैठ जाओ। मैं दो मिनट में आती हूँ।" पार्थ की मम्मी उस डायरी को कपड़े से साफ करते हुए बोलीं।

इस समय पार्थ और रिद्धिमा दोनों ही बेसब्री से उस डायरी के खुलने का इंतजार करने लगे। तो चलिए, मैं भी आपको बता देता हूँ कि क्यों मैं बिना नायक के पूरी कहानी कहना चाहता हूँ। दरअसल नायक ने अपनी जिंदगी के जितने भी

रोमांचक मोड़ थे, उसे इस डायरी में छोटी-छोटी कहानियों के तौर पर कैद करके रखा था। इसलिए अगर आपने नायक के जीवन के उन चुनिंदा किस्सों को जान लिया तो समझो, आपने नायक की पूरी जिंदगी को ही जान लिया। खैर, चलिए, कहानी पर वापस आते हैं।

"बेटा, तो बात ऐसी है कि पार्थ के पापा अपनी टीनएज से एक डायरी रखते थे। उस डायरी में उन्होंने अपनी लाइफ के बहुत सारे इंटरेस्टिंग इंसिडेंट्स को कहानियों के रूप में लिखा है।" पार्थ की मम्मी रिद्धिमा से बोली।

"अरे, मुझे तो इस डायरी के बारे में कुछ पता ही नहीं है!" पार्थ ने हैरानी से अपना सिर खुजलाते हुए कहा।

"हाँ बेटा! इसलिए ही यह सीक्रेट डायरी है, जो मैं आज आप लोगों से शेयर करने वाली हूँ।" पार्थ की मम्मी ने कहा।

"ठीक है, अब जल्दी से आप यह डायरी खोलो और हमें पढ़कर सुनाओ।" पार्थ और रिद्धिमा ने एक सुर में कहा।

पार्थ की मम्मी ने भी बिना देरी किए वो डायरी खोल दी। डायरी के पन्ने थोड़े पीले पड़ गए थे। कुछ पन्ने फटकर बाहर भी आ रहे थे। पार्थ की मम्मी ने बेहद ही सावधानी से उसे पकड़कर पढ़ना शुरू किया।

वो आफत की पुड़िया

2006—अनुराग पाठक, उम्र—18, रायपुर

मुझे नहीं पता, मैं इस डायरी में क्या लिखने वाला हूँ। उस दिन जब क्लास में मैम ने सबसे उनकी हॉबी पूछी तो सहसा ही मेरे मुँह से निकल पड़ा कि मैं डायरी लिखता हूँ। मैं मैम को झूठ नहीं बोलना चाहता था, लेकिन सच में उस समय मेरी कोई हॉबी नहीं थी। मुझे यह भी लगता था कि हॉबी जैसी चीज ऐसे लोगों के लिए है, जिनके अंदर आत्मविश्वास होता है और जो एक्सट्रोवर्ट होते हैं। न मेरे अंदर आत्मविश्वास था और न ही मैं ज्यादा बातें करता था। दरअसल मैं आत्मविश्वास की कमी की वजह से ही ज्यादा नहीं बोलता था। हमेशा ही मुझे यह लगता था कि मेरे ज्यादा बोलने पर कोई मेरा किसी बात पर मजाक न बना दे, लेकिन जब क्लास के कुछ बच्चे बहुत ही दिलचस्प हॉबी बता रहे थे, जैसे—हैरीपॉटर के नॉवेल पढ़ना, फ्रेंड्स की सीरीज देखना, पेंटिंग करना और पता नहीं क्या-क्या! ऐसे समय में, मैं भी फिलोसॉफिकल बनना चाहता था। इसलिए मैंने भी बोल दिया कि मैं डायरी लिखता हूँ और स्कूल से वापस आते समय मैंने एक बढ़िया सी डायरी खरीद ली। दरअसल मैं इस नए स्कूल में दब्बू की तरह नहीं रहना चाहता था। पिछला स्कूल भी तो मैंने इसलिए ही छोड़ा था, क्योंकि वहाँ मुझे बुली किया जाता था। फट्टू, दब्बू और ऐसे कितने ही नाम थे, जिनसे मुझे पुकारा जाता था। यहाँ तक कि टीचर्स भी मेरा मजाक उड़ाते थे। ऐसा नहीं था कि मैं पढ़ने में अच्छा नहीं था। एग्जाम में ठीक-ठाक नंबर आ ही जाते थे, लेकिन मैं बाकी की चीजों में डब्बा था, मसलन—एक बार स्कूल में गांधी जयंती पर मैं निबंध पढ़ने वाला था, जब निबंध पढ़ने के लिए स्टेज पर चढ़ा तो रटा हुआ निबंध भूल गया। हड़बड़ाते

हुए मैंने गांधीजी की माँ का नाम कस्तूरबा और पत्नी का नाम पुतलीबाई बोल दिया। एक बार क्रिकेट टीम में हिस्सा लिया तो बैटिंग में न सिर्फ दो रन बनाकर ऑउट हुआ बल्कि पूरे ओवर में स्ट्राइक भी रोटेट नहीं कर पाया। फील्डिंग करते समय आसान सा कैच टपका दिया। ऐसा नहीं था कि मुझे क्रिकेट खेलना ही नहीं आता था, लेकिन पता नहीं क्यों लोगों के सामने आते ही मेरी धड़कन तेज हो जाती थी। मैं नर्वस हो जाता था।

लेकिन उस नए स्कूल में मैंने सोच लिया था कि मैं खुद को बदलकर एक नए कलेवर में सबका सामना करूँगा। वैसे भी मेरी स्कूल लाइफ का वह लास्ट ईयर था और स्कूल भी नया था। इसलिए मैंने कोशिश की कि हर कुछ दिनों में अपनी इस डायरी में कुछ-न-कुछ लिखता रहूँ, लेकिन इस नए स्कूल में मैं इतना व्यस्त हो गया कि पूरा साल कैसे निकल गया, पता ही नहीं चला और मैं अपनी डायरी में कुछ भी न लिख सका। इस एक साल में बहुत कुछ हो गया मेरे साथ। अपनी साधारण सी जिंदगी में मैंने काफी उतार और चढ़ाव देख लिये। इसलिए आज मैं एक साल के सफर को अपनी यादों से निकालकर पन्नों पर लिख रहा हूँ।

एक साल पहले 2005 में

मुझे अपने नए स्कूल में जाते हुए पूरे एक सप्ताह हो गए थे, अभी तक यहाँ के स्टूडेंट्स मुझे अच्छे लगे थे। किसी से दोस्ती तो नहीं हो पाई, लेकिन कोई मेरा मजाक भी नहीं उड़ाता था। टीचर्स भी अच्छे थे, वे भी किसी का जबरदस्ती मजाक नहीं बनाते थे। हाँ, इसी सप्ताह हमारी क्लास में एक नया कॉम्पिटिशन शुरू हुआ था। जिसमें हमें दो स्टूडेंट्स का ग्रुप बनाकर दो किताबों को पढ़ना था और उस पर अपने विचार लिखकर सबके सामने पेश करना था।

सबसे अच्छी प्रस्तुति देने वाले ग्रुप को इनाम मिलने वाला था, इसमें दिलचस्प बात यह थी कि हर ग्रुप को एक हिंदी किताब और एक अंग्रेजी किताब पढ़नी थी। ऐसे में सारे स्टूडेंट्स इस कॉम्पिटिशन के लिए बहुत ज्यादा उत्साहित थे। अंग्रेजी की किताबों में जहाँ 'एनिमल फार्म', 'द ओल्ड मैन एंड सी' और 'काफ्का ऑन द शोर' जैसी किताबें थीं, वहीं हिंदी में मुंशी प्रेमचंद की 'गोदान', धर्मवीर भारती

की 'गुनाहों का देवता' और मनोहर श्याम जोशी की 'कसप' जैसी ऐतिहासिक किताबें थीं।

कॉम्पिटिशन को और ज्यादा दिलचस्प बनाने के लिए इसमें चिट सिस्टम डाल दिया गया था। एक तरफ किताबों के नाम की चिट तो दूसरी तरफ क्लास के सभी स्टूडेंट्स के नाम की चिट। हमारी क्लास टीचर दो-दो चिट निकाल रही थीं। यह बड़ा ही रोमांचित करने वाला समय था, क्योंकि जब किसी लड़के का किसी लड़की के साथ ग्रुप बनता तो उसके पेट में तितलियाँ उड़ने लगती थीं और अगर किसी लड़के का किसी खड़ूस लड़के के साथ ग्रुप बन जाता तो वह मन मसोसकर रह जाता था।

मैं बहुत ही संतुष्ट भाव से अपना नाम चिट में आने का इंतजार कर रहा था। न मेरे अंदर किसी खड़ूस लड़के के साथ ग्रुप बन जाने का डर था और न ही किसी लड़की के साथ ग्रुप बनने को लेकर उत्साह! मैं तो बस ऐसे ही गुमनाम-सा रहना चाहता था। सच कहूँ तो मुझे अपनी गुमनामी से ज्यादा बदनामी की फिक्र थी। दरअसल पिछले स्कूल में बहुत ही खराब अनुभव के बाद मैं बहुत फूँक-फूँककर कदम रखना चाहता था, लेकिन मेरी किस्मत में 'गुमनामी' नामक शब्द ही नहीं था।

जब इस बार हमारी क्लास टीचर ने स्टूडेंट्स के नाम की चिट निकाली तो उसमें मेरा और सुचि का नाम था। सुचि की गिनती उस क्लास की सबसे तेज और फायरब्रांड लड़कियों में होती थी। बेबाक और बिंदास तरीके से बात करने वाली सुचि के बिल्कुल विपरीत मेरा स्वभाव था, जब हम दोनों का नाम टीचर ने पुकारा तो वो मुसकराते हुए टीचर के पास गई और मैं भी सहमा-सा उसके बाजू में जाकर खड़ा हो गया था।

"हैलो मिस्टर न्यू बॉय!" उसने मेरी आँखों में आँखें डालते हुए कहा। उसकी नीली बड़ी आँखें, घुँघराले बाल, भरे हुए से गुलाबी होंठ और चेहरे पर पर्याप्त आत्मविश्वास मुझे असहज करने के लिए काफी थे। मैंने सकपकाते हुए अपनी आँखें फेर लीं और नीचे देखने लगा, लेकिन उसकी नीली आँखें मुझे अपलक देख रही थीं और मैं ज्यादा नर्वस हो रहा था। मेरा नर्वस होना लाजिमी भी था। एक तरफ मैं पतला-दुबला, छोटे-छोटे आर्मी कट की हेयरस्टाइल और सपाट गंभीर चेहरे के साथ एक पैर पर थोड़ा ज्यादा वजन देकर भीगी बिल्ली की तरह खड़ा था, वहीं दूसरी तरफ सुचि का भरा हुआ शरीर, कमर तक आते लंबे काले खुले बाल और

हलकी लिपस्टिक में खिले हुए होंठ उसके पर्सनैलिटी को और निखार रहे थे।

जब टीचर ने किताबों की दो चिट निकाली तो पहली किताब 'द अल्केमिस्ट' थी। स्टूडेंट्स में हलचल होने लगी, क्योंकि 'द अल्केमिस्ट' बहुत ही प्रख्यात किताब थी, लेकिन जब टीचर ने दूसरी चिट निकाली तो उस किताब का नाम बहुत ही कम स्टूडेंट्स को मालूम था। उस किताब का नाम था—चित्रलेखा। भगवती चरण वर्मा की इस किताब का नाम मैंने अपने पिछले स्कूल में हिंदी टीचर से सुना था।

अब हम दोनों लाइब्रेरी की ओर जा रहे थे, जहाँ हमें दोनों को किताब को खोजकर पढ़ना शुरू करना था। मेरे मन में बहुत सारे खयाल एक साथ आ रहे थे। इतनी तेज लड़की और ऊपर से सुंदर भी। सारे लड़कों का ध्यान अनायास ही मेरी तरफ आ गया था। कुछ लड़के फुसफुसा भी रहे थे कि इस नए लड़के ने क्या किस्मत पाई है, लेकिन मेरी दिक्कत ही यह थी कि मुझे ऐसी लड़की के साथ ग्रुप नहीं बनाना था, जो बहुत फेमस हो और मेरी छोटी सी गड़बड़ भी सबकी नजर में आ जाए। इसलिए मैं अपने ही खयालों में डूबा हुआ उसके साथ चला जा रहा था।

"क्या हुआ ? मेरे साथ ग्रुप नहीं बनाना है ?" सुचि ने सहसा यह बोलकर मेरे विचारों के प्रवाह को रोका।

"नहीं-नहीं, ऐसी तो कोई भी बात नहीं है।" मैंने हड़बड़ाते हुए कहा।

"तो फिर बात क्यों नहीं कर रहे हो ? देखो, अगर किसी और के साथ ग्रुप बनाना है तो अभी समय है। हम मैम को जाकर बोल सकते हैं।" सुचि ने बिल्कुल सीधी और सपाट बात की।

"नहीं, दरअसल वो क्या है न कि मैंने ज्यादा नॉवेल पढ़े ही नहीं हैं और मैंने फिफ्थ क्लास तक हिंदी मीडियम में ही पढ़ाई की है, इसलिए मुझे इंग्लिश पढ़ने में थोड़ी कठिनाई हो सकती है।" मैंने झूठ बोला, लेकिन बात सच भी थी। झूठ इसलिए, क्योंकि मैं सच में उसके साथ ग्रुप नहीं बनाना चाहता था, लेकिन उसके पूछने पर मैंने मना कर दिया। सच इसलिए, क्योंकि सच में मैंने ज्यादा नॉवेल नहीं पढ़े थे और मेरी इंग्लिश भी उतनी अच्छी नहीं थी।

"अरे, इतनी सी बात ? देखो, मैं 'द अल्केमिस्ट' पढ़ लूँगी और तुम्हें समझा दूँगी। तुम मुझे वो हिंदी की किताब पढ़कर समझा देना। वैसे क्या नाम है उस किताब का ? मुझे तो याद भी नहीं है।" सुचि ने एक ही साँस में पूरी बात कह दी।

"चित्रलेखा।"

"ओह, बड़ा ही आउटडेटेड-सा नाम है। मैं पहली बार नाम सुन रही हूँ।" उसने मजाकिया लहजे में कहा, जो मुझे कुछ खास पसंद नहीं आया।

"जहाँ तक मुझे पता है, इस किताब में पाप और पुण्य के बारे में बताया गया है और यह बहुत फेमस है।"

"रियली ? डू यू बिलीव इन सच थिंग्स ?" उसकी आँखों में अविश्वास था।

"यस, आई डू।" मैंने बस 'हाँ' में जवाब दे दिया।

कितना बोलती है यह लड़की। ऊपर से अंग्रेजी भी झाड़ती रहती है। चलती तो ऐसे है, जैसे ऐश्वर्या राय हो। भगवान्! मुझे इस बला से छुटकारा दिला दो।

ऐसे कितने सारे विचार मेरे मन में आ रहे थे और देखते-ही-देखते हम लाइब्रेरी पहुँच गए थे। यहाँ पर स्टूडेंट्स का मेला-सा लगा हुआ था वरना लाइब्रेरी में स्टूडेंट्स अपने कोर्स की किताबें लेने ही आते थे। पहले जहाँ हिंदी की किताबें धूल खाती हुई एक कोने में पड़ी रहती थीं, वहीं आज उस कोने में भी स्टूडेंट्स की भीड़ थी।

"मैम, यह 'गोदान' कहाँ मिलेगी ? मैम, 'वॉर एंड पीस' कौन से सेक्शन में मिलेगी ?"

और न जाने कितने ही सवालों से लाइब्रेरी वाली मैम को आज रूबरू होना पड़ रहा था। साथ-ही-साथ किताबों को इश्यू कराने के लिए भी लंबी लाइन लगी थी।

"मिस्टर न्यू बॉय! अभी तो बहुत भीड़ है लाइब्रेरी में। तो चलो, तब तक कैंटीन चलते हैं।" सुचि ने लाइब्रेरी की भीड़ देखते हुए बेफिक्री से कहा।

"मेरा नाम अनुराग है। फॉर योर काइंड इनफॉर्मेशन।" मैंने थोड़ा खीझते हुए कहा।

"ओके बाबा! तुम इतना सीरियस क्यों रहते हो ?" उसने ऐसे कहा जैसे उसे मेरे गुस्से से कोई फर्क ही नहीं पड़ा।

"मैं सीरियस नहीं हूँ।"

"ठीक है। चलो मान ली तुम्हारी बात।" वह बेफ्रिकी से बोलकर कैंटीन की ओर जाने लगी। मैं भी अधूरे मन से उसके साथ कैंटीन की ओर चल पड़ा। हम कैंटीन में जाकर बैठ गए।

"अरे भैया···दो प्लेट समोसे तो देना।" उसकी आवाज साफ और तेज थी, इसलिए पूरी कैंटीन में उसकी आवाज गूँज गई।

"हाँ गुड़िया! बस गरमागरम समोसे निकल रहे हैं।" कैंटीन वाले भैया ने कहा।

कैंटीन में आने-जाने वाले कितने ही स्टूडेंट्स सुचि से बात कर रहे थे और मैं सहमा-सा उसके साथ बैठा था। मुझे समझ आ रहा था कि हम दोनों नॉर्थ और साउथ पोल हैं। मुझे अपना ग्रुप बनाना बहुत ही मुश्किल लग रहा था।

"भैया, हरी चटनी थोड़ी और दीजिए न! और अनुराग, तुम किसके खयालों में खो गए हो?" उसने मेरे चेहरे के सामने चुटकी बजाकर मुझे मेरे खयालों से बाहर निकाला।

"कुछ नहीं। वो मैं बस कॉम्पिटिशन के बारे में सोच रहा था।" मैंने सकपकाते हुए कहा।

"झूठे! अपनी गर्लफ्रेंड के बारे में सोच रहे थे न! मुझे मालूम है, तुम्हें उसकी याद आती होगी न! तुम जो इस स्कूल में आ गए हो।" उसने इतने आत्मविश्वास के साथ कहा जैसे उसे मेरे बारे में सब पता हो।

"अरे नहीं, मेरी कोई गर्लफ्रेंड नहीं है।" मैंने झेंपते हुए कहा।

"अच्छा। चलो मान ली तुम्हारी बात, लेकिन तुम अभी समोसे खाने में ध्यान दो और जहाँ तक कॉम्पिटिशन की बात है, वह तो हम जीत ही जाएँगे।"

मैं उसे बिना कुछ बोले सिर नीचा करके समोसा खाने लगा तभी सुचि का कोई दोस्त आ गया और वह भी मुझे कल मिलने का बोलकर चली गई।

उस समय मैं उसके दोस्त को थैंक यू बोलना चाहता था, क्योंकि उसकी वजह से ही वह आफत दूर तो गई। उसके साथ मुझे ऐसा लग रहा था, जैसे मेरे कान में मक्खियाँ भिनभिना रही हों और मैं चाहकर भी कुछ नहीं कर पा रहा था। दूसरे लड़कों के लिए वो क्लास की खूबसूरत और टॉपर लड़की हो सकती थी। बिल्कुल ब्यूटी विद ब्रेन टाइप, लेकिन मेरे लिए वह आफत की पुड़िया ही थी। इसलिए मैं उससे पीछा छुड़ाने की तरकीबें सोचने लगा।

□

"अबे, मेरी बात ध्यान से सुनो। वह लड़की बहुत ही चालू टाइप है। वह लड़कों को दोस्त बनाकर उनका फ़ायदा उठाती है। अगर मेरे ऊपर भरोसा नहीं तो

सुरेश से पूछ ले।" मनीष ने पूरे आत्मविश्वास से कहा।

"हाँ भाई, तू इस स्कूल में नया है, इसलिए तुझे कुछ पता नहीं है सुचि के बारे में।" मेरे कुछ पूछने से पहले ही सुरेश बोल चुका था।

"अच्छा। ऐसा क्या कर दिया उसने?" मैंने थोड़े आश्चर्य से पूछा।

"अरे यह पूछ, उसने क्या-क्या नहीं किया? पिछले साल तेरे जैसा ही एक नया लड़का हमारी क्लास में आया था। उसने उसको फँसाकर उससे बहुत सारे गिफ्ट्स ले लिये और उसके बाद जब उसका काम हो गया तो उस लड़के की कंम्लेंट प्रिंसिपल से कर दी कि वह लड़का ही उसको छेड़ता रहता है।" मनीष बड़ी संजीदगी से बोला।

"उसके बाद क्या हुआ?" मैं भी उनकी बातों में दिलचस्पी लेने लगा।

"अरे, होना क्या था! सुचि ठहरी क्लास की टॉपर और ऊपर से लड़की भी। उस लड़के को ही खूब डाँट पड़ी और उसका सेक्शन भी बदल दिया गया। इस साल उस बेचारे ने शर्म के मारे स्कूल ही बदल लिया।" सुरेश के बोलने का तरीका ऐसा था कि कोई भी उसकी बातों में आसानी से आ सकता था। उसे अच्छी तरह पता था कि किन शब्दों को लंबा खींचना है और किन शब्दों पर ज्यादा जोर देकर बोलना है।

"लेकिन यह सब तुम लोग मुझे क्यों बता रहे हो?" मैंने उन दोनों को संदेह भरी निगाहों से देखा।

"क्योंकि तू गधा है भाई! देख, तुझे इतनी सी बात समझ में नहीं आती क्या? तेरा ग्रुप उसके साथ बना है और अब उसका अगला निशाना तू है। पहले वह तुझे अपना दोस्त बनाएगी, फिर तेरे से पैसे खर्च कराएगी और बाद में अपना काम निपट जाने पर तुझे किनारे लगा देगी। इसलिए अब भी समय है, तू उसके साथ ग्रुप मत बना।" सुरेश ने बड़ी चतुराई से कहा।

"अच्छा, लेकिन वो फिर ग्रुप किसके साथ बनाएगी?"

"मैं बनाऊँगा उसके साथ ग्रुप। मैं जानता हूँ कि उसे किस तरह से मैनेज करना है। आखिर उसे चार साल से जानता हूँ। तू बस उसे कोई बहाना बनाकर मना कर दे। बाकी मैं देख लूँगा।" सुरेश मुझे समझाते हुए बोला। एक लंबी साँस लेकर वह फिर बोला, "और सुन···यह बात किसी को मत बताना और खासकर सुचि को।"

"अच्छा अब हम चलते हैं, जो बोला, बस तेरी भलाई के लिए ही बोला।"

मनीष और सुरेश इतना बोलकर चले गए।

आज मैं बहुत ही ज्यादा उलझन में पड़ गया था। एक तरफ मैं खुद को सुचि के साथ ग्रुप बनाने के लिए मना रहा था, वहीं दूसरी तरफ ये मनीष और सुरेश मेरे दिमाग में सुचि के बारे कुछ अलग ही छवि बनाकर चले गए थे। इतने में मुझे दूर से सुचि मेरी तरफ ही आती दिख रही थी।

आ गई आफत की पुड़िया—मैं मन में ही बुदबुदाया।

"हाय अनुराग! सॉरी, कल अपने फ्रेंड के साथ मुझे जाना पड़ा। तुम्हें बुरा तो नहीं लगा न!" सुचि ने हलकी मुसकान के साथ कहा।

"नहीं, उसमें बुरा लगने वाली क्या बात है!"

"अच्छा तब सही है।" उसने थोड़ा रुककर कहा, "फिर तुमने 'चित्रलेखा' पढ़ना शुरू कर दिया?"

"हाँ, मैंने थोड़ा सा ही पढ़ा है अभी।" मैंने भी संकोच के साथ पूछा, "और तुमने 'द अल्केमिस्ट' पढ़ना शुरू किया?"

"हाँ, मैंने भी पढ़ना शुरू कर दिया है। वैसे क्लास चालू होने में अभी समय है। चलो, कैंटीन चलते हैं, वहाँ हम अच्छे से इस बारे में बात करेंगे।"

हम दोनों कैंटीन की तरफ जा रहे थे। सुचि कुछ बक-बक करती जा रही थी और मैं बिना कुछ बोले बस सिर हिलाकर उसकी हाँ में हाँ मिला रहा था। हम खाली जगह देखकर बैठ गए।

"तो आज खिलाने की बारी तुम्हारी है।" सुचि ने चहकते हुए कहा।

"क्या? कल तो तुम चली गई थी। मैंने ही हम दोनों के पैसे दिए।" मैंने अपने हाथों को एक-दूसरे से बाँधते हुए कहा।

"अरे ठीक है बाबा! कल के पैसे मेरे से ले लेना तुम, लेकिन आज तो तुम्हें ही खिलाना पड़ेगा।"

"ठीक है।" मुझे इतनी सी बात पर बहस करना अच्छा नहीं लगा।

हम कैंटीन के कोने वाली टेबल पर जाकर बैठ गए। जहाँ मैं टेबल की तरफ झुका हुआ सहमा-सा बैठा था, वहीं सुचि थोड़ा पीछे की ओर झुककर आराम से बैठी थी। शायद वह समझ गई थी कि मैं उसके साथ थोड़ा असहज था।

"क्या हो गया? कोई परेशानी है क्या?" उसने अपनी आँखें बड़ी करते हुए पूछा।

"नहीं-नहीं, कोई बात नहीं है।" मेरे मन में द्वंद्व और माथे पर शिकन थी। मैं उस समय उसके साथ होकर भी नहीं था। मनीष और सुरेश की बातें मुझे परेशान कर रही थीं।

"अच्छा, चलो फिर तुम मुझे 'चित्रलेखा' की कहानी के बारे में कुछ बताओ।" सुचि ने उत्साहपूर्वक कहा।

"यह कहानी पाप और पुण्य के बारे में है, जिसमें महाप्रभु रत्नांबर के दो शिष्य श्वेतांक और विशालदेव पाप के बारे में जानना चाहते हैं। महाप्रभु अपने दोनों शिष्य श्वेतांक और विशालदेव को क्रमशः बीजगुप्त और कुमारगिरि के पास भेज देते हैं। बीजगुप्त जहाँ एक भोगी किस्म का व्यक्ति था, वहीं कुमारगिरि योगी था।"

"अच्छा! और चित्रलेखा कौन थी?" सुचि ने जिज्ञासावश पूछा।

"चित्रलेखा राजनर्तकी थी और साथ-ही-साथ बीजगुप्त की प्रेमिका भी थी।"

"प्रेमिका मतलब पत्नी! है न? क्योंकि उस जमाने में तो गर्लफ्रेंड वाला कॉन्सेप्ट होता ही नहीं होगा न?"

"नहीं-नहीं! वो तो उसकी गर्लफ्रेंड ही थी। दरअसल चित्रलेखा के पति और बच्चे की मौत हो चुकी थी और फिर वह नर्तकी बन गई।" मैंने एक लंबी साँस लेते हुए कहा।

"वाह यार! क्या ही बोल्ड लड़की है चित्रलेखा! मतलब सोसाइटी के बारे में कुछ नहीं सोचा और फिर से प्यार कर लिया।" उसकी आँखों में चमक थी।

"उसमें क्या बोल्ड लड़की! पहले घरवालों के खिलाफ जाकर शादी की और उसके बाद बीजगुप्त से भी प्यार करने लग गई! और बीजगुप्त भी तो कौन सा अच्छा आदमी है! दिन भर शराब पीना ही उसका स्वभाव है।" मैंने थोड़ा तुनककर कहा।

"अरे, ऐसा मत बोलो! एक लड़की क्या दुबारा प्यार नहीं कर सकती क्या? अच्छा यह सब छोड़ो, यह बताओ कि आगे क्या हुआ?"

"उसके आगे तो मैंने नहीं पढ़ा अभी तक। अभी श्वेतांक जाकर बीजगुप्त और चित्रलेखा से बस मिला है और उनका भोग-विलास देखकर थोड़ा परेशान है। वहीं विशालदेव कुमारगिरि के पास जाकर खुश है कि उसे एक महान् योगी मिला है। मेरे खयाल से श्वेतांक को सिर्फ पाप के बारे में समझ आएगा, लेकिन विशालदेव पुण्य

के बारे में जान जाएगा।" पहली बार मेरी आवाज में विश्वास था और मैंने यह बात उसकी आँखों में आँखें डालकर कही।

"ठीक है फिर, पहले कहानी को थोड़ा आगे तो बढ़ने दो। किसी को इतनी जल्दी जज करना ठीक नहीं है।" उसने अपने हाथ में पहनी हुई ढेर सारी अँगूठियों में से किसी एक को घुमाकर खेलते हुए कहा।

सुचि ऐसी ही थी। कुछ बक-बक करते-करते अचानक कोई फिलॉसोफिकल बात कहते हुए उसके चेहरे का रंग ठीक उसी तरह बदलता था, जैसे चाय बनाते समय दूध में चायपत्ती डालते ही उसका रंग बदल जाता है। ठीक वैसे ही उसका औरा बदल जाता था। उसकी आँखों में गंभीरता तैरने लगती थी।

"ठीक है। मैं पूरी किताब पढ़ लेता हूँ।" मैं थोड़ा अपराधभाव में था। थोड़ा सोचकर मैंने कहा, "तुमने भी 'द अल्केमिस्ट' थोड़ा पढ़ लिया है न?"

"हाँ, लेकिन मुझे बहुत भूख लगी है। कुछ खाने को ऑर्डर करते हैं न? और वैसे भी आज मैं बहुत भूखी हूँ।" उसकी आँखों में वापस से शरारत तैर गई थी।

"ठीक है, तुम मँगा लो। अभी मुझे ज्यादा भूख नहीं है।"

"भैया, आज स्पेशल क्या बना है?" सुचि ने कैंटीन वाले भैया से चिल्लाकर पूछा।

"हाँ गुड़िया! आज ठंडी लस्सी बनाई है मैंने और साथ में प्रीमियम पिज्जा।" कैंटीन वाले भैया ने भी पूरे जोश के साथ बताया।

"ठीक है भैया! दोनों ही ला दीजिए और सॉस भी बहुत सारी लाना।" सुचि ने भी बिना देरी किए ऑर्डर कर दिया।

"गुड़िया! यहाँ आकर टोकन तो कटा लो।"

"अनुराग! जाओ न प्लीज और टोकन कटा लो।" वैसे तो उसने मेरे से टोकन कटाने के लिए बोला था, लेकिन मैं समझ गया था कि टोकन मेरा कट गया है।

"भैया, कितने का टोकन है?" मैंने सौ का एक नोट आगे करते हुए पूछा।

"भैया। इसमें सौ के दो और नोट मिला के दो। दो सौ नब्बे हुए हैं और दस रुपए तो टिप देंगे ही आप।" वह लड़का खीसें निपोरते हुए बोला।

यह बोलते हुए उसने टोकन थमा दिया, उसे मैंने बावर्ची भैया को दे दिया और थोड़ा उदास होकर वापस आया। मेरे मन में अब मनीष और सुरेश की बातें घूमने लगी थीं। बात भी तो सही थी न! कल जब बस समोसा लिया तो उसके पैसे खुद

दूँगी बोल रही है और आज इतने का बिल फाड़ दिया। मैं थोड़ा गुस्से और उदासी के मिश्रित भाव के साथ वापस टेबल पर आकर बैठ गया।

"अब तुम 'द अल्केमिस्ट' की कहानी सुनना चाहोगे?" उसने मेरी टेबल पर बैठते ही पूछा।

"हाँ, सुना ही दो।" मैंने बेमन से कहा।

"देखो, मैंने अभी ज्यादा नहीं पढ़ा है, लेकिन जितना पढ़ा है, वह बताती हूँ।" सुचि थोड़ा रुककर लंबी साँस लेते हुए आगे बोली, "यह कहानी एक भेड़ चराने वाले लड़के सेंटियागो की है, जो सपना देख रहा होता है और सिर्फ एक बार नहीं बार-बार एक ही सपना देखता रहता है कि पिरामिड के नीचे खज़ाना है। साथ-ही-साथ वह अपनी भेड़ों से भी बहुत प्यार करता है। उसे लगता है कि उसकी भेड़ें उसकी भाषा समझती हैं।"

इतने में प्रीमियम पिज्जा और ठंडी लस्सी आ गई। सुचि अब बड़े चाव से खाने लगी।

"अरे, तुम भी खाओ यार! तुम्हारी तरफ से ही ट्रीट है।" वह खिलखिलाकर हँस पड़ी और मेरे अंदर गुस्सा उबाल मारने लगा।

"तुम ही खा लो, लेकिन कहानी तो आगे बता दो।" मैंने तल्खी से कहा।

"अरे यार, अभी तो इतना ही पढ़ा है और अभी तो पूरा एक महीना है। तुम टेंशन मत लो। सब हो जाएगा।" उसने बेतकल्लुफी से कहा।

मुझे ऐसा लगा कि अगर मैं थोड़ी देर और यहाँ रुका तो पक्का गुस्से से फट जाऊँगा। मैं खुद को सँभालते हुए बोला—

"मैं अभी चलता हूँ, लाइब्रेरी में कुछ काम है।"

"अच्छा ठीक है। एक काम करो! तुम मेरा नंबर रख लो। अभी हमें एक महीने क़ाफी बात करना है।"

"ठीक है, बता दो।" मैं सपाट चेहरे के साथ बोला।

मैंने कॉपी खोली और पिछले पन्ने पर उसका नंबर लिखा और उसके सामने 'आफत' लिख दिया, उसने मेरा भी नंबर पूछा जिसे उसने मुँह-जुबानी याद भी कर लिया। उसके बाद मैं बिना पीछे देखे ठीक वैसे चला जैसे एक चुड़ैल ने मुझे छोड़ दिया और अगर गलती से भी मैंने उसे देखा तो वह मुझे फिर से अपने चंगुल में वापस फँसा लेगी।

कैंटीन से बाहर निकलते ही मैंने देखा कि मनीष और सुरेश मेरा इंतजार कर रहे थे। उनके साथ कुछ और दोस्त भी थे, जो दोस्त कम और उनके चमचे ज्यादा लग रहे थे। मेरे पास जाते ही मनीष बोला, "देख, लग गया न चूना?"

मेरे कुछ बोलने से पहले ही सब लड़के एक साथ गाने लगे।

"चूना⋯चूना⋯चूना⋯चूना"

"क्यों बच्चू, लग गया न अच्छा-खासा फटका।" सुरेश ने मेरा मखौल बनाते हुए कहा।

"नहीं, ऐसा कुछ नहीं है।" मैंने थोड़ा हड़बड़ाते हुए कहा।

लेकिन शायद वे लोग मेरा मजाक ही बनाना चाहते थे, इसलिए वे ठहाका मारकर हँसने लगे।

"भाई, इसका अभी और भी कटेगा। लड़की सही खेल रही है। अरे, उस लड़के के बाद सही बकरा फँसाया सुचि ने।"

और ऐसे बहुत सारे ताने वे लोग मुझे मार रहे थे और मैं वहाँ से सिर नीचा कर चुपचाप जा रहा था। वहाँ पर दूसरे स्टूडेंट्स भी थे, जो अब मुझे ही देख रहे थे। मेरी आँखों में आँसू आ गए थे। बस किसी तरह मैं वहाँ से भागना चाहता था। आज मुझे मेरे पुराने दिन याद आ रहे थे, जब ठीक इसी तरह से मेरा मजाक उड़ाया जाता था। मुझे लगने लगा था कि अब यहाँ भी मेरा मजाक बनाया जाएगा। इतने में मनीष पीछे से दौड़ता हुआ आया।

"अरे भाई, तू तो बुरा मान गया। हम तो मजाक कर रहे थे। गलती तेरी नहीं है, गलती तो उस सुचि की है। उसने तेरा फायदा उठाया और देख, आज पूरी क्लास वाले तुझे उसका चमचा बोलकर चिढ़ाते हैं।" सुरेश पीछे से आते हुए बोला। उसके चेहरे से लुच्चाई टपक रही थी।

"आखिर तुम लोग मुझसे क्या चाहते हो? और मुझे जाने क्यों नहीं देते हो?" मेरी आवाज में गुस्सा और झल्लाहट का मिश्रित भाव था।

"अरे, कुछ भी नहीं चाहते भाई! तू तो हमें ही बुरा बना रहा है। देख, हमने पहले ही तुझे आगाह किया था और देख, तेरे साथ आज क्या हुआ, इसलिए ही बोल रहे हैं कि तू उसके साथ ग्रुप मत बना। आज जाकर सीधे-सीधे मैम को बोल देना और तेरी जगह मैं ले लूँगा, तू चिंता मत कर।" सुरेश ने फिर सुबह वाली बात दुहराई।

"ठीक है। आज ही मैं मैम को बोल दूँगा, लेकिन अब मुझे सीधे क्लास जाने दो।" इतना बोलकर मैं उनका जवाब बिना सुने ही क्लास की तरफ बढ़ गया।

मैंने अब सोच लिया था कि आज जैसे ही मैम क्लास के लिए आएँगी, मैं उन्हें फौरन इस बारे में बता दूँगा। मुझे न अब सुचि से कोई मतलब था और न ही सुरेश-मनीष से। मुझे अब इस क्लास से भी नफरत होने लगी थी। मुझे पता ही नहीं चला कि कैसे एक के बाद एक कितने ही टीचर्स की क्लास निकल गई और माधुरी मैम आज अपनी क्लास में आई ही नहीं थीं। कुछ लड़कों ने बताया कि आज वे छुट्टी पर हैं।

अजीब सी कशमकश मेरे मन में चल रही थी। स्कूल से निकलने के समय सुचि ने मुझे आवाज भी लगाई, लेकिन मैंने उसे अनदेखा कर दिया। घर में भी माहौल ऐसा नहीं था कि किसी को अपने मन में चल रहे विचारों के बारे में बता सकता। एक बड़े भैया थे, जिनसे हमेशा ही डाँट पड़ती थी। पापा सिर्फ पैसे कमाने की जद्दोजहद में लगे थे। हर माँ की तरह मेरी माँ को भी मेरी चिंता होती थी, लेकिन उनके पास हर समस्या का एक ही इलाज था—'बढ़िया से पढ़ाई-लिखाई में मन लगा के रखो, जब अपने पापा के जैसे सरकारी नौकरी मिल जाएगी तो देखना, तुम कितने खुश रहोगे।' यह बात अलग है कि मैंने पापा को बहुत कम ही खुश होते देखा था।

खैर, उस दिन भी मैं अपने कमरे में बंद था। बिस्तर पर लेटा कुछ सोच रहा था। तब मोबाइल स्कूल लेकर जाने की इजाजत नहीं थी, इसलिए बिस्तर पर लेटे हुए ही मैंने मोबाइल ऑन किया। तभी फोन की घंटी बजी। मेरे नोकिया 1100 पर 'आफत' आ चुकी थी। मतलब मैंने जैसे ही कॉल उठाया, दूसरी तरफ से आवाज़ आई।

"अरे, आज क्या हो गया था तुमको, ऐसे क्लास में गुमसुम-से क्यों थे तुम?" मुझे समझते देर नहीं लगी कि यह आवाज सुचि की थी। मैंने बिना किसी देरी के फ़ोन काट दिया और 'आफत' नाम से उसका नंबर सेव कर लिया। उस दिन कम-से-कम पाँच बार आफत का फोन आया, लेकिन मैंने एक बार भी उसका फोन नहीं उठाया।

उस दिन मैं बिना अपने कपड़े बदले बिस्तर पर तिरछा ही सो गया था। सपने में मैंने देखा कि क्लास के सारे स्टूडेंट्स मुझे देखकर चिढ़ा रहे थे। कोई मेरे बालों

का मजाक बना रहा था तो कोई मेरी साइकिल की हवा निकाल रहा था। मैं जानता था कि मैं एक सपना देख रहा था, लेकिन बुरे सपने जब वक्त पर नहीं टूटते हैं तो हकीकत से ज्यादा भयावह लगते हैं। कुछ ऐसा ही मेरे साथ हो रहा था। अंततः सुबह जब सूरज की किरणें मेरे चेहरे पर सीधे पड़ रही थीं, तब जाकर मेरी नींद खुली।

"अरे बेटा अनु, जल्दी उठ जा, पापा अपना खाने का डिब्बा घर पर ही भूल गए हैं। जा, जल्दी से उन्हें देकर आ जा।" माँ ने चिल्लाते हुए मुझे आवाज लगाई।

अभी मेरी आँखें भी ठीक से नहीं खुली थीं, लेकिन मैं झट से उठा और पापा को खाने का डिब्बा देने निकल पड़ा।

रास्ते में मुझे ध्यान आया कि आज मेरा बर्थडे है। मैंने मोबाइल बहुत उम्मीद से देखा कि शायद किसी ने बर्थडे के दिन मैसेज किया हो, लेकिन किसी का मैसेज नहीं आया था सिवाय आफत के। मैंने मैसेज खोलकर देखा तो उसने गुड मॉर्निंग विश किया था। मैं उस समय थोड़ा डर भी गया था, क्योंकि अगर उसे मेरे बर्थडे का पता चल गया तो शायद फिर से वह पार्टी माँग लेती।

खैर, मुझे उम्मीद थी कि पापा को मेरा बर्थडे याद होगा। मैं उनके ऑफिस में गया और उन्हें खाने का डिब्बा दे दिया, लेकिन वे अपने काम में व्यस्त थे और उन्होंने मुझे ठीक से देखा तक नहीं। घर आया तो माँ नाश्ता बनाने में व्यस्त थीं और भैया काम पर निकल गए थे। वैसे मुझे तो किसी से कोई उम्मीद ही नहीं थी। मैं भी तैयार होकर स्कूल जाने के लिए निकल पड़ा।

हैप्पी बर्थडे टू यू! हैप्पी बर्थडे टू यू!

जैसे ही मैंने क्लास के बाहर से यह आवाज सुनी, मेरे कान खड़े हो गए। मुझे लगा कि शायद दूसरी क्लास से आवाज आ रही होगी, लेकिन यह आवाज मेरी क्लास से ही आ रही थी। क्लास की तरफ जाते हुए मेरी धड़कन तेज हो रही थी।

हैप्पी बर्थडे टू यू! हैप्पी बर्थडे टू यू! हैप्पी बर्थडे डियर पंकज! हैप्पी बर्थडे टू यू!

क्लास में किसी पंकज का बर्थडे मनाया जा रहा था तो मुझे लगा कि शायद मेरा भी बर्थडे किसी को याद हो, लेकिन ऐसा कैसे हो सकता था? सब केक काटने के बाद प्रेयर के लिए असेंबली हॉल में चले गए। मैं थोड़ा दुःखी और ज्यादा खुश था। दुःखी होने की वजह तो जाहिर ही है, लेकिन खुश मैं इसलिए था, क्योंकि इस

बर्थडे के चक्कर में किसी का ध्यान मेरे ऊपर नहीं गया। वरना सपने में तो मैंने कितना कुछ देखा था।

आज प्रेयर के बाद माधुरी मैम की क्लास ही सबसे पहले थी। मैंने भी तय कर लिया था कि आज अपना ग्रुप चेंज करना ही है। जैसे ही माधुरी मैम क्लास में आईं, उन्होंने पढ़ाना चालू कर दिया। ऐसे में मुझे कुछ बोलने का मौका ही नहीं मिल पा रहा था, लेकिन बीच में ही किसी ने इस कॉम्पिटिशन का जिक्र छेड़ दिया। फिर मैम ने भी सबसे पूछ लिया, "मुझे बहुत से बच्चे बोल रहे हैं कि उनको ग्रुप चेंज करना है या जो किताबें उनकी चिट में निकली हैं, वो चेंज करनी हैं, लेकिन अगर ऐसा किया गया तो फिर कॉम्पिटिशन का मजा ही नहीं आएगा। इसलिए मैं यह बता देना चाहती हूँ कि ग्रुप चेंज तभी करें जब सच में कोई दिक्कत हो। सिर्फ अपने दोस्तों के साथ ग्रुप बनाने के लिए ग्रुप चेंज नहीं किया जाएगा।"

मेरे कुछ बोलने से पहले ही वे अपना फरमान सुना चुकी थीं, लेकिन फिर भी मैं एक बार मैम से बात करना चाहता था, इसलिए जैसे ही उनकी क्लास पूरी हो गई, मैं उनके पीछे दौड़ते हुए गया।

"क्या हुआ अनुराग? इतनी जल्दी में क्यों हो?" उन्होंने पूछा।

"दरअसल मैम, मुझे अपना ग्रुप चेंज करना है।" मैंने झिझकते हुए कहा।

"लेकिन क्यों? और शायद तुम सुचि के साथ हो न ग्रुप में?"

"हाँ मैम!" मैं बस इतना ही कह सका, क्योंकि मेरे पास उनको बताने के लिए कोई वजह नहीं थी।

इतने में एक सर ने मैम को किसी काम के लिए आवाज दी और वे उनके पास चली गईं, लेकिन जैसे ही मैं पीछे मुड़ा, मेरी साँस हलक में अटक गई। पीछे सुचि खड़ी थी। मुझे पूरा भरोसा हो गया था कि सुचि ने सब सुन लिया है। इतने में ही वह बोल पड़ी, "अरे सुनो! तुम न आज लंच के टाइम कैंटीन में आना। मैंने कल जाकर 'द अल्केमिस्ट' को थोड़ा और पढ़ा तो मुझे तुम्हें आगे की कहानी बतानी है।"

"ठीक है।" बस इतना ही बोलकर मैं क्लास के अंदर चला गया।

लंच का समय हो गया था। मुझे बहुत अच्छे से याद था कि मुझे सुचि ने कैंटीन में बुलाया था, लेकिन मुझे तो उसके साथ ग्रुप बनाना ही नहीं था, इसलिए वहाँ जाने का कोई सवाल ही नहीं था। मैं क्लास में ही बैठकर कुछ नोट्स बना रहा

था, तभी राहुल आया। राहुल मेरे बाजू वाली सीट पर बैठता था, इसलिए मैं उससे थोड़ी बहुत बातचीत करता था।

"भाई, यहाँ क्यों बैठा है ? चल कैंटीन चलते हैं न ?"

"नहीं भाई ! मैं नोट्स बना रहा हूँ, तू चला जा।" मैंने लगभग टालते हुए कहा।

"अरे भाई, चल न, क्यों इतने नखरे दिखा रहा है ? बस पाँच मिनट में आ जाएँगे। मुझे बस समोसे पैक कराके लाने हैं।" उसने थोड़ा जोर देते हुए कहा।

मैं असमंजस में था। वहाँ सुचि मेरा इंतजार कर रही होगी और अगर उसने मुझे देख लिया तो मुझे जाने नहीं देगी, लेकिन पहली बार कोई इस स्कूल में खुद से चलकर मेरे पास आया था। ऐसे में उसे मना भी करना नहीं चाहता था।

"इतना क्या सोच रहा है तू ? चल न !"

"ठीक है, लेकिन तू अंदर चले जाना और मैं बाहर ही खड़ा रहूँगा।" मैंने बीच का रास्ता निकालते हुए कहा।

"ठीक है, पहले तू चल तो सही।"

उसकी बातों से पता नहीं क्यों ऐसा लग रहा था, जैसे उसे किसी ने मुझे बुलाने को बोला हो। बहरहाल, मैं उसके साथ चल पड़ा। साथ ही यह भी ध्यान दे रहा था कि कहीं रास्ते में सुचि न दिख जाए। हम कैंटीन के दरवाजे तक पहुँच गए थे। राहुल मुझे छोड़कर अंदर चला गया और मैं बाहर ही उसका इंतजार करने लगा, लेकिन राहुल बाहर आने का नाम ही नहीं ले रहा था। मैं परेशान होकर बड़ी सावधानी से अंदर घुसा।

हैप्पी बर्थडे टू यू ! हैप्पी बर्थडे टू यू ! हैप्पी बर्थडे डियर अनुराग !

मेरी आँखें फटी-की-फटी रह गईं, जब मैंने देखा कि मेरी क्लास के बीस-पच्चीस लड़के-लड़कियाँ मुझे बर्थडे विश कर रहे थे। सहसा मुझे यकीन ही नहीं हो रहा था कि इन्होंने मेरे लिए केक भी मँगाया था। उनके बीच से सुचि निकली और मेरे पास आकर बोली, "हैप्पी बर्थडे मिस्टर न्यू बॉय, चलो अब केक भी काट लो।"

"हाँ, थैंक यू।" मैं इतना ही बोल सका।

जिंदगी में पहली बार मैं अपने बर्थडे पर इतना खुश था। केक काटने के बाद सबके लिए प्रीमियम पिज्जा भी मँगाया गया। मैं इतनी तैयारी देखकर हैरान था।

"थैंक यू भाई, इतना सब करने के लिए।" मैंने राहुल को देखते ही कहा।

"भाई, मेरा काम बस तुझे यहाँ तक लाना ही था। बाकी का काम सुचि ने किया।"

मुझे वह लड़की समझ ही नहीं आ रही थी। कल उसने मेरे इतने पैसे खर्च करा दिए, लेकिन आज इतने सारे लोगों को अपने पैसे से मेरे बर्थडे की ट्रीट दे दी।

दिस गर्ल इज इम्पॉसिबल—मैंने मन में ही सोचा।

जब सब मुझे विश करके जाने लगे तो मैं सुचि के पास गया।

"थैंक यू सो मच सुचि! मैंने कल तुम्हारा कॉल भी नहीं उठाया और आज भी मैसेज का रिप्लाई नहीं किया। शायद मैंने तुम्हें गलत समझ लिया था, सॉरी!" मैंने थोड़ी शर्मिंदगी से कहा।

"अरे, होता है यार! मुझे लोग शुरुआत में गलत ही समझ लेते हैं।" उसने बेबाकी से कहा।

"हाँ, लेकिन तुम्हें मेरे बर्थडे के बारे में कैसे पता चला?" मैंने आश्चर्य से पूछा।

"अरे, आज माधुरी मैम को नए स्टूडेंट्स के डॉक्यूमेंट्स को वेरीफाई करना था और इसलिए उन्होंने मुझे मदद करने के लिए बुलाया था। तभी मैंने तुम्हारी डेट ऑफ बर्थ भी देख ली और बस थोड़े ही समय में मैंने अपने दोस्तों के साथ मिलकर सबकुछ प्लान कर लिया।"

"अच्छा। समझ गया मैं, लेकिन इन सबको अपनी तरफ से पिज्जा खिलाने की क्या जरूरत थी?"

"यार देखो, कल तुमने बिना किसी वजह के मुझे पिज्जा खिलाया, इसलिए मैंने भी तुम्हारी तरफ से आज इन्हें खिला दिया। वैसे मैं कल ज्यादा पढ़कर नहीं आई थी, इसलिए ही तुमने मुझे गलत समझा था न!"

"हाँ, मैं समझा कि तुम्हें कॉम्पिटिशन में ज्यादा दिलचस्पी नहीं है।" मैंने झूठ बोला। मेरे पास कोई उपाय भी नहीं था, उसे कैसे बताता कि मनीष और सुरेश ने मुझे उसके खिलाफ भड़काया था।

"अरे, ऐसा नहीं है! परसों मैंने पढ़ना बस चालू ही किया था, लेकिन कल शाम मैंने लगभग बीस पन्ने पढ़े। मैं तुम्हें बताती हूँ, तुम बैठो तो सही।"

वह मुझे बैठाकर 'द अल्केमिस्ट' की कहानी बताती रही, लेकिन मेरे मन में कुछ और चल रहा था। मैं मनीष और सुरेश के बहकावे में आकर माधुरी मैम

को ग्रुप छोड़ने के लिए बोल चुका था और इधर इन सब बातों से अनजान सुचि तल्लीन होकर मुझे कहानी सुना रही थी। मैं शर्म के कारण उससे आँख भी नहीं मिला पा रहा था।

मैं बस यह सोच रहा था कि माधुरी मैम को मेरी बात याद न रहे और वे सुचि से कुछ भी न कहें। खैर, उस दिन तो माधुरी मैम ने कुछ नहीं कहा, जब मैं वापस घर आया तो घर पर देखा कि माँ पूरियाँ तल रही थीं। भैया ने मुझे देखते ही हैप्पी बर्थडे बोला। माँ और पापा ने ऐसे विश तो नहीं किया, लेकिन पकवान बनाकर यह जता दिया कि उन्हें भी मेरी परवाह है।

आज पहली दफा मुझे महसूस हुआ कि लोग इतने भी बुरे नहीं होते हैं। बस हम गलत लोगों के साथ रह जाते हैं या अकेले रह जाते हैं। वैसे अकेले रहना बुरा नहीं है, लेकिन अकेले रहकर खुद या दूसरों के बारे में बुरा सोचना जरूर बुरा है। मैं भी अपने और दूसरों के बारे में बुरा ही सोचा करता था। आज जब इतने सारे लोगों ने मुझे विश किया तो मुझे भी महसूस होने लगा कि मुझे भी खुद को नेगेटिविटी से बाहर लाना होगा।

रात को जब मैंने 'चित्रलेखा' को आगे पढ़ना चालू किया तो मुझे मालूम चला कि कुमारगिरि, जो बड़ा योगी था, वह राजा के सामने अपने तप के बल पर लोगों को ईश्वर के दर्शन करा रहा था और अपनी तपस्या पर घमंड कर रहा था। ऐसे में चित्रलेखा दरबार में आई और उसने यह साबित कर दिया कि यह प्रकाश कोई ईश्वर नहीं है, बल्कि यह कुमारगिरि की माया भर है। इतने में कुमारगिरि अपमानित होकर दरबार से निकल गया।

यह कहानी भी आज मुझे बता रही थी कि लोगों को लेकर मुझे अवधारणा नहीं बनानी चाहिए, जिस चित्रलेखा को मैं साधारण नर्तकी समझ रहा था, उसके अंदर समझदारी और चतुराई भी थी, जिस सुचि को मैं एक आफत समझ रहा था वह न सिर्फ अच्छी समझदार निकली, बल्कि वह दिलदार भी निकली। वरना दूसरे के लिए अपने पैसे से पार्टी कौन देता है!

□

"कैसा लगा था तुम्हें मेरा सरप्राइज?" सुचि ने उत्सुकता से पूछा।

"अच्छा था। मुझे उम्मीद नहीं थी कि कोई मुझे ऐसा भी सरप्राइज दे सकता है।" मैंने मुसकराते हुए कहा।

मेरे बर्थडे के दो सप्ताह बाद आज भी हम कैंटीन में ही अपनी-अपनी किताब के बारे में ही चर्चा कर रहे थे। अब तक हम ठीक-ठाक से दोस्त बन चुके थे। साथ-ही-साथ मैं सुचि के दोस्तों से भी बात करने लगा था। यह सुचि के व्यक्तित्व का ही असर था कि मैं खुद में अच्छा महसूस करने लगा था। मैं ग्रुप छोड़ने की बात तो कब का मन से निकाल चुका था। अब बस हम कॉम्पिटिशन की तैयारी में ही लगे थे, जब भी हम मनीष और सुरेश के सामने से गुजरते, वे मुझे अब भी उपहास की निगाह से देखते रहते थे। ऐसा लगता था कि वे बदला लेने की फिराक में थे।

"मैम, मुझे मनीष के साथ ग्रुप नहीं बनाना है।" सुरेश ने माधुरी मैम से भरी क्लास में कहा।

"क्यों भई? अब क्या हो गया? तुम दोनों तो अच्छे दोस्त हो न!" मैम ने पूछा।

"हाँ मैम! वही तो दिक्कत है हम दोनों के साथ। दोस्त होने की वजह से हम लोग थोड़ा भी किताब के बारे में बात नहीं कर पाते हैं। पूरा समय बस इधर-उधर की बातें ही करते रह जाते हैं।" सुरेश ने चतुराई से जवाब दिया।

"इसीलिए तो तुम दोनों के एग्जाम में भी नंबर कम ही आते हैं और अब वैसे भी ग्रुप बने एक सप्ताह से भी ज्यादा हो गया है। बाकी स्टूडेंट्स ने तो किताब पढ़कर खत्म भी कर दी होगी। तुम दोनों भी बिना नखरे के किताब पढ़ो और वैसे भी तुम दोनों के अलावा किसी को भी अपने ग्रुप से कोई दिक्कत नहीं है।" माधुरी मैम ने सख्त लहजे में कहा।

बस इसी बात का सुरेश इंतजार कर रहा था और वह तपाक से बोल पड़ा, "मैम, शायद अनुराग ग्रुप छोड़ना चाहता था। वह शायद आपको बोल रहा था न! मैं पीछे ही था तो मैंने सुना था।" सुरेश ने ऐसे बोला जैसे वह माधुरी मैम को इस बात की याद दिला रहा हो।

"अरे हाँ अनुराग," मैम थोड़ा रुककर मेरी तरफ इशारा करते हुए आगे बोलीं, "तुम्हें अभी भी ग्रुप चेंज तो नहीं करना है न?"

कुछ सेकंड्स के लिए तो मुझे समझ ही नहीं आ रहा था कि मुझे क्या बोलना चाहिए। मैंने सुचि की तरफ देखा, उसके चेहरे पर गुस्से और आश्चर्य के मिश्रित भाव थे। मैं कुछ बोलता, उससे पहले ही वह बोल पड़ी।

"हाँ मैम, हमें ग्रुप चेंज करना है। आप कर दो।"

"नहीं मैम! मुझे नहीं करना है।" मैं तपाक से बोल पड़ा, पता नहीं उस समय कहाँ से मेरे अंदर इतना कॉन्फिडेंस आ गया था!

"अरे, यह क्या चल रहा है? एक काम करो। पहले तुम दोनों आपस में तय कर लो। फिर मुझे बताना।" मैम ने कहा।

इस वाकए से क्लास के सारे स्टूडेंट्स मुझे और सुचि को देख रहे थे। देख क्या रहे थे, वे लोग हँस रहे थे। मेरी आँखों में शर्म आ गई थी और फिर मुझे लगने लगा कि इस नए स्कूल में भी मेरे साथ गोलमाल होना चालू हो गया है।

पूरे दिन सुचि ने मुझसे कोई बात करने की कोशिश नहीं की। साथ-ही-साथ वह बिल्कुल भी परेशान नहीं दिखी, लेकिन मैं परेशान हो रहा था। मुझे मालूम था कि मैंने मनीष और सुरेश की बातों में आकर सब गुड़-गोबर कर दिया है। मैं गुमसुम-सा होकर स्कूल खत्म होने के बाद घर जा रहा था। तभी मुझे सुचि ने पीछे से आवाज दी। मुझे समझ नहीं आ रहा था कि कैसे मैं उसका सामना करूँ!

"तुमने कभी बताया नहीं कि तुमने ग्रुप चेंज करने के लिए मैम से बोल रखा है?" उसके चेहरे पर कोई शिकन नहीं थी, लेकिन आवाज में आश्चर्य जरूर था।

"दरअसल वो मनीष-सुरेश तुम्हारे बारे में बोल रहे थे?" मैंने सकुचाते हुए कहा।

"क्या बोल रहे थे? मुझे खुलकर बताओ?" उसने तल्खी से पूछा। मैं कुछ नहीं बोल रहा था।

"एक काम करते हैं, चलो वहाँ बैठकर बात करते हैं।" सुचि एक बेंच की ओर इशारा करते हुए बोली और हम बेंच पर जाकर बैठ गए।

"चलो, अब बताओ, क्या बोला उन्होंने?" उसने इतमीनान से पूछा।

"उन्होंने मुझे तुम्हारे बारे में काफी कुछ बताया था और···" मेरे अंदर उसे कुछ बताने की हिम्मत नहीं हो रही थी।

"यही बताया होगा न कि मैंने एक लड़के को फँसाकर स्कूल से निकलवा दिया? या फिर यह बताया होगा कि मैं लड़कों से बहुत खर्च करवाती हूँ।" उसकी आवाज में कठोरता थी और आँखों में नमी।

मैं काँपने लग गया था, मैं इससे पहले कभी भी ऐसी सिचुएशन में नहीं फँसा था, खासकर किसी लड़की के साथ। मैं बोलना तो चाहता था, लेकिन मेरे मुँह से शब्द नहीं निकल रहे थे। मैं अपनी आँखें झुकाकर बैठा था।

"सुनो अनुराग, ऐसा नहीं चलेगा। सबसे पहले तो तुम्हें अपनी इस कमजोरी को दूर करना पड़ेगा।" सुचि ने सख्त आवाज में कहा।

"कौन सी कमजोरी?" मैंने भीगी बिल्ली की तरह पूछा।

"यही कि तुम खुद को बहुत कम समझते हो। अभी भी आँखों में आँखें डालकर बात नहीं कर पा रहे हो। एक बात याद रखना, अगर तुम सही हो तो बिना डर के लोगों का सामना करना। हो सकता है कि तुम खुद को सही भी साबित न कर पाओ, लेकिन उस समय तुमको एक इतमीनान रहेगा कि तुम चुप नहीं बैठे थे।"

"हाँ, इस मामले में मैं गलत नहीं हूँ शायद। मेरे कान उन्होंने ही, मनीष और सुरेश ने ही, भरे थे।" मैं यह बात उससे नजर मिलाते हुए बोला।

"मुझे मालूम है कि यह उन दोनों की ही साजिश है। वे सिर्फ मेरे साथ ही नहीं, बल्कि दूसरों के साथ भी ऐसा ही करते हैं। मगर फिलहाल मैं यह जानना चाहती हूँ कि उन्होंने मेरे बारे में क्या बोला?" उसने फिर से अपना सवाल दुहराया।

"उन्होंने बोला कि क्लास में जो भी नए लड़के आते हैं, तुम उन्हें फँसाती हो और उनसे गिफ्ट माँगकर उन्हें कंगाल कर देती हो।"

इतना सुनकर सुचि मेरी तरफ न देखकर शून्य में देख रही थी। ऐसा लग रहा था कि उसकी आँखों से आँसू गिरने ही वाले थे। तभी उसने खुद को सँभाला और मुसकराते हुए बोली, "मनीष और सुरेश से मुझे बस यही उम्मीद थी, लेकिन मैं तुम्हें बताना चाहती हूँ कि जिस लड़के की वे बात कर रहे हैं, उसने मुझे एक टाइमपास लड़की समझ लिया था और मेरे साथ जबरदस्ती करने की कोशिश की थी। अगर तुम्हें यकीन न हो तो यह देखो।" यह बोलकर जब उसने अपना टॉप थोड़ा नीचे खींचा तो मैं सन्न रह गया। उसके गले के निचले भाग में कुछ निशान थे। ऐसा लग रहा था कि किसी धारदार चीज से घाव किया गया हो। आज पहली बार मुझे अहसास हुआ कि इतनी मुसकराती और जिंदादिल लड़की के दिल में कितने ही जख्म भरे पड़े थे।

मैंने पहली बार उसके कंधे पर अपना हाथ रखा और पूछा, "क्या तुम पूरी बात बताना चाहोगी?"

उसने धीरे से अपना सिर हिलाया और बोली, "वह जब से स्कूल में आया था, तब से मेरा बहुत अच्छा दोस्त था। धीरे-धीरे वह मुझे पसंद करने लगा और

मुझसे प्यार का इजहार कर दिया, लेकिन मेरे दिल में ऐसा कुछ भी नहीं था तो मैंने मना कर दिया, लेकिन वह मुझे इंप्रेस करने के लिए तरह-तरह के गिफ्ट्स देता रहता था। मैं हर बार उसे लेने से मना करती, लेकिन हर बार वह दोस्ती की दुहाई देकर मुझे लेने के लिए मजबूर करता था, लेकिन इन सब बातों को वह क्लास के कुछ लड़कों को उलटा बताता था, जिसकी भनक मुझे नहीं थी। एक दिन वह मेरे घर आया और उस समय पापा घर पर नहीं थे। मैंने उसे बैठने के लिए कहा, क्योंकि वह पहले भी मेरे घर आता रहा था और मुझे उस पर भरोसा भी था कि वह मेरा सबसे अच्छा दोस्त है, लेकिन वही हुआ जिसका डर था। वह मेरे साथ जबरदस्ती करने लगा। किसी तरह मैं घर से बाहर भागकर पड़ोसी के यहाँ चली गई। तब तक वह भी भाग गया था। अगले दिन जब मैं स्कूल पहुँची तो देखा कि सब मुझे देखकर हँस रहे थे और प्रिंसिपल सर ने मुझे बताया कि उस कमीने लड़के ने उलटा मेरी ही शिकायत कर दी है। उसने खुद को साबित करने के लिए मनीष और सुरेश को भी बुलाया। वह लोग भी बोले कि हाँ, मैं ही उसे फँसा रही हूँ, लेकिन वह नहीं जानता था कि उसके साथ हुई हाथापाई में पेन की नोक के निशान के साथ-साथ उसके दाँत के निशान भी छप चुके हैं। उसने पेन से मुझे इतनी जोर से मारा था कि उसका निशान कभी जा नहीं पाया। वह एक बड़े बाप का बेटा था, इसलिए उसके पापा ने मामले को वहीं दबा दिया। प्रिंसिपल सर ने भी बस उसका सेक्शन बदल दिया, लेकिन न प्रिंसिपल सर ने और न पापा ने मेरे से पूछा कि मैं क्या चाहती हूँ।"

इतना बताकर उसके सब्र का बाँध टूट ही गया। वह अपना मुँह छिपाकर रोने लगी। उसका पूरा शरीर सुबकियों से हिल रहा था। मैं बहुत असहज महसूस कर रहा था। मैं चाहता तो था कि उसे चुप करा लूँ, लेकिन मुझे किसी को मनाना आता ही नहीं था। जब वह रोकर शांत हो गई और आँसू उसके गालों पर सूख चुके थे, तब मैंने अपनी चुप्पी तोड़ी।

"आई एम सॉरी सुचि, मैं ही उनकी बातों में आ गया था। उन्होंने मुझे बताया था कि तुमने ही उस लड़के की शिकायत प्रिंसिपल सर से की और जब एक दिन तुमने मुझे ट्रीट देने को बोला तो उस दिन भी उन्होंने मेरा मजाक बनाया। इसलिए थोड़े समय के लिए मुझे भी उनकी बातें सच लगने लगी थीं, लेकिन जब तुमने मेरे बर्थडे के लिए इतना सबकुछ किया तो मेरी आँखें पूरी तरह खुल गईं, लेकिन

तब तक मैं मैम को ग्रुप चेंज करने को बोल चुका था।" मैंने विस्तार से उसे सारी बात बताई।

"देखो अनुराग, सॉरी बोलने की जरूरत नहीं है। बात ऐसी है कि जब हम पहली बार मिले तभी मैं समझ गई कि तुम बहुत इंट्रोवर्ट हो और क्लास में भी मैं तुम्हें देखा करती थी। इसलिए ही मैं तुम्हें कैंटीन लेकर गई थी ताकि तुम थोड़ा बहुत बात करना शुरू करो। तुमसे थोड़ा फ्रेंडली होने के लिए ही मैंने तुमसे ट्रीट माँगी, जैसे हम दोस्तों से बेशर्मी से ट्रीट माँगते हैं। अगर मेरा इरादा सिर्फ तुम्हारे पैसों से खाने का होता तो तुम्हारे बर्थडे पर मैं अपनी तरफ से अपने दोस्तों के ग्रुप को पार्टी नहीं देती। इसी बहाने मेरे दोस्तों के ग्रुप में तुम भी शामिल हो गए। वरना तुम तो किसी से ज्यादा बात ही नहीं करते थे। रही बात उस लड़के की तो मैं उस घटना के बारे में भी किसी को नहीं बताना चाहती थी, लेकिन उसने उलटा मेरी ही शिकायत प्रिंसिपल से कर दी। कुछ समय तक मैं काफी डिप्रेशन में रही, लेकिन सच जानने के बाद लगभग पूरी क्लास ने मेरा साथ दिया। बस मनीष और सुरेश जैसे लड़के ही आज भी मुझे बुरा समझते हैं बाकी मुझे लोगों से कोई फर्क नहीं पड़ता है।" सुचि ने अपना पक्ष बेबाकी से रख दिया।

मेरे मन में ग्लानि और शर्म के मिश्रित भाव आ रहे थे। मुझे समझ ही नहीं आ रहा था कि मुझे अब क्या बोलना चाहिए!

"मुझे लगता है कि तुम्हारे पास भी कुछ है बताने के लिए। अगर बताना चाहो तो बता सकते हो! शायद मैं तुम्हारी कोई मदद कर सकूँ।" सुचि की आवाज में आश्वासन था।

"मेरे पास कुछ है ही नहीं बताने के लिए। न मैं तुम्हारी तरह टॉपर हूँ और न ही मेरे अंदर कॉन्फिडेंस है। हर समय मुझे यह लगता है कि मुझसे कोई गलती न हो जाए और लोग मेरा मजाक न बना दें।" मैंने सकुचाते हुए बोलना चालू किया।

"बचपन से लोगों ने मेरा मजाक ही बनाया है। मुझे अच्छी तरह याद है कि जब मैं फर्स्ट क्लास में था तो सर से कॉपी चेक कराते समय मेरी बेल्ट टूट गई और पैंट नीचे खिसक गई। इस घटना पर क्लास के सारे स्टूडेंट्स ठहाका मारकर हँस पड़े थे और सर भी उसमें उनका साथ दे रहे थे। उस दिन के बाद क्लास के शरारती बच्चे मेरी पैंट खींचने की कोशिश करते थे। अगर पैंट थोड़ी सी भी नीचे हो जाती तो सब मिलकर हँसने लगते थे। मेरे मन में हमेशा यही डर रहता था कि कोई पीछे से आकर

पैंट न खींच दे। इसका असर मेरे कॉन्फिडेंस में होना शुरू हुआ। क्लास में कहानी पढ़ने के लिए जब मेरी बारी आती थी तो कभी मैं एक लाइन को दो बार पढ़ने लगता तो कभी किसी लाइन को बिना पढ़े आगे बढ़ जाता। उस सब्जेक्ट के टीचर भी पहले हँसते और फिर क्लास में ध्यान न देने के लिए कोई पनिशमेंट दे देते थे।"

"अरे, तो तुमने घर में क्यों नहीं बताया?" सुचि ने वाजिब सवाल पूछा।

"मैंने बताया था, लेकिन घर में उस घटना को सुनकर वे भी हँसने लगे। उन्हें समझ ही नहीं आया कि कैसे उस छोटी सी घटना से मेरा कॉन्फिडेंस गिरना चालू हो गया था।" मैं शून्य की ओर देखते हुए बोलता रहा, "बेटा, जब सब हँसते हैं तो तू भी हँस दिया कर। ऐसा ही बोलते थे वे, लेकिन उन्हें समझ नहीं आया कि अगर वे एक बार स्कूल आकर बात करते तो काफी कुछ बदल सकता था। कम-से-कम टीचर्स तो मेरी समस्या समझते! लेकिन उन्होंने मेरी मन:स्थिति को समझने की कोशिश ही नहीं की। धीरे-धीरे मैंने क्लास में सभी से बात करना कम कर दिया। उसके बाद हर साल कुछ-न-कुछ ऐसा होता गया, जिससे मेरा कॉन्फिडेंस कम होता चला गया। मैं अपनी तरफ से पूरी कोशिश करता था कि खुद को बेहतर बना सकूँ, लेकिन मुझे कोई सपोर्ट ही नहीं मिला। पिछले साल जब एक काउंसलर हमारे स्कूल में आईं तो उन्होंने मेरी बात को समझा और मेरे घरवालों को भी स्कूल चेंज करने के लिए बोला। घर वाले तो फिर भी यह मानने के लिए तैयार नहीं थे कि इन सब छोटी-छोटी घटनाओं की वजह से मैं दब्बू, डरपोक और लूजर बन गया था, लेकिन काउंसलर ने भी हार नहीं मानी और किसी तरह उनको मना लिया।" उस दिन पहली बार मैंने किसी को अपने दिल की बात बताई। मेरी साँसें तेज थीं और आँखों में नमी। सुचि ने मेरे कंधे पर हाथ रखा और धीरे से सहलाया।

"पता है, अनुराग! जितना मैं समझ पा रही हूँ, उसके अनुसार तुम्हें बचपन से किसी का सपोर्ट नहीं मिला है और ऐसे लोगों से तुम्हारा पाला पड़ा है, जिन्होंने तुम्हारे मजे लिये हैं। यह अकसर बच्चों के साथ होता है। कुछ बच्चे उन यादों को भूल जाते हैं तो कुछ बच्चों के दिल में ऐसी यादें जख्म बनकर रह जाती हैं। वैसे तुम्हारी एक दिक्कत तो मैं दूर कर दूँगी, लेकिन दूसरी दिक्कत तुम्हें खुद ही दूर करनी होगी।" सुचि ने संजीदगी से कहा।

"कौन सी दो दिक्कत?"

"अरे, अभी बताया न! बचपन से जो सपोर्ट नहीं मिला तुम्हें, वो दूँगी और

जो तुम्हारे मजे लेते हैं, उन्हें हैंडल करना सिखा दूँगी, लेकिन हैंडल तुम्हें ही करना होगा।" सुचि ने आत्मविश्वास से कहा।

"क्या सच में? मुझे कभी किसी ने सपोर्ट नहीं किया है और कैसे तुम मेरा सपोर्ट करोगी?" मैंने अविश्वास से पूछा।

"बिल्कुल करूँगी। बस तुम खुद पर डाउट करना छोड़ दो और दूसरी बात, अगर किसी ने अभी तक सपोर्ट नहीं भी किया तो उसका रोना-धोना छोड़ दो। जो हुआ सो हुआ। अब नई शुरुआत करते हैं।" सुचि जितने कॉन्फिडेंस से कोई बात बोलती थी, उसका अगर 10% भी मेरे अंदर आ जाता तो मैं अलग ही बन जाता।

"ठीक है, मैं अब से तुम्हारी बात मानूँगा। मुझे खुद को बदलना है।"

"ठीक है बाबा, अब घर चलते हैं। काफी लेट हो गए हैं हम। याद रखना, आज और अभी से तुम एक नई शुरुआत कर रहे हो। कल से तुम्हारी ट्रेनिंग स्टार्ट होने वाली है मिस्टर न्यू बॉय!" सुचि ने हँसते हुए कहा।

स्कूल से वापस आते समय मुझे ऐसा लगा कि मैं अपना सारा बोझ उस बेंच पर छोड़कर आगे बढ़ रहा हूँ, एक मद्धिम सी मुसकराहट मेरे चेहरे पर आ गई थी। उस दिन मैं चिड़ियों को घर वापस जाते देख रहा था। तरह-तरह के नए विचार मेरे मन में आ रहे थे। कभी मुझे सुचि में ही चित्रलेखा दिखने लगी, तो कभी खुद को कुमारगिरि समझने लगता था, जिसके पुराने वहम टूट रहे थे। जो भी हो, सुचि की वजह से मैं बदलने लगा था।

□

"क्या? यह मैं नहीं कर पाऊँगा। वे लोग मुझसे दुश्मनी करेंगे और मेरा मजाक भी उड़ाएँगे।" मेरी आवाज में डर और हिचकिचाहट दोनों थी।

अगले दिन जब मैं सुचि से स्कूल की कैंटीन में मिला तो उसने मुझे पहला कदम उठाने के लिए कहा और वह पहला कदम था पूरी क्लास के सामने मनीष और सुरेश के प्लान के बारे में बताना। जिस लड़के की रोज अटेंडेंस के समय प्रेजेंट बोलते हुए दिल की धड़कन बढ़ने लगती थी, उसके लिए इतना सब करना मुश्किल था।

"सुनो, मुझे मालूम है कि वे तुमसे दुश्मनी करेंगे, लेकिन तुम्हें लगता है कि अगर तुमने उन्हें कुछ नहीं बोला तो वे तुम्हें परेशान करना छोड़ देंगे?" सुचि ने गंभीरता से पूछा।

"शायद नहीं, लेकिन उतना भी नहीं करेंगे जितना उनके बारे में कंप्लेंट करने से करेंगे।"

"बस यही तुम्हारी प्रॉब्लम है अनुराग! तुम प्रॉब्लम को बड़ा बनने देते हो और फिर नर्वस होकर गड़बड़ी करते हो। सोचो, जब फर्स्ट क्लास में पहली बार तुम्हारी पैंट किसी ने खींची और उसी समय तुमने एक झापड़ मारा होता तो कोई दुबारा ऐसी हरकत नहीं करता।" सुचि की हर बात इतनी सटीक होती थी कि मेरे पास 'हाँ' बोलने के अलावा कोई उपाय नहीं होता था।

"ठीक है, मैं कोशिश करूँगा।" मैंने हिचकते हुए कहा।

"फिर वही बात! कोशिश करना क्या होता है? या तो करोगे या नहीं करोगे? अपनी लाइफ को बाइनरी नंबर्स जैसे रखो। जीरो या वन, बीच का कुछ भी नहीं।" सुचि लगभग डाँटते हुए बोली।

मेरा चेहरा उतरकर छोटा हो गया था। एक तरफ मनीष और सुरेश से पंगा होने का डर तो दूसरी तरफ सुचि के गुस्सा होने का। मैं बिना कुछ बोले अपने निचले होंठ को चबा रहा था।

"अच्छा सुनो, एक और बात! तुम जब भी नर्वस होते हो तो एक पाँव पर खड़े हो जाते हो और अभी होंठ भी चबा रहे हो। कम-से-कम अपनी बॉडी लैंग्वेज से किसी को पता मत लगने दिया करो कि तुम्हारे मन में क्या चल रहा है!"

"ठीक है, तुम जैसा बोल रही हो, वैसा ही करूँगा मैं।" मैंने अपने शरीर के भार को दोनों पाँव पर संतुलित किया और साथ ही होंठ चबाना भी बंद किया।

"पता है अनुराग, तुम जल्दी सीखते हो। यह तुम्हारी खासियत है। इसे तुम बनाए रखना।" सुचि ने धीरे से मेरे कंधों पर थपकी देते हुए कहा।

सुचि के इतना बोलते ही मेरे चेहरे पर मुसकान तैर गई। मुझे ऐसा लगा जैसे किसी खड़ूस टीचर से शाबाशी मिली हो, लेकिन अब एक अच्छा स्टूडेंट बनने की मेरी बारी थी। आज माधुरी मैम के क्लास में आते ही मैंने तय कर लिया था कि मैं उन्हें सब बता दूँगा, लेकिन आज मैम का मूड खराब था। दरअसल उन पर कॉम्पिटिशन को अच्छे से प्लान करने का भी दबाव था। ऐसे में आज उन्होंने क्लास में पीरियड खत्म होने के समय पूछा, "मैं आखिरी बार पूछ रही हूँ कि सुरेश के अलावा किसी को भी ग्रुप चेंज करना है?" उनकी आवाज ऊँची थी। सबको देखते हुए उनकी नजरें मेरे ऊपर आकर ठहर गईं। दिमाग पर थोड़ा जोर देकर वे

फिर बोलीं, "अरे हाँ, अनुराग! तुमने और सुचि ने आपस में बात की। क्या सोचा है तुमने?"

"हाँ, मैम! हमें ग्रुप चेंज नहीं करना है।" मैं लड़खड़ाती आवाज में बोला।

"चलो अच्छा है। वरना मुझे फिर से नई शीट बनानी पड़ती। सुरेश, जब अनुराग और सुचि ही ग्रुप चेंज नहीं करना चाहते तो तुम किसके साथ ग्रुप बनाओगे? इसलिए तुम भी चुपचाप मनीष के साथ ही ग्रुप में रहो।" मैम थोड़ा बेफिक्र होकर बोलीं। सुचि मेरी तरफ घूरकर देख रही थी। मुझे मालूम था कि वह क्यों घूर रही है मुझे। मैंने अपनी आँखें बंद कीं और थोड़ा जोर से बोला—

"मैम, मुझे कुछ और भी बोलना है।" मैं अपनी जगह पर खड़ा हो गया। मेरा दिल जोरों से धड़क रहा था।

"हाँ, अनुराग! जल्दी बोलो।" मैम कुछ फाइलों को समेटते हुए बोलीं।

"मैम! मुझे सुरेश और मनीष ने ग्रुप चेंज करने के लिए भड़काया था।" मैंने एक ही साँस में यह बात बोल दी।

मेरे इतना बोलते ही पूरी क्लास में हलचल हो गई। सबके बुदबुदाने की आवाज से एक अलग ही शोर पैदा हो गया था। सुरेश और मनीष तो मुझे कातिल नजरों से देख रहे थे। मैं उनसे नजरें चुराकर मैम की तरफ ही देख रहा था। तभी मैम से जोर से डस्टर को टेबल पर मारा।

"सब चुप रहो! हाँ अनुराग, तुम खुलकर बोलो। मुझे इन शैतानों पर पहले से ही शक था।" मैम की आवाज तेज, लेकिन संयत थी।

मैंने विस्तार से सब बात मैम को बता दी। पीरियड खत्म होने के बाद भी मैम पूरे धैर्य से मेरी बात को सुनती रहीं। मैम ने सुरेश और मनीष को सामने बुला लिया। दोनों सिर झुकाकर, लेकिन बिना किसी शर्म के खड़े थे।

"मैंने तुम दोनों को कितनी बार समझाया है कि ऐसी हरकतों के कारण ही तुम दोनों से क्लास के ज्यादातर बच्चे दूर भागते हैं। हर समय किसी को नीचा दिखाना और मजाक उड़ाना चाहते हो। जितना समय किसी दूसरे के लिए यह सब प्लान करने में देते हो, उसका आधा भी पढ़ाई में देते तो अच्छे नंबर आते तुम दोनों के।" मैम ने दोनों को लताड़ते हुए कहा। गुस्से की वजह से मैम की साँसें तेज हो चुकी थीं। उन्होंने एक लंबी साँस खींची और बोलीं, "देखो, यह लास्ट चांस मैं तुम लोगों को दे रही हूँ। अगली बार से कुछ भी ऐसा हुआ तो प्रिंसिपल से कंप्लेंट करूँगी।"

इतना बोलकर मैम ने मेरी तरफ देखा।

"अनुराग, मैं इन दोनों की तरफ से तुम्हें सॉरी बोलती हूँ। चूँकि तुम क्लास में नए हो तो अगर तुम्हें क्लास में कुछ भी दिक्कत हो तो बेझिझक मेरे पास आ सकते हो।" मैम इतना बोलकर क्लास से चली गईं।

सुचि के चेहरे की मुसकराहट से लग रहा था कि मैंने काफी हद तक अपना काम कर दिया। इतने में दूसरे पीरियड के सर आ गए, लेकिन सुरेश और मनीष लगातार मुझे घूरे जा रहे थे। इस वजह से मेरी धड़कन सामान्य नहीं हो पा रही थी। जैसे ही लंच हुआ, मैं भागकर सबसे पहले क्लास से निकला और कैंटीन चला गया। मुझे डर था कि वे दोनों मुझे कहीं अकेले में पकड़ न लें। ऐसे में कैंटीन जैसी भीड़भाड़ वाली जगह मेरे लिए उपयुक्त थी।

"गुड जॉब अनुराग!" पीछे से सुचि ने मेरी पीठ थपथपाई।

"अरे, तुमको कैसे पता चला कि मैं यहाँ आया हूँ।" मैंने हैरानी से पूछा।

"अब इतना तो जानने लगी हूँ मैं तुमको।" सुचि यह बोलते हुए मेरे सामने वाली कुरसी पर बैठ गई। चेहरे पर थोड़ी गंभीरता लाते हुए वह आगे बोली, "अनुराग, अब तुम्हें बहुत सावधान रहना होगा। वह पूरे साल तुम्हारे पीछे पड़े रहेंगे।"

"अच्छा, लेकिन तुम तो रहोगी न मेरे साथ!" मैंने संशय के साथ पूछा।

"हाँ, लेकिन तुम्हें मेरे भरोसे नहीं रहना है। अगर मैं नहीं भी रही तो मेरे शब्दों को याद रखना। वह जब भी तुम पर अटैक करें, तुम उनको काउंटर करना।"

"ठीक है, मैं कोशिश करूँगा।"

"यह हुई न बात! वैसे तुमने 'चित्रलेखा' पूरा पढ़ लिया न?"

"हाँ, लगभग। बहुत ही जबरदस्त किताब है। हर किरदार शुरू में जैसा दिखता था, बाद में उससे अलग हो जाता है।" मैं थोड़ा रुककर बोला, "वैसे सच कहूँ तो मुझे 'चित्रलेखा' के किरदार में तुम नजर आती हो। मतलब दिखने में अलग और समझने में अलग।"

"अच्छा! मैंने तो किताब नहीं पढ़ी है, लेकिन तुम इसका एक सिनोप्सिस बना लो। फिर मुझे भी समझ आएगा कि मैं 'चित्रलेखा' से कितनी मिलती हूँ। वैसे मैंने 'द अल्केमिस्ट' पूरा पढ़ लिया है।" सुचि ने अपना भी अपडेट दिया।

"ठीक है। मैं कल एक सिनोप्सिस बनाकर लाऊँगा। तुम भी 'द अल्केमिस्ट' का सिनोप्सिस मुझे सुना देना।"

"हाँ, लेकिन एक बात ध्यान रखना है हमें। यह कॉम्पिटिशन सिर्फ सिनोप्सिस लिखकर जमा करने का नहीं है, बल्कि हमें सबके सामने उसे प्रेजेंट भी करना होगा। पूरा स्कूल होगा। साथ-ही-साथ बाहर से भी गेस्ट आएँगे। तो हमें प्रेजेंटेशन भी उतना ही अच्छा बनाना होगा।" सुचि ने मुझे कॉम्पिटिशन का फॉर्मेट याद दिलाते हुए कहा।

"ओह, मैं तो भूल ही गया था कि हमें सबके सामने बोलना भी पड़ेगा। क्या तुम हम दोनों की तरफ से नहीं बोल सकती।" मेरे चेहरे पर शिकन आ गई थी।

"अरे! मैं क्यों तुम्हारे बदले बोलूँगी। यह काम तुम्हें ही करना पड़ेगा।" सुचि ने आँखें छोटी करते हुए कहा।

"लेकिन मुझे सबके सामने बोलने में डर लगता है, मेरी आवाज काँपने लगती है। मेरे पेट में गुड़गुड़ी होने लगती है।" मैंने खुलकर सुचि को बता दिया।

"उफ्फ, कुछ सोचना पड़ेगा इसके लिए भी," सुचि अपनी उँगलियों में पहनी हुई अँगूठियों को घुमाते हुए बोली, "सुनो, आज शाम को तुम्हें मेरे घर आना है। ये जो तुम धीमी आवाज में बात करते हो न उसका एक उपाय है मेरे पास। जैसे ही तुम्हारी आवाज तेज होगी लोग तुम्हें सुनना चालू करेंगे और लोगों का अटेंशन मिलने पर तुम्हारा कॉन्फिडेंस खुद से ही बढ़ने लगेगा।"

"ठीक है, जैसा तुम कहो।" मैंने हामी भरी। इतने में लंच खत्म होने की घंटी बजी। सुचि क्लास की तरफ जाने लगी। मैं भी क्लास की तरफ ही जा रहा था तभी मेरे दिमाग ने मुझे इशारा किया कि बेटा, वाशरूम जाना पड़ेगा वरना टंकी खाली करने का मौका स्कूल खत्म होने पर ही मिल पाएगा।

मैंने कहीं सुना था कि जिन लोगों की इज्जत कम होती है, उन्हें ही सबसे ज्यादा बेइज्जती का डर सताता है। आज सुरेश और मनीष के भी ईगो पर चोट पड़ी थी और वे उसका बदला लेने के लिए पागल हो रहे थे। जैसे ही मैं वाशरूम के अंदर गया, तभी मैंने देखा कि सुरेश और मनीष बाहर से दौड़कर आए और वाशरूम को अंदर से बंद कर दिया। दोनों को देखकर मेरी हालत पतली हो गई। मेरा दिल जोर से धड़कने लगा था।

"अबे, ये डरने की एक्टिंग क्यों कर रहा है? पूरी क्लास के सामने तो बहुत हिम्मत दिखा रहा था। मुझे बस सुचि के साथ ग्रुप बनाकर उसे सबक सिखाना था और तूने वह भी करने नहीं दिया!" सुरेश मेरा कॉलर पकड़ते हुए बोला।

"मुझे जाने दो प्लीज!" मैं लगभग गिड़गिड़ाते हुए बोला।

"क्यों? तू तो बहुत होशियार बन रहा था न क्लास में?" मनीष भी बोल पड़ा।

इतने में मुझे सुचि की बात याद आई। मैंने आँखों को कुछ सेकंड्स के लिए बंद किया। अपनी बढ़ी हुई धड़कनों को महसूस किया और अपनी साँसों को थोड़ा रोका। आँखें खोलते हुए मैंने सुरेश के हाथ पर जोर से मारा और चिल्ला पड़ा,

"मेरी कोई गलती नहीं है, तुम लोगों ने मुझे सुचि के बारे में भड़काया।" मेरी आँखों में आग धधक रही थी, लेकिन डर से मैं काँप भी रहा था।

"अरे देख तो मनीष, यह कितना उड़ रहा है।" सुरेश ने मुझे एक जोरदार थप्पड़ मारा। मैं असंतुलित होकर जमीन पर गिर पड़ा। उसके थप्पड़ से मेरा दिमाग हिल गया था। मनीष और सुरेश को मैं अपने पास आते देख रहा था। मेरी आँखों से आँसू निकल रहे थे, लेकिन मैंने तय कर लिया था कि इनका सामना करना ही है।

मैं किसी तरह खड़ा हुआ ही था कि मैंने देखा, सुरेश फिर अपना हाथ उठाने वाला है। मैंने पूरी ताकत से एक मुक्का सीधा उसके जबड़े पर मारा। वह न सिर्फ फर्श पर गिरा बल्कि उसके दाँत भी बाहर आ गए थे। मनीष यह देखकर इतना सहम गया कि वह भागने लगा। मैं वहीं खड़ा अपने हाथ को निहार रहा था। मुझे भरोसा ही नहीं हो रहा था कि मेरे हाथों में इतनी जान है। खैर, सुरेश जब तक खड़ा होता और हम फिर से लड़ाई करते, तब तक मनीष एक सर को साथ बुला लाया था। सर ने बिना कुछ बोले हमें प्रिंसिपल के ऑफिस चलने का इशारा किया। वैसे तो मुझे किसी भी सर या मैम से मिलने में बड़ा डर लगता था, लेकिन आज अंदर-ही-अंदर मैं खुश हो रहा था। शायद मैंने डर को इतने करीब से देख लिया कि मेरा डर ही खत्म हो गया था।

□

"क्या सच में तुम्हें एक सप्ताह के लिए सस्पेंड कर दिया गया है?" सुचि ने उत्सुकता से पूछा।

"हाँ, लेकिन इसमें खुश होने की क्या बात है! मुझे तो यह समझ नहीं आ रहा है कि मैं घर पर क्या बोलूँगा?" मेरी आवाज में परेशानी थी।

"देखो, खुश होने की बात इसलिए है, क्योंकि तुम कुछ करके ही सस्पेंड हुए हो। साथ-ही-साथ मनीष और सुरेश का एक महीने के लिए सस्पेंड होना तो सोने पर सुहागा जैसा है।"

"यह सब तो ठीक है, लेकिन मैं घर पर क्या बोलूँगा?"

"घर पर तुम्हें कुछ भी बोलने की जरूरत नहीं है, क्योंकि तुम रोज स्कूल के लिए निकलोगे, लेकिन स्कूल नहीं जाओगे।"

"लेकिन मैं जाऊँगा कहाँ वह भी अकेले!"

"तुम अकेले नहीं रहोगे। मैं बंक मारूँगी और तुम्हारे साथ रोज कहीं घूमने चलूँगी या फिर तुम मेरे घर आ जाना! पापा भी होंगे, लेकिन वे कूल पापा हैं। उनसे डरने की जरूरत नहीं है।"

"अरे नहीं, मेरी वजह से तुम्हें बंक मारने की जरूरत नहीं है और इस तरह से बंक मारने से स्कूल में भी तुम्हारे और मेरे बारे में तरह-तरह की बातें की जाएँगी।"

"ऐसा मत सोचो। देखो, अगले दो सप्ताह में ही कॉम्पिटिशन है। ऐसे में इस सप्ताह वैसे भी ज्यादा लोग नहीं आएँगे और लास्ट के दो दिन तो वैसे ही छुट्टी है।"

"ठीक है, मतलब टेक्निकली मुझे तीन दिन के लिए ही स्कूल से सस्पेंड किया गया है।"

"हाँ, इसलिए तुम ज्यादा मत सोचो और कल से ही मेरे घर आ जाना। हम इस कॉम्पिटिशन में पक्का जीतने वाले हैं।"

अगले दिन से ही मैं सुचि के घर जाने लगा। उसके घर में जाते ही मुझे मालूम चला कि उसकी माँ काफी साल पहले ही चल बसी थीं और वह बस अपने पापा के साथ रहती थी, लेकिन सुचि ने कभी भी इस बात का जिक्र नहीं किया था। शायद वह हँसते हुए चेहरे के पीछे अपना दर्द छुपाना जानती थी। एक और बात मुझे यह पता चली कि उसके पापा ज्योतिष को बहुत ही ज्यादा मानते थे। सुचि के हाथों में जो ढेर सारी अँगूठियाँ थीं, वे उन्होंने ही उसे पहनाई थीं। बचपन में उसका नाम भी कुछ और था। सुचि को इन सबमें कोई दिलचस्पी नहीं थी, लेकिन वह अपने पापा के लिए कुछ भी करने के लिए राजी थी। ये उसके पापा ही थे, जिन्होंने ज्योतिषी के कहने पर सुचि का नाम सुचित्राणि रखवाया था। वरना बचपन से ही उसके पापा को छोड़कर स्कूल में भी सभी उसे सुचि ही बुलाते थे, लेकिन उसके सर्टिफिकेट में ऑफिशियल नाम सुचित्राणि ही था।

खैर, जब मैं उनके पापा से मिला तो मुझे समझ आया कि वे सुचि से बहुत प्यार करते थे और सुचि भी उनसे बहुत प्यार करती थी। एक-दूसरे के लिए वे जान

छिड़कते थे। उस पूरे सप्ताह उसके पापा हमारे साथ बैठकर हमें बेहतर तरीके से बोलने की ट्रेनिंग दे रहे थे। वे हमें रायपुर के मरीन ड्राइव भी लेकर गए। जहाँ मैं और सुचि सीढ़ियों पर खड़े होकर बारी-बारी से अपने प्रेजेंटेशन की तैयारी करते थे। लोग हमें देखकर हँसते थे, लेकिन मेरा कॉन्फिडेंस बढ़ता जा रहा था। मेरी आवाज में वजन आने लगा था। उन तीन-चार दिनों में मैंने अपनी किताब का प्रेजेंटेशन इतने अच्छे से रट लिया था कि नींद में भी मैं आसानी से दुहरा सकता था।

जब कॉम्पिटिशन के दिन मैं स्कूल गया तो लोग मुझे मुसकराते हुए देख रहे थे। कुछ लड़कों ने बताया कि मैं सुरेश और मनीष को मारने की वजह से हीरो बन गया हूँ, लेकिन उस घटना की वजह से मैं अंदर तक हिल गया था। ऐसे में सुचि मेरा पूरा ध्यान वापस उस कॉम्पिटिशन की ओर लाई। हमसे पहले काफी स्टूडेंट्स स्टेज पर आकर अलग-अलग किताबों के बारे में बता रहे थे।

अब अगली बारी है—अनुराग और सुचित्राणि की। इतना सुनकर हम स्टेज की ओर बढ़ने लगे, जब हम स्टेज पर पहुँचे तो सबका ध्यान हमारी ही तरफ था। सुचि ने बिना किसी देरी के अपनी किताब 'द अल्केमिस्ट' के बारे में बहुत ही रोचक तरीके से बताना शुरू किया और लोग भी उसकी बातों को बहुत ध्यान से सुन रहे थे। उसके बाद अब मेरी बारी थी, मैं नर्वस हो रहा था। मेरी साँसें तेज हो रही थीं, लेकिन सुचि ने मुझे कॉन्फिडेंस के साथ शुरुआत करने के लिए कहा। मैंने बोलना शुरू किया। 'चित्रलेखा' उपन्यास के बारे में बताते समय मुझे हर समय ऐसा ही लग रहा था कि सुचि और 'चित्रलेखा' कितनी मिलती-जुलती हैं। जैसे ही मैं अपनी स्पीच को खत्म करने वाला था तभी सुचि के कान में प्रिंसिपल सर ने आकर कुछ कहा। वह थोड़ी बेचैन होकर जल्दी से वहाँ से जाने लगी, लेकिन उसने मुझे थम्स अप का इशारा किया और धीरे से बोली, "बी कॉन्फिडेंट मिस्टर न्यू बॉय!"

मैंने भी बिना रुके अपनी स्पीच को पूरा किया, जब मैं स्टेज से नीचे उतरकर आया तो पता चला कि सुचि घर निकल गई थी। वह किस वजह से घर गई थी, यह बात मुझे पता नहीं चल पाई। थोड़ी ही देर में स्टेज पर विजेताओं की घोषणा की गई। मुझे और सुचि को सेकेंड प्राइज मिला था, लेकिन प्राइज लेने मैं अकेला ही स्टेज पर गया। मुझे ऐसा लग रहा था कि जिसकी वजह से मुझे प्राइज मिल रहा था, वह खुद ही उस पल मौजूद नहीं थी। अगले ही दिन प्रिंसिपल सर ने आकर बताया

कि उसके पापा की रोड एक्सीडेंट में मौत हो गई। यह खबर सुनकर मैं अंदर तक काँप गया। उसके पापा के साथ मैंने पिछले सप्ताह ही तो कितना समय बिताया था। मुझे सुचि की परवाह होने लगी। मैं दो दिन के बाद उसके घर गया, लेकिन घर पर ताला लगा था। पूरे एक सप्ताह तक मैं उसके स्कूल आने का इंतजार करने लगा, लेकिन वह वापस नहीं आई। बाद में पता चला कि उसने स्कूल छोड़ दिया और दूसरे शहर में किसी रिलेटिव के यहाँ जाकर रहने लगी। सिर्फ एक महीने में ही उसने मुझे कितना बदल दिया था! मुझे लोगों पर वापस भरोसा करना सिखा दिया था। मेरे अंदर अपनी बात को रखने का कॉन्फिडेंस ला दिया था। वह आफत की पुड़िया कब मेरी दोस्त बन गई और मेरे अंदर के डर को निकाल गई, पता ही नहीं चला! उसकी सिखाई बातों को मैंने पूरे साल फॉलो किया और उसकी वजह से ही दब्बू इंट्रोवर्ट लड़के से एक एवरेज लड़का बन पाया, जो कम-से-कम अपनी बात किसी और से कहने में परहेज नहीं करता था। मनीष और सुरेश ने साल भर मुझे अलग-अलग तरीकों से परेशान करने की कोशिश की, लेकिन उसका मुझ पर ज्यादा फर्क नहीं पड़ा। साथ-ही-साथ अब मैं किताबें भी पढ़ने लग गया था। मुझे हमेशा से ही वह 'चित्रलेखा' जैसी ही लगती थी। जिसके जीवन में दर्द तो बहुत था, लेकिन दूसरों के लिए जीना उसे आता था।

मेरे लिए वह दोस्त के रूप में पहली गुरु थी, जिसे मैं लास्ट में एक थैंक यू भी नहीं बोल पाया। काश! वह जीवन के किसी मोड़ पर मुझसे मिल पाती!

वर्तमान

"आंटी, क्या आप ही सुचि हो?"

"अरे नहीं बेटा! मैं सुचि नहीं हूँ।"

जैसे ही पहली कहानी पूरी हुई तो कुछ पल के सन्नाटे के बाद रिद्धिमा ने पार्थ की मम्मी से यह सवाल किया था। उधर पार्थ के मन में अपने पापा और सुचि को लेकर काफी सवाल आ रहे थे, उसने भी अपनी मम्मी से पूछा, "मम्मी, तो सुचि को फेसबुक पर सर्च नहीं किया क्या पापा ने? या उसके मोबाइल पर कभी कॉल नहीं किया क्या?"

"बेटा, फेसबुक उस जमाने में होता ही नहीं था और उसका मोबाइल नंबर भी बदल गया था। जब कुछ महीनों के बाद आपके पापा ने उस नंबर पर फिर कॉल किया तो वह नंबर किसी दूसरे को अलॉट हो गया था।"

"अच्छा, पापा के साथ सुरेश और मनीष ने बहुत गलत किया, लेकिन पापा ने भी उन्हें अच्छा सबक सिखाया।"

"हाँ बेटा, पापा इस नॉट ए लूजर।"

इतना सुनने के बाद पार्थ थोड़ा सा मुसकरा दिया। अब पार्थ और रिद्धिमा के मन में अनुराग के बारे में जानने के लिए उत्सुकता बढ़ने लगी। वे दोनों पार्थ की मम्मी से डायरी को आगे पढ़ने के लिए बोले, लेकिन उन्होंने यह कहकर मना कर दिया कि आज बहुत देर हो गई है और कल दोनों का होमवर्क होने के बाद वापस अनुराग की नई कहानी पढ़कर सुनाएँगी। अगले 24 घंटों में पार्थ और रिद्धिमा ने न जाने कितनी ही बार अनुराग के बारे में बात की। वे दोनों स्कूल से आने के बाद होमवर्क करके वापस पार्थ की मम्मी के पास पहुँच गए और उसकी मम्मी ने भी बिना किसी देरी के नई कहानी को पढ़ना शुरू किया।

जबरदस्त गोलमाल

दोस्तो, आज हमारे बीच जो शख्स आने वाले हैं, वे कोई मामूली शख्स नहीं हैं। उनसे बात करने के लिए भी आपको 10 दिन का अपॉइंटमेंट लेना पड़ता है, जब वे अपनी चमचमाती स्पोर्ट्स बाइक से कॉलेज कैंपस के अंदर जाते हैं तो कॉलेज की सभी लड़कियाँ उन्हें देखती ही रहती हैं। उनके फैकल्टीज भी उनसे बात करने के लिए तरसते हैं। इतनी छोटी सी उम्र में इतना सब अचीव करने वाले से क्या आप लोग मिलना चाहेंगे?

एक 20 साल का लड़का सूट-टाई लगाकर पूरे उत्साह के साथ कुछ इसी तरीके से अपने सीनियर को बुला रहा था। उसके साथ ही स्टेज के नीचे भी काफी लड़के सफेद शर्ट और टाई लगाकर 'जबरदस्त-जबरदस्त' चिल्ला रहे थे। मैं और मेरे जैसे काफी लोग, जिन्हें कुछ भी समझ नहीं आ रहा था, आश्चर्य से उन सबको देख रहे थे। बहुत भयंकर शोर-शराबे के बीच वह सीनियर वहाँ आया। उसके आने पर उसके जूनियर्स ऐसे ऑटोग्राफ माँग रहे थे, जैसे वह कोई सुपरस्टार हो। जब उसने बोलना शुरू किया तो वह शाहरुख खान के मन्नत से लेकर सलमान खान जैसी बॉडी बनाने के सपने दिखाने लगा था। उसके मुताबिक मुझे सबसे पहले उसकी कंपनी से जुड़ना है और उसके बाद अपने नीचे सिर्फ दो लोगों को जोड़ना था। ऐसी मीटिंग में ज्यादातर लोग ऐसे आते हैं, जिन्हें या तो पैसे कमाने की जल्दी होती है या फिर कोई उन्हें धोखे से वहाँ ले आता है।

मैं दूसरी कैटेगरी में आता था, मुझे जोया ने वहाँ बुलाया था। जोया वही लड़की थी, जिससे मैं याहू मैसेंजर के जरिए मिला था। मैसेंजर चलाने में कितना ही मजा आता था। किसी भी रैंडम पर्सन से कनेक्ट हो जाओ और जी भरकर उससे बातें कर लो, लेकिन कभी-कभी कोई लड़का लड़की बनकर भी बात कर लेता

था और बाद में पता चलने पर लड़कों की गुगली हो जाती थी, जब मैं ट्वेल्थ के बाद रायपुर छोड़कर आई.आई.टी. की तैयारी करने के लिए कोटा आया तो देखा कि यहाँ तो स्टूडेंट्स से ज्यादा कोचिंग वाले हैं। वे कोचिंग वाले आपको ऐसे सपने दिखाते हैं, जैसे उनकी कोचिंग में सिर्फ एडमिशन करने भर से ही आपका सलेक्शन हो जाएगा, लेकिन हकीकत कुछ और होती है, जब मैंने कोचिंग जॉइन की तो कुछ ही दिनों में समझ आ गया कि एग्जाम क्रैक करके आई.आई.टी. के कॉलेज में एडमिशन लेना मेरे वश की बात नहीं है। सिर्फ मैं ही ऐसा नहीं सोचता था बल्कि मेरे बैच में काफी स्टूडेंट्स ऐसा ही सोचते थे। ऐसे में वे लोग क्लास में सिर्फ मस्ती करने आते थे। उनका अपना ही एक गैंग बना होता था और उनमें पढ़ाई को छोड़कर हर टॉपिक पर बात होती थी। मैं भी चाहता था कि उस गैंग के पास जाकर उनकी बातचीत में शामिल हो पाऊँ। वैसे मैं पहले की अपेक्षा खुल गया था, लेकिन फिर भी मुझे नए लोगों से बात करने में संकोच होता था, लेकिन मैं उनकी बातचीत को ध्यान से सुनता था। एक बार मैंने सुना कि याहू मैसेंजर में नए लोगों से बात करने का मौका मिलता है और बहुत सारी लड़कियाँ अपना नंबर भी देती हैं। उस समय इंटरनेट लोगों के लिए एक जादू के जैसा था, इसलिए मुझे भी लगा कि इसके जरिए ही किसी से दोस्ती की जाए।

पहले तो मुझे ठीक से समझ नहीं आ रहा था, लेकिन कुछ ही दिनों में मुझे याहू मैसेंजर अच्छे से चलाना आ गया। रोज किसी–न–किसी नए लड़के या लड़की से बात होती थी, लेकिन किसी से भी दुबारा बात नहीं होती थी। ऐसे में एक दिन मैंने जोया से बात करना शुरू किया। मेरी खुशी का ठिकाना ही न रहा, जब उसने बताया कि वह भी कोटा में ही कोचिंग कर रही है। पहले तो मुझे उसके लड़की होने पर ही यकीन नहीं था, लेकिन रोज चैटिंग करते–करते मुझे उस पर यकीन हो गया। जोया से चैटिंग करते हुए एक बार उसने ही मेरा नंबर लिया और मैंने बिना देर किए ही उसको अपना नंबर दे दिया। उसके बाद हम लोग रोज ही मैसेज के जरिए बात किया करते थे, उससे बात करने के लिए मैंने मैसेज पैक भी डलवा रखा था।

"हैलो, अनुराग! कैसे हो तुम?" जोया चहकते हुए बोली।

"मैं तो अच्छा हूँ और आप?" थोड़ा हिचकिचाते हुए मैंने कहा।

"मैं भी अच्छी हूँ। अच्छा तुम्हें पता है कि तुम्हारी कोचिंग के पीछे एक बहुत अच्छा कैफे है, क्या तुम मिलना चाहोगे?"

"ठीक है, लेकिन कुछ काम है क्या?"

"अरे नहीं। मैंने सोचा कि इतने दिनों से सिर्फ मैसेज पर ही बात हो रही है तो क्यों न तुमसे मिलकर ही बात की जाए, लेकिन अगर तुम्हारा मन नहीं है तो रहने देते हैं।" जोया ने बेतकल्लुफी से कहा।

"नहीं-नहीं, ऐसा नहीं है, हम मिलते हैं शाम को कोचिंग के बाद।" मैंने जल्दीबाजी में कहा ताकि उसे यह न लगे कि मैं उससे मिलना नहीं चाहता हूँ।

उस दिन मैं अच्छे से तैयार होकर कोचिंग गया। केमिस्ट्री वाले सर बॉन्डिंग की क्लास ले रहे थे, लेकिन मैं तो किसी और के साथ बॉन्डिंग के सपने देख रहा था। हर दो मिनट में घड़ी देखने के बाद भी समय जल्दी कट नहीं रहा था। ऊपर से सर भी टॉपिक पूरा कराने के चक्कर में क्लास खत्म नहीं कर रहे थे, लेकिन वह घड़ी आ ही गई जब सर ने होमवर्क देकर क्लास पूरी की। न मैंने होमवर्क नोट किया और न ही सर के क्लास से निकलने का इंतजार। मैं तुरंत ही क्लास से निकल गया। मुझे लगा था कि मैं तुरंत ही निकलकर कैफे पहुँच जाऊँगा, जहाँ जोया मेरा इंतजार कर रही होगी, लेकिन दूसरे कोचिंग में भी उसी समय क्लास छूटी थी, इसलिए पूरी सड़क स्टूडेंट्स से भरी हुई थी। किसी तरह से मैं कैफे पहुँचा। जोया अभी तक नहीं पहुँची थी। वैसे तो मैंने उसे फोटो में देखा था, लेकिन सामने से देखने के लिए मैं मरा जा रहा था, जब थोड़ी देर हो जाने पर भी वह नहीं आई तो मैंने उसे कॉल लगाई। उसने कॉल भी नहीं उठाई। जब मैं निराश होकर जाने ही वाला था तभी एक मीठी और पतली सी आवाज पीछे से आई—अनुराग।

कुछ ही दूरी से चलकर जोया मेरी तरफ ही चली आ रही थी। वह जितनी खूबसूरत फोटो में दिख रही थी, उससे कहीं ज्यादा खूबसूरत थी। बड़ी-बड़ी भूरी आँखें और उन आँखों में काजल उसके लंबे पतले चेहरे की खूबसूरती को चार चाँद लगा रहे थे। उसके कंधे तक आते काले बाल और उसकी लहराती चाल देखते ही बनती थी, जब चलते-चलते ही उसने अपने लाल जरीदार सूट के दुपट्टे को एक तरफ से दूसरी तरफ फेंका तो उस कैफे में बैठे हर लड़के की साँस एक पल के लिए थम-सी गई, मेरा मुँह भी खुला-का-खुला था।

"अरे, लगता है कि मैं आने में थोड़ी लेट हो गई। आप तो जा रहे हैं!" उसने बिना किसी देरी के अपना हाथ बढ़ाते हुए कहा।

"नहीं-नहीं, मुझे लगा कि मैं गलत कैफे में तो नहीं आ गया!" मैंने भी अपना

हाथ आगे कर हाथ मिलाया।

"आप सही कैफे में हैं। बस मैं कोचिंग से थोड़ी देर से निकली और मोबाइल भी साइलेंट मोड में था।"

"कोई बात नहीं, लड़कियाँ थोड़ा लेट तो आती ही हैं।"

"लेकिन मैं उन लड़कियों के जैसी नहीं हूँ, अगर लड़के टाइम पर आ सकते हैं तो लड़कियाँ क्यों नहीं!"

"अच्छा ठीक है, चलिए न बैठकर बात करते हैं।" मैं टेबल की तरफ इशारा करते हुए बोला।

हम उस कोने पर जाकर बैठ गए, जहाँ ज्यादा शोर नहीं था। खिड़की से आती हुई सूरज की चमकीली रोशनी सीधे उसके चेहरे पर पड़ रही थी, इसलिए मैं न चाहते हुए भी उसे जरूरत से ज्यादा घूरे जा रहा था। तभी उसने मुझे कोल्ड कॉफी के लिए पूछा और मैंने भी सिर हिलाकर हामी भर दी।

"तो अनुराग, कोटा में आप भी मेरे जैसे ही कोचिंग करते हैं न?"

"हाँ, कोचिंग करने तो आया था, लेकिन ज्यादा समझ नहीं आ रहा है।" मैंने मुसकराते हुए कहा।

"हाँ-हाँ! सबकी हालत कुछ ऐसी ही है। हम सभी एक-दूसरे को देखकर कोटा तो आ जाते हैं, लेकिन कुछ ही महीनों में समझ आ जाता है कि हमसे कुछ होने वाला नहीं है।"

"सही बोला आपने।"

"अरे, आप मुझे आप मत बोलो न! हम एक ही उम्र के हैं।"

"ठीक है, लेकिन तुम्हें भी मुझे तुम ही बोलना होगा।"

"ओके! मुझे कोई प्रॉब्लम नहीं है अनुराग!"

"वैसे तुम भी मेरी तरह आई.आई.टी. का सपना अपने मन से निकाल चुकी हो?"

"हाँ, मैं इस भीड़ का हिस्सा नहीं बनना चाहती हूँ और मेरे सपने शायद आई.आई.टी. से भी बड़े हैं। वहाँ जाकर भी कुछ ही स्टूडेंट्स को अच्छा पैकेज मिलता है और बाकी के स्टूडेंट्स को एवरेज पैकेज ही मिलता है।"

"ऐसी बात है क्या? लेकिन आई.आई.टी. के लिए तैयारी करने के अलावा हमारे पास चारा भी क्या है? आई.आई.टी. नहीं हुआ तो कम-से-कम दूसरे अच्छे

कॉलेज में एडमिशन मिल जाएगा न!"

"हाँ, लेकिन उसके लिए भी सिर्फ पढ़ाई करने से भी काम नहीं चलेगा। बल्कि हमें आसपास ऐसे लोगों को ढूँढ़ना होगा, जिन्होंने पढ़ाई में भी अच्छा किया है और उनकी बाकी पर्सनैलिटी भी अच्छी है। समझे कि नहीं समझे?"

"समझ गया मैं, लेकिन ऐसे लोग कहाँ मिलेंगे?"

"अरे मिलेंगे यार, मैं ऐसे ही लोगों से सलाह लेती हूँ और इसलिए ही मुझे अपनी लाइफ को लेकर कोई टेंशन नहीं है।"

"अरे वाह! तो उन लोगों ने भी आई.आई.टी. से पढ़ाई की होगी न? क्या मैं भी उन लोगों से मिलकर अपने कॅरियर के बारे में पूछ सकता हूँ?"

"उन्होंने आई.आई.टी. से पढ़ाई तो नहीं की है, लेकिन उनकी इज्जत आई.आई.टी. वालों से भी ज्यादा है और उसने मिलना भी बहुत ही मुश्किल है। मैं भी किसी तरह से ही उनसे मिल पाती हूँ।"

"अच्छा, चलो कोई बात नहीं। तुम ही मुझे कुछ बता देना।"

"अरे बुद्धू! तुम बात नहीं समझे? अगर मैं उनसे बात करूँ तो शायद मैं तुम्हें उनसे मिला सकती हूँ।"

उसके बुद्धू बोलते ही मैं पिघल गया। ऐसा लगा कि मैं कोई सपना देख रहा हूँ। कैसे कोई इतने प्यार से मुझसे बात कर सकता है, लेकिन वह ख्वाब नहीं, हकीकत थी। इसलिए मैंने बिना सोचे-समझे ही उसकी हर बात में हामी भर दी। उसने बताया कि वह मुंबई की है और रायपुर में भी उसके कई रिश्तेदार रहते हैं। वह रायपुर भी कई बार आ चुकी थी। जब आप अपने शहर से बाहर दूसरे शहर में रहते हैं तो आपके शहर का जिक्र भी आपके चेहरे पर मुसकान ला देता है, इसलिए मैं जोया से एक प्रकार का कनेक्शन महसूस कर पा रहा था। उसकी बातों से लग रहा था कि वह जिंदगी में कुछ करना चाहती है और उसके पास प्लान भी है। उस दिन शाम कैसे गुजर गई, पता ही नहीं चला। जब मैंने कैफे में बिल देना चाहा तो उसने मना कर दिया और उसने अपना बिल अलग से दिया, जब मैंने उसे उसके पीजी तक छोड़ने की बात कि तो वह बोली कि हम उस भारत में जी रहे हैं, जहाँ पहली बार एक महिला प्रतिभा पाटिल राष्ट्रपति बन गई है। ऐसे में उसे छोटे-छोटे कामों के लिए लड़कों से मदद लेना पसंद नहीं है। उसकी ये सब बातें मुझे उसकी तरफ और आकर्षित कर रही थीं। हम अगले कुछ दिनों तक रोज बात करते थे,

जब भी उससे बात होती थी तो मेरे मन में गुदगुदी होने लगती थी। ऐसा नहीं था कि वह सिर्फ काम की ही बातें करती थी, बल्कि मुझे लगता था कि हम दोस्तों के जैसे पर्सनल बातें भी करते थे। एक दिन उसने मुझे बताया कि वह जिन लोगों की बात करती है, उनका सेमिनार रविवार को होने वाला है और उसके पास का उसने किसी तरह से जुगाड़ किया है। ऐसे में मुझे एकदम फॉर्मल तरीके से तैयार होकर पहुँच जाना है। कुछ इस तरह से जोया ने मुझे उस सेमिनार में बुलाया था।

उस सेमिनार में वह 20 साल का लड़का बता रहा था कि उसने अपने पैसों से एक रोलेक्स की घड़ी ली है। अपने ही पैसों से वह पढ़ाई कर रहा है और बहुत ही जल्द वह अपने लिए एक घर भी खरीदने वाला है, वह जब भी ऐसा बताता तो बाकी के सफेद शर्ट और काली पैंट पहने लोग जोर से 'जबरदस्त-जबरदस्त' चिल्लाते थे। मेरे जैसे लोग, जिन्हें किसी-न-किसी ने बुलाया था, उन्हें लग रहा था कि उनसे मिलना तो दूर, बात करना भी मुश्किल है, लेकिन सेमिनार के बाद जोया ने मुझे किसी तरह से उस लड़के से मिलाया। उसने बताया कि वह किसी ठीक-ठाक से कॉलेज से इंजीनियरिंग कर रहा है, लेकिन वह प्लेसमेंट के लिए कंपनीज के इंटरव्यू में भी नहीं बैठा, क्योंकि कंपनी उसे जितना साल का पैकेज दे रही थी, उतना वह एक महीने में कमाता है। मेरे लिए इन सब बातों पर विश्वास करना मुश्किल था, लेकिन उसने बताया कि मैं भी ऐसा कर सकता हूँ। बस मुझे 20,000 रुपए देकर जॉइन होना है और उनकी कंपनी के सारे सामान का उपयोग करना है। उसके बाद अपने नीचे लोगों को जोड़ते जाना है और उसका भी कमीशन मुझे मिलेगा। मैंने उनकी बात ध्यान से सुनी, लेकिन मेरा जॉइन करने का कोई इरादा नहीं था, क्योंकि मेरे जैसे इंट्रोवर्ट लड़के के लिए लोगों को जाकर प्रेजेंटेशन दिखाना और उन्हें कंपनी में जॉइन कराना बहुत मुश्किल था। मैंने यह बात थोड़ा हिचकते हुए जोया को भी बता दी, उसने भी मुझसे कोई जबरदस्ती नहीं की।

मुझे लगा था कि जोया ने शायद मुझसे दोस्ती ही अपनी कंपनी में जॉइन कराने के लिए की है, लेकिन उसके व्यवहार से मुझे बिल्कुल भी ऐसा नहीं लगता था। हाँ, जब भी हम मिलने का प्लान बनाते थे तो अचानक उसे मीटिंग में जाना पड़ता था या अगर मिल भी गए तो भी उसे जल्दी ही जाना पड़ता था। मुझे उसके लिए प्यार जैसा कुछ लगने लगा था, लेकिन शायद उसकी तरफ से ऐसा कुछ नहीं था। मैं किसी तरह से उसे बताना चाहता था कि मैं उसे पसंद करने लगा हूँ, लेकिन

मेरे मन में डर भी था कि अगर मैंने उसे कुछ भी बता दिया तो वह मुझसे बात नहीं करेगी। खैर, एक दिन मैं कोचिंग के बाद अपने कमरे में बैठकर एक उपन्यास पढ़ रहा था। तभी मुझे जोया का कॉल आया।

"हैलो अनुराग, कैसे हो दोस्त ?"

उसने दोस्त इतने प्यार से बोला कि कुछ पलों तक मैं कुछ बोल ही नहीं पाया। उसके बाद मैंने खुद को सँभालते हुए कहा, "मैं अच्छा हूँ, तुम कैसी हो ? आज खुद से कैसे कॉल किया ?"

"अरे, तो क्या मैं खुद से कॉल नहीं कर सकती क्या ?"

"कर सकती हो, लेकिन आजकल तुम बिजी रहती हो न!" मेरी आवाज में नाराजगी थी।

"हाँ यार, कोचिंग और कंपनी के काम में पूरा टाइम निकल जाता है और फिर घर आकर पढ़ाई भी तो करनी होती है, तुम्हारा क्या चल रहा है ?"

"अच्छा, समझ सकता हूँ। मेरा तो कोचिंग जाने और आने में ही बहुत टाइम निकल जाता है। गिल्ट न हो करके थोड़ी बहुत पढ़ाई भी कर लेता हूँ।"

"बढ़िया। अच्छा, सुनो। आज मेरी कोचिंग नहीं है तो मैं सोच रही थी कि आज जग मंदिर चलते हैं। वह मंदिर किशोर सागर तालाब के बीच में है। बोटिंग करते हुए वहाँ जाने में मजा आएगा।"

मुझे लगा जैसे मेरी लॉटरी लग गई हो, मैंने तुरंत ही 'हाँ' कर दी। शाम को मैं अपनी कोचिंग छोड़कर उसके साथ चल पड़ा। आज जब वह काले सूट में आई तो लग रहा था कि दुनिया की सारी खूबसूरती बस उसी में है। बोट में बैठने पर हवा की वजह से उसके बड़े-बड़े झुमके पेंडुलम की तरह झूल रहे थे। मुझे लग रहा था कि वे झुमके नहीं, मेरे दिल की धड़कनें थीं, जो मदमस्त होकर झूम रहे थे।

"अच्छा सुनो अनुराग! तुम दिखने में तो बड़े कॉन्फिडेंट दिखते हो, लेकिन बातें क्यों कम करते हो ?" बोट पर बैठे-बैठे ही जोया ने तालाब को निहारते हुए मुझसे पूछा।

"मैं शायद ऐसा ही हूँ, वह तो भला हो सुचि का जिसने मुझे थोड़ा कॉन्फिडेंट बना दिया वरना मैं तो किसी से ठीक से बात भी नहीं कर पाता था!"

"ओहो! सुचि तुम्हारी गर्लफ्रेंड थी न ?" यह पूछते हुए उसकी आँखों में शरारत तैर गई।

"अरे नहीं, वह मेरी एक अच्छी दोस्त थी, जिसने मुझे सिखाया कि अगर कुछ गलत हो रहा है तो चुप नहीं रहना चाहिए। उसकी वजह से ही मैं किताबें भी पढ़ने लगा।"

"अरे वाह! तुम्हारे लिए वह लाइन बिल्कुल सही है। बिहाइंड एवरी सक्सेसफुल मैन डेयर इज ए वुमन।"

"हाँ, लेकिन वह स्कूल बीच में ही छोड़कर चली गई। तो कभी-कभी वह याद आती है।"

"अरे, तो तुमने उसे खोजने की कोशिश नहीं की?"

"कोशिश तो बहुत की, लेकिन कुछ भी पता नहीं चला। उसकी कमी महसूस करता हूँ मैं।" मैंने थोड़ा उदास होते हुए कहा।

"देखो अनुराग! एक लड़की लाइफ से गई तो दूसरी तो आ गई न! और क्या मैं तुम्हें स्मार्ट नहीं लगती हूँ?"

"नहीं-नहीं, तुम तो स्मार्ट भी हो और खूबसूरत भी।" मैंने शरमाते हुए कहा।

"हाँ-हाँ, चलो मान लेती हूँ तुम्हारी बात! और हाँ, मैं अब से तुम्हारी लेडी लक हूँ। और मैं वादा करती हूँ कि मैं कभी बिना बताए तुम्हें तनहा छोड़कर नहीं जाऊँगी। समझे कि नहीं समझे?" उसने मेरे कंधे पर हलका सा हाथ रखते हुए कहा।

उसके कंधे पर हाथ रखते ही मेरे पूरे शरीर में सिहरन-सी हो गई।

"समझ गया।" मैं हिचकिचाते हुए आगे बोला, "तुम्हारा कोई बॉयफ्रेंड नहीं है क्या?"

"यार, पता है, मुझे न अपने बॉयफ्रेंड को लेकर बहुत सारी उम्मीदें हैं, लेकिन कोई कमबख्त उन उम्मीदों पर खरा ही नहीं उतरता है।"

"अच्छा! क्या तुम बता सकती हो कि तुम्हें अपने बॉयफ्रेंड से क्या उम्मीदें हैं?" यह सवाल पूछते समय मेरी आँखों में चमक थी।

"यार, ज्यादा कुछ नहीं। बस लड़का थोड़ा अपने कॅरियर को लेकर सीरियस हो। मतलब यह नहीं कि बस माँ-बाप के पैसों को उड़ाता हो! बल्कि खुद के पैरों पर खड़े होने का जज्बा हो और अपनी लाइफ स्टाइल को भी मेंटेन करना जानता हो। साथ-ही-साथ वह लड़का मेरे लिए भी दिल से कुछ करना चाहे।"

"इतनी सारी चीजें कोई कैसे पूरी कर सकता है? अभी हमारी उम्र ही क्या हुई है।"

"अरे, ऐसा नहीं है। मेरी कंपनी में सीनियर्स को देखो। इतनी कम उम्र में सबकुछ अचीव करके बैठे हैं, लेकिन मुझे उम्मीद है कि मैं भी जल्दी ही खुद को अच्छी पोजीशन पर ले आऊँगी और मुझे भी एक अच्छा पार्टनर मिलेगा।"

"हाँ, ऐसा जरूर होगा। तुम हार्डवर्किंग हो।" मैंने धीरे से यह बात बोली। हम बोट से उतरकर जग मंदिर पहुँच गए थे। एक तरफ जोया आसपास के नजारों को देखकर खुश हो रही थी तो दूसरी तरफ मुझे समझ आ गया था कि जोया जैसी लड़की मुझे घास तक नहीं डालने वाली है। खैर, वह पूरी शाम जोया के साथ बहुत अच्छे से गुजरी। बातों-ही-बातों में उसने बताया कि आने वाले रविवार की मीटिंग में उसे भी स्टेज पर बोलने का मौका मिलने वाला है और अगले दो दिन वह अपनी कंपनी के लोगों के साथ उसी की तैयारी करने वाली है। मुझे मन-ही-मन में जलन हुई कि मुझे मुश्किल से ही जोया से मिलने का मौका मिलता है और उसकी कंपनी के लोग लगभग रोज ही उससे मिलते हैं। मैंने जोया से पूछा भी कि क्या मैं भी तैयारी देखने आ सकता हूँ? लेकिन उसने यह बोलकर मना कर दिया कि कंपनी जॉइन करने के बाद ही ऐसा किया जा सकता है।

मेरे मन में अब अजीब सी कशमकश चल रही थी। एक तरफ़ मैं घरवालों को किसी तरह से मनाकर आई.आई.टी. की तैयारी करने कोटा आया था तो दूसरी तरफ जोया का प्यार पाने के लिए मैं उसकी कंपनी जॉइन करना चाहता था। मेरा दिमाग मुझे कोचिंग और पढ़ाई पर ध्यान लगाने को कह रहा था, लेकिन दिल जोया की तरफ भाग रहा था। अब दिल और दिमाग की जंग में कौन जीतता है, वह तो आपको पता ही है। मैंने तय कर किया था कि मैं जोया के लिए वह कंपनी जॉइन करूँगा और उन सीनियर्स के जैसे कुछ बनकर दिखाऊँगा। सही समय आने पर जोया को अपने दिल की बात भी बता दूँगा, लेकिन पैसों की दिक्कत थी। घरवालों से किस तरह 20,000 रुपए माँगे जाएँ? कोचिंग के लिए तो पैसे मिल ही गए थे। हर महीने रहने और खाने के लिए भी पैसे पापा समय पर भेज देते थे। मेरे पास भी लगभग 10,000 रुपए ही थे, जो मैंने हर महीने के खर्चों से बचाकर रखे थे। ऐसे में मेरे पास घर से पैसे मँगाने का कोई रास्ता नहीं बचा था। इसी चक्कर में आने वाले दो से तीन दिन न ठीक से मेरी पढ़ाई हो पाई और न ही जोया से बात, जब रविवार को जोया अपनी कंपनी के सेमिनार के बाद मुझसे मिली तो मैंने उसे बताया कि मैं भी उसकी कंपनी जॉइन करना चाहता हूँ तो वह खुशी से मेरा हाथ पकड़ते हुए

बोली, "यार, अनुराग! मुझे पता था कि तुम बाकी के लड़कों की तरह नहीं हो। तुम मेरी ही तरह लाइफ में आगे बढ़ना चाहते हो। तुम्हारे अंदर भी मेरे जैसी आग है।"

"हाँ, लेकिन मेरे पास पैसे नहीं हैं और न ही घरवालों से माँग सकता हूँ।" मैंने हिचकिचाते हुए अपनी बात रखी।

"यार! पता है, मेरे घर में भी ऐसी कंपनी जॉइन करने के लिए पैसे नहीं दे रहे थे। उन्हें लगता था कि मुझे अपनी पढ़ाई पर फोकस करना चाहिए, लेकिन मेरे सपने बड़े हैं। इसलिए मैंने घर से अपनी बीमारी का बहाना बनाकर पैसे मँगा लिये और आज देखो, मुझे कंपनी से पहला चेक भी आ गया है।" उसने अपनी डायरी में दबा हुआ एक चेक दिखाया।

"अरे वाह! पूरे पाँच हजार का फायदा! इतना मुझे हर महीने रहने और खाने को पापा देते हैं।"

"वही तो मैं कह रही हूँ बुद्धू! एक बार कोई बहाना करके घरवालों से पैसे ले लो। फिर हम दोनों मिलकर अपने सपने पूरे करेंगे।" जोया चहकते हुए बोली।

"ठीक है। मैं कुछ करता हूँ, लेकिन तुम्हारे इस चेक के लिए पार्टी तो बनती है न?"

"बिल्कुल, क्यों नहीं! चलो, आज तुम्हें चौपाटी में पार्टी देती हूँ। यह पार्टी सिर्फ इसलिए नहीं कि मुझे चेक मिला है, लेकिन तुमने भी आज एक ऐसा डिसीजन लिया है, जो तुम्हें बाक़ी लड़कों से अलग बनाता है। आई रियली लाइक योर पर्सनैलिटी।"

उसका इतना बोलना भर था कि मैंने तय कर लिया कि एक सप्ताह के अंदर ही उसकी कंपनी जॉइन करूँगा और अपने अंदर लोगों को जोड़ते-जोड़ते इतने कमाऊँगा कि जोया को आराम से इंप्रेस कर लूँगा, जब अच्छे से पैसे कमाने लग जाऊँगा तो घर में भी बता दूँगा कि आई.आई.टी. कॉलेज के पैकेज से ज्यादा तो मैं महीने में कमा रहा हूँ।

उस शाम हम दोनों ने जमकर पार्टी की। जोया ने मुझे वहाँ की फेमस दाल बाटी खिलाई और जब हमने आइसक्रीम का एक ही कोन लेकर शेयर किया तो मुझे पक्का लगने लगा था कि वह भी मुझे पसंद करती है। उसे उसके पीजी तक छोड़ने के बाद जब मैं वापस पैदल अपने रूम में आ रहा था तो मुझे सुचि की याद आने लगी कि कितनी मेहनत करके उसने मुझे कॉन्फिडेंट बनाया था। अब जोया

भी मुझे जिंदगी में आगे बढ़ने का सही रास्ता दिखा रही थी। शायद हर लड़की ही ऐसी होती है, जो लड़कों को कुछ-न-कुछ सिखाती ही है। जिस तरह से मैंने सुचि के ऊपर भरोसा किया था, ठीक वैसे ही मैं जोया के ऊपर भी भरोसा करने लगा था।

अगले ही दिन मैंने घर से पैसा माँगना तय किया, लेकिन मुसीबत तो यही थी कि आखिर कौन सा बहाना मारकर घर से पैसे माँगे जाएँ। रात को रूम में पहुँचकर देखा तो मेरे साथ रहने वाले लड़के को बुखार था। उसी समय वह अपने घर में फोन करके डॉक्टर और दवाई के लिए पैसे माँग रहा था। मेरे दिमाग की घंटी बजी। मैंने भी सोचा कि बीमारी का बहाना बनाकर पैसे माँगना ठीक रहेगा।

बीमारी भी ऐसी हो जिसमें बाद में देखने पर कुछ पता भी न चले। अगर एक्सीडेंट का बता दूँ तो डर जाएँगे और बाद में चोट के निशान भी दिखाने होंगे। इसलिए मैंने बुखार और डिहाइड्रेशन का बहाना बनाना ही बेहतर समझा। अगले दिन मैंने सुबह ही मम्मी को दबी हुई आवाज में फोन करके बताया कि मुझे रात से बुखार हो गया है। उन्होंने तुरंत ही मुझे डॉक्टर के पास जाने को कहा। थोड़ी देर बाद मैंने फोन करके बताया कि डॉक्टर ने बोला है कि बुखार और डिहाइड्रेशन की वजह से शरीर में बहुत कमजोरी हो गई है। ऐसे में मुझे एक से दो दिन के लिए हॉस्पिटल में एडमिट होना पड़ेगा। इतना सुनते ही मम्मी ने सारी बात पापा को बताई और पापा तुरंत ही रायपुर से कोटा आने के लिए तैयार हो गए थे, लेकिन किसी तरह से मैंने उन्हें समझाया कि उन्हें आने की जरूरत नहीं है और वे बस कुछ पैसे भेज दें। पापा उस दिन ऑफिस नहीं गए और बैंक में काफी देर लाइन में लगने के बाद मेरे अकाउंट में दस हजार रुपए जमा कराए। उस दिन मुझे ऐसा लग रहा था कि दुनिया में मुझसे खराब कोई भी नहीं है। थोड़ी ही देर में जब मेरे कोचिंग से कॉल आया तो मैं हड़बड़ा गया। दरअसल पापा ने उन्हें कॉल करके बता दिया था। उन्हें भी मैंने किसी तरह से समझाया कि मैं ठीक हूँ और दो दिन में स्वस्थ हो जाऊँगा। उन्होंने भी कहा कि वे दो दिन की क्लासेज का नोट्स दे देंगे। इस तरह से मुझे एक झूठ छिपाने के लिए दूसरा झूठ बोलना पड़ रहा था। मैंने जोया को अपने अंदर चल रहे गिल्ट की बात बताई। उसने कहा कि बड़े-बड़े सपनों को हासिल करने के लिए छोटे-मोटे झूठ बोलने पड़ते हैं। मुझे भी उसकी बात सही लगी। अरे, लोग तो अपने घर में क्या-क्या काम करने के लिए बहाने बनाकर पैसे माँगते थे। मुझे तो बस अच्छे काम के लिए पैसे माँगने थे।

जोया मुझे कोचिंग के बाद शाम को पैसे लेकर मिलने के लिए बोली। मैंने पापा के भेजे हुए दस हजार के साथ-साथ अपने जमा किए हुए दस हजार भी निकाल लिये। मुझे तो कोचिंग जाना नहीं था, इसलिए रूम में बैठकर ही शाम होने का इंतजार करने लगा, लेकिन इस दौरान कई बार घर से कॉल आ रहा था। कभी खाने का पूछने तो कभी सिर्फ हालचाल लेने का। एक बार तो पापा ने डॉक्टर से बात करने की जिद ही कर दी, लेकिन मैंने उन्हें बताया कि डॉक्टर अभी ही आकर चले गए हैं और अगले दिन ही मुझे डिस्चार्ज भी कर देंगे।

शाम होने पर मैं पैसों को बैग में डालकर उसी कैफे में पहुँच गया, जहाँ हम पहली बार मिले थे। उस दिन जोया तय समय पर ही आ गई थी। हम ज्यादा समय तक कैफे में नहीं रुके। वह मुझे अपने सीनियर से मिलाने ले जा रही थी। उसके पास एक स्कूटी थी और मैं उसके पीछे ही बैठा हुआ था। उसी समय एक ब्रेकर आया और मैं थोड़ा सा उछल पड़ा। इतने में जोया ने मुझे उसकी कमर पकड़कर बैठने को कहा, जब मैंने शरमाते हुए उसकी कमर पकड़ी तो मुझे ऐसा लगा कि जैसे स्वर्ग-लोक की अप्सरा मुझे अपनी सवारी में बिठाकर पृथ्वी से दूर किसी और लोक ले जा रही है। थोड़ी ही देर में हम उसके सीनियर के ऑफिस पहुँच गए। यह वही 20 साल का सीनियर था, जो रविवार को सेमिनार ले रहा था। दरअसल उसने अपने छोटे से एक कमरे और हॉल वाले फ्लैट को ही ऑफिस भी बना रखा था। ऑफिस में एक तरफ बिजनेस की किताबें रखी हुई थीं तो दूसरी तरफ बड़े-बड़े बिजनेसमैन के कोट लिखे हुए थे। मेरे अंदर घुसते ही वह तैयार होकर अपने रूम से बाहर आया।

"हैलो, अनुराग! मेरा नाम अभिषेक है। आपके बारे में जोया काफी कुछ बता रही थी।"

"हैलो, मैंने भी आपको उस दिन स्टेज पर देखा। आपने लाइफ में अभी से काफी कुछ कर लिया है।"

"अरे, अभी तो कुछ भी नहीं किया है। अभी तो दुनिया जीतनी है। अभी तो मन्नत के बाजू में अपना घर लेना है।" उसकी ऐसी बातों से एक तरफ मैं प्रभावित हो रहा था तो दूसरी तरफ उसके ओवर कॉन्फिडेंस पर थोड़ी हँसी भी आ रही थी, लेकिन मैं जोया के लिए आया था, इसलिए मैं उसकी बात ध्यान से सुनता रहा। सबसे पहले उसने मुझसे पैसे लिये और एक कॉन्ट्रैक्ट दिया, जिसमें कंपनी का नाम और बाकी जानकारी थी।

उसके बाद उसने मुझे एक पेन और डायरी दी। उस डायरी में मुझे सबसे पहले वह एमाउंट लिखने को बोला गया, जो मैं अपनी लाइफ में कमाना चाहता हूँ। सबसे पहले मैंने एक करोड़ लिखा, लेकिन मुझे उस सीनियर ने बताया कि अच्छी कार ही 50 लाख की आती है। ऐसे में मैंने एक करोड़ के सामने एक जीरो लगा दी। अभी भी सीनियर ने बोला कि मुझे बड़े सपने देखने की जरूरत है। इसके बाद मैंने सोचा कि एक और जीरो बढ़ाने में क्या जाता है। मैंने दस करोड़ के सामने एक जीरो लगा दी। अब एमाउंट सौ करोड़ हो गया। अब जोया भी खुश थी कि मैंने अपनी सोच को बड़ा कर लिया था। मुझे उस सीनियर ने बताया कि आने वाले कुछ ही सालों में ये एमाउंट मैं सिर्फ इस कंपनी की बदौलत कमाने वाला हूँ। उसने अपने कुछ सीनियर्स के फोटो अपने लैपटॉप पर दिखाए। किसी के पास गाड़ी थी तो किसी के पास बड़ा बँगला। ऐसे में मेरे अंदर भी पैसे कमाने की ललक बढ़ रही थी। मैंने पूछा कि कैसे मैं भी अपना काम शुरू कर सकता हूँ ? तो उसने बताया कि मुझे सिर्फ दो लोगों को जोड़कर उन दोनों का लीडर बनना है और उन दो लोगों के नीचे और दो लोग जोड़ने में उनकी मदद करनी है, जिसे वे लोग राइट और लेफ्ट लेग बोलते थे। उसके मुताबिक दो लोगों को जोड़ना बहुत ही आसान काम था। उसने ही मुझे बताया कि मैं जोया के राइट लेग में हूँ और अब जोया के राइट ग्रुप को बढ़ाने की जिम्मेदारी मेरी है। मुझे अब ज्यादा टाइम जोया के साथ बिताने को मिलता। मैं सिर्फ इसी बात से खुश हो रहा था, लेकिन तभी सीनियर ने मुझे उन दो लोगों का नाम बताने के लिए कहा, जिन्हें मैं अपने नीचे जोड़ सकता हूँ। मैंने उन्हें बताया कि कोटा में मेरा कोई भी दोस्त नहीं है और क्लास में भी बस कुछ ही लोगों से बात होती है। अब उन्होंने मुझे बोला कि मैं अपने जितने भी दोस्तों को जानता हूँ, उनका नाम उनके शहर के साथ लिखना शुरू करूँ, जब मैंने लगभग 50 लोगों की लिस्ट बनाई तो उसने मुझे बोला कि अब से मैं रोज दो से तीन लोगों से बात करूँगा। मुझे उनके बारे में सब पता करना है। जैसे आगे वे लाइफ में क्या करने का सोच रहे हैं ? क्या वे पढ़ाई करने में तेज हैं या किसी तरह से टाइम पास कर रहे हैं ? मुझे अगले एक सप्ताह तक यह काम करने के लिए बोला गया। साथ-ही-साथ उसने जोया को कहा कि वह एक अच्छा सा बीस हजार तक का मोबाइल खरीद ले, जिसे वह अगले सप्ताह होने वाले सेमिनार में सबके सामने अपने उस मोबाइल को दिखाती। उस दिन जब हम उस सीनियर के ऑफिस से निकलकर मोबाइल खरीदने जा रहे थे

तो मैंने जोया से पूछा, "जोया, तुम्हें तो पाँच हजार का चेक मिला है न? फिर बीस हजार का फोन कैसे लोगी?"

"अरे अनुराग, देखो। मैंने वैसे भी घर से नया मोबाइल लेने के लिए पैसे माँगे थे। उन्होंने पंद्रह हजार दिए हैं और बाकी के पाँच हजार मैं चेक के मिलाकर ले लूँगी।"

"मतलब घर के पैसों में अपने चेक के पैसे मिलाकर मोबाइल लोगी न?"

"हाँ, लेकिन स्टेज पर ऐसा थोड़ी बोल सकती हूँ बुद्धू! वहाँ तो लोगों को बताना पड़ेगा कि मैंने कंपनी से कमाकर ही इतना अच्छा मोबाइल लिया है। समझे कि नहीं समझे?" उसने एक आँख मारते हुए कहा।

"समझ गया। तुम्हारा तो ठीक है, लेकिन मैं सोच रहा हूँ कि मैं दो लोगों को कैसे जोड़ूँगा?"

"अरे बाबा! देखो, अभी जो अपने रायपुर के दोस्तों की लिस्ट बनाई है न! उन्हें रोज कॉल करके हालचाल लेते रहो और यहाँ भी मैं तुम्हें दोस्त बनाना सिखा दूँगी।"

"ठीक है जोया! मैं तुम पर भरोसा करता हूँ।"

"दोस्त! मेरे ऊपर भरोसा करते हो तो मेरी हर बात मानो और देखते जाओ कि कैसे हम दोनों की जोड़ी बंटी और बबली जैसी हो जाएगी।" ऐसा कहते हुए उसने अपने हाथ को मेरे हाथ के ऊपर रखा।

उसका स्पर्श पाकर मेरे पूरे शरीर में सिहरन-सी हो गई। अब वह मुझे दोस्त कहकर बुलाती थी तो बुरा लगता था, क्योंकि उसने जोड़ी वाली बात बोलकर मुझे ग्रीन सिग्नल भी दे दिया था। उस दिन हमने एक नया मोबाइल लिया और उसके बाद हम रात को चौपाटी गए। पार्टी देने की बारी मेरी थी, क्योंकि मैंने उसकी कंपनी जॉइन कर ली थी।

"आज हम न घास-फूस नहीं खाएँगे। आज हम चिकन बिरयानी खाएँगे।" जोया चहकते हुए बोली।

"लेकिन मैं तो नॉनवेज नहीं खाता हूँ।" मैंने हिचकिचाते हुए कहा।

"ओह, कोई बात नहीं, लेकिन अगर मैं खाना चाहती हूँ तो तुम्हें कोई एतराज तो नहीं है न?"

"बिल्कुल भी नहीं। तुम्हें जो खाना है, खा लो।"

मेरी मंजूरी मिलते ही जोया ने अपने लिए चिकन बिरयानी और मेरे लिए मसाला डोसा ऑर्डर किया। वैसे तो मुझे नॉनवेज खाने की खुशबू से ही मितली होने लगती थी, लेकिन जोया इतने चाव से खा रही थी कि मैं बस उसे ही देखे जा रहा था।

"अरे, ऐसे क्या देखे जा रहे हो ? डोसा खाने में मजा नहीं आ रहा है क्या ?"

"ऐसा नहीं है। तुम्हारे साथ तो कुछ भी खाने में मजा आता है।"

"अरे वाह ! ऐसे में तो तुम्हें चिकन बिरयानी खाने में भी मजा आएगा ?" जोया मेरे मजे ले रही थी।

"नहीं-नहीं, मतलब ऐसा भी नहीं है।"

"तो क्या मतलब है तुम्हारा ? जरा मुझे भी बताना ?"

जोया के इतना बोलते ही मेरे दिल की धड़कनें तेजी से चलने लगीं। वह इतनी तेज थी कि उसके सामने बात घुमाना मुश्किल लगता था।

"बस बात यह है कि मुझे तुम्हारे साथ अच्छा लगता है।" मैंने अपने दिल की बात कुछ हद तक बोल दी।

वह मेरी तरफ आँखें छोटी करके एकटक देखने लगी। उसके माथे पर लकीरें दिखने लगीं।

"अच्छा तो जनाब के मन में यह चल रहा था।" उसने थोड़ा सख्त लहजे में कहा।

"अरे मतलब···मेरे बोलने का मतलब वह नहीं था।" मेरी आवाज कँपकँपा रही थी।

"मैं सब समझ रही हूँ, लेकिन अगर तुम सच में मेरे साथ रहना पसंद करते हो तो मेरी बात मानोगे ?"

"हाँ, बिल्कुल। तुम एक बार बोलकर तो देखो।" मैंने मासूमियत से कहा।

"ठीक है। ये लो, चिकन खाकर दिखा दो।" इतना बोलते ही वह खिलखिलाकर हँस पड़ी और मेरी साँस-में-साँस आई। मेरी बातों का उसने बुरा नहीं माना था। मुझे मुसकराता देखकर उसने कहा, "क्यों, डरा दिया था न ?"

"हाँ, मुझे लगा कि तुम कुछ और ही सोच बैठी हो !"

"अरे यार ! देखो, मुझे भी तुम्हारी कंपनी अच्छी लगती है। उसमें इतना सोचना क्या है। गधे, कितना नर्वस हो जाते हो !" ऐसा बोलकर उसने मेरे गालों पर एक थपकी मार दी।

मेरे गाल शर्म से लाल हो गए थे। मैं कुछ पलों तक कुछ भी बोल नहीं पा रहा था। तभी उसने कहा कि भले ही उसने मजाक किया हो, लेकिन मुझे सच में चिकन चखकर देखना ही होगा। मैंने एक-दो बार मना करने की कोशिश की, लेकिन जब उसने अपने हाथों से मुझे खिलाने के लिए हाथ आगे किया तो मैं इस बार मना नहीं कर सका और मैंने किसी तरह चिकन को अपने गले से नीचे उतारा।

जब मैं जोया को उसके पीजी से छोड़कर वापस आ रहा था तो मुझे समझ आ रहा था कि उस एक ही दिन में मैंने न जाने कितने ही पाप किए हैं। अपने घर वालों से झूठ बोलकर पैसे माँगना, कोचिंग वालों से भी झूठ बोलना और उसके बाद नॉनवेज खाना! मैंने बस सुना था कि इश्क और जंग में सब जायज है, लेकिन आज मैं खुद भी उसी रास्ते पर चल पड़ा था।

□

दोस्तो! आपके सामने अब जो इनसान आने वाले हैं, वे कोई मामूली शख्स नहीं हैं। उन्होंने मुंबई के सबसे बड़े कॉलेज से अपनी इंजीनियरिंग पूरी की है और वे सिर्फ आप लोगों के लिए मुंबई से कोटा आए हैं। आप अपनी जगह पर खड़े होकर इतनी जोर से तालियाँ बजाइए कि उसकी आवाज उनकी मुंबई की टीम को सुनाई दे।

रविवार के सेमिनार में कुछ इसी तरह से मुंबई से आए सीनियर का स्वागत हो रहा था। जितने भी जूनियर थे, वे जोर-जोर से 'विशाल सर! जबरदस्त' चिल्ला रहे थे। मैं भी अब उनकी कंपनी का हिस्सा बन गया था तो मैं भी सफेद शर्ट और काले रंग की ट्राउजर पहनकर जबरदस्त चिल्ला रहा था। मुझे उन्होंने बोला था कि जो जितनी जोर से 'जबरदस्त' चिल्लाता है। उसके स्टेज पर आने पर दूसरे लोग भी उतनी ही जोर से 'जबरदस्त' चिल्लाते हैं। इसलिए मैं भी पूरी ताकत के साथ चिल्ला रहा था। तभी एक लड़का मेरी तरफ पीछे मुड़ा और बोला, "अबे, कान का परदा फाड़ देगा क्या? थोड़ा धीरे चिल्ला।"

"सॉरी भाई!" मैं बस इतना ही कह सका।

वह दिखने में हट्टा-कट्टा, लेकिन मेरी ही उम्र का था। उसका साँवला, लेकिन आकर्षक चेहरा, तना हुआ सीना और बुलंद आवाज उसकी पर्सनैलिटी को और भी बेहतर बना रहे थे। उसे भी मेरी तरह किसी ने बुलाया था। सेमिनार के अंत में जितने भी जूनियर्स का चेक आता था, उसे बुलाकर एक छोटी सी स्पीच देने

को बोलते थे, जब जोया की बारी आई तो उसने भी पूरे जोश के साथ अपना नया मोबाइल सबको दिखाया। मैं इस बार खुद को रोक न सका और लोगों के साथ जोर से 'जबरदस्त' चिल्ला पड़ा। मेरे सामने वाले लड़के ने फिर से मुझे घूरकर देखा।

"भाई, तूने अभी-अभी ही कंपनी जॉइन की है क्या?" उसने सख्ती से पूछा।

"हाँ, आपको कैसे पता?"

"तभी इतना जोर से चिल्ला रहा है।"

"अच्छा, आपने भी कंपनी जॉइन की है क्या?"

"नहीं, मेरी दोस्त मुझे यहाँ ले आई है।"

"अच्छा, मैंने एक सप्ताह पहले ही कंपनी जॉइन की है। मैं जोया की टीम में हूँ।"

"अरे, जोया ने ही तो मुझे बुलाया है। वह बोली कि चलो, कुछ सेलिब्रिटी लोगों से मिलाती हूँ। यहाँ आकर देखा तो पता चला कि नेटवर्क मार्केटिंग का बिजनेस चल रहा है।"

"अच्छा, तो यह बिजनेस अच्छा नहीं है क्या?"

"देखो, अगर लोगों को फँसाना आ गया तो पैसे तो बहुत हैं इसमें।" वह थोड़ा रुककर बोला, "वैसे मैं सिर्फ इसलिए आया हूँ कि जोया ने बुलाया है।" इस बात को उसने थोड़ा जोर देकर कहा।

उसकी इस बात से मुझे थोड़ा धक्का लगा। अभी तक मुझे लग रहा था कि जोया सिर्फ मुझसे ही बात करती है, जब सेमिनार खत्म हुआ तो जोया ने मुझे उससे मिलवाया, उसका नाम अभय अग्रवाल था, वह पुणे का रहने वाला था। वह जोया की कोचिंग में ही साथ पढ़ता था। बातों-ही-बातों में मुझे मालूम चला कि उसे पैसों की कोई कमी नहीं है और उसे भी आई.आई.टी. की तैयारी से कोई खास मतलब नहीं है, बल्कि वह कोटा तो घूमने जैसे ही आया था। उस पूरे दिन मैंने जोया से ठीक से बात नहीं की, उसे भी यह बात मालूम थी। तब उसने बताया कि इस बिजनेस में इसी तरह से दोस्ती करके आगे बढ़ा जाता है। वह तरह-तरह की बात करके मुझे बहलाने की कोशिश कर रही थी, लेकिन फिर भी मेरा दिल मायूस था। आज वह अपने पीजी जाने के बजाय उस कैफे में जाने की जिद करने लगी, जहाँ हम पहली बार मिले थे।

"अनुराग, थैंक यू सो मच!" उसकी आँखों में चमक थी।

"थैंक यू क्यों?" मैंने आश्चर्य से पूछा।

"क्योंकि कोटा में तुम ही हो जिस पर मैं भरोसा कर सकती हूँ। मैं सच कहती हूँ कि मैंने याहू मैसेंजर में तुमसे दोस्ती तुम्हें कंपनी में जॉइन कराने के लिए नहीं की थी, बल्कि सच में मुझे तुम अच्छे लगे थे। तुम्हारा दिल जितना साफ है, उतना मैंने किसी का नहीं देखा है। हाँ, बाकी लोगों से मुझे दोस्ती करनी पड़ती है, ताकि हम अपनी टीम बना सकें। अभय एक अच्छा लड़का है। उसने पहले भी ऐसी कंपनियों में काम किया है। उसे मैं अपनी लेफ्ट लेग में लाना चाहती हूँ और तुम तो मेरे राइट लेग में हो ही। ऐसे में तुम और मैं मिलकर लाखों कमा सकते हैं। तुम मेरी बात समझे कि नहीं समझे?"

"हाँ, मैं समझ गया, लेकिन मुझे तुम्हें अभय के साथ देखकर अच्छा नहीं लगा।" मेरी नाराजगी अभी भी कायम थी।

"ओहो! किसी को जलन हो रही है।" उसकी आँखों में शरारत तैर गई।

"नहीं-नहीं, ऐसी बात नहीं है। मुझे बस ऐसा लगा कि तुम बस लोगों को कंपनी में जॉइन कराने के लिए ही दोस्ती करती हो!"

"अरे देखो, अगर हम लोगों से दोस्ती करके उन्हें जॉइन भी करा रहे हैं तो इससे उनका ही फायदा है न! देखो, अगर कोटा में तुम्हारे भी दोस्त होते तो आज वे भी सेमिनार में आते न! और रही बात तुम्हारी और मेरी, तो इतना समझ लो कि इस एक महीने में ही मैं सिर्फ अपने लिए नहीं, बल्कि हम दोनों के लिए सपने देखती हूँ और कुछ सुनना चाहते हो?"

"नहीं-नहीं, मैं समझ रहा हूँ।" मैंने शरमाते हुए कहा।

"अच्छा बच्चू, अगर समझ गए हो तो आज से टीम बनाने में मेरी पूरी मदद करना। मानती हूँ कि यहाँ अभी तुम्हारे कोई दोस्त नहीं हैं, लेकिन कोशिश करने से क्या कुछ नहीं हो सकता। अपनी कोचिंग में सबसे बात करो।"

"बात तो कर लूँगा यार, लेकिन मुझे समझ नहीं आता है कि क्या और कैसे बात करनी है।"

"उसकी तुम चिंता मत करो। इस पूरे सप्ताह तुम्हें और दूसरे नए मेंबर्स को ट्रेनिंग दी जाएगी, इसलिए अब तैयार हो जाओ डियर! कुछ ही महीनों में हम सेलिब्रिटी बनने वाले हैं।"

जोया की इन बातों ने एक तरफ मेरे मन में जोश भर दिया था तो दूसरी तरफ

मैं अपनी पढ़ाई से दूर होता चला जा रहा था। उस ट्रेनिंग में भी मुझे बताया गया कि हम जिस किसी इनसान से मिल रहे हैं, उसे हमें अपनी कंपनी में जॉइन कराना है। सबसे पहले तो कोई एक कॉमन टॉपिक खोजकर बातचीत की शुरुआत करनी है। उसके बाद धीरे-धीरे उसकी पसंद और नापसंद के बारे में जानना है। पता करना है कि उसे किस बात से डर लगता है और उसे लाइफ में क्या पाने का लालच है। अगर उसे पढ़ाई से डर लगता है तो उसे और डराकर बताना है कि पढ़ाई-लिखाई से कुछ नहीं होने वाला है और अगर उसे कोई कार पसंद है तो उसे बताना है कि वह अपनी कॉलेज लाइफ में ही इतने पैसे आराम से कमा सकता था। उसके मुताबिक हमें लोगों को इमोशनल करने से भी पीछे नहीं हटना है। उन्हें हर तरह से ऐसा महसूस करवाना है, जिससे उन्हें लगे कि हमसे ज्यादा उनके लिए कोई भी नहीं सोचता है। जिन लड़कियों ने कंपनी अभी-अभी ही जॉइन की थी, उन्हें यह भी बतलाया गया कि आप लोगों के पीछे तो वैसे भी लड़के आते हैं, इसलिए आपके लिए काम बिल्कुल आसान है। सच कहूँ तो मुझे उनकी बातें सुनकर ऐसा लग रहा था, जैसे वे लोगों का ब्रेनवाश करके उन्हें सिर्फ पैसा कमाने के पीछे भगा रहे थे, लेकिन पैसा कमाना कोई बुरी बात तो नहीं है! और कम उम्र में पैसे कमाकर घरवालों के सपनों को भी तो पूरा करना था! मेरे मन में दोनों ही तरीकों की बातें चलते रहती थीं।

हाँ, जोया का खयाल आते ही मैं सब भूल जाता था। वह मुझसे हफ्ते में रविवार के अलावा दो दिन मिलती थी। वह मुझे पूरी तरह से बदलना चाहती थी। चाहे वह मेरे कपड़ों या घड़ी का ब्रांड हो या फिर मेरे बात करने का तरीका। मेरी पर्सनैलिटी को वह ऐसा बनाना चाहती थी, जिसे देखकर लोग खुद से ही मुझसे बात करना चाहें। इसलिए कुछ दिन वह मुझे शॉपिंग कराने ले जाती थी तो कुछ दिन मुझे कंपनी के प्रोडक्ट का प्रेजेंटेशन देने की प्रैक्टिस कराती थी। धीरे-धीरे इसका असर मेरे ऊपर भी पड़ना शुरू हो गया था। मैं हर तरीके से खुद को बेहतर बनाना चाहता था, लेकिन हाँ, इसके लिए जो पैसे लगते थे, वह मैं अभी भी घर से किसी-न-किसी बहाने से मँगा लेता था, जहाँ तक लोगों से बात करने का सवाल था, वह भी मैं करने लगा था। कोचिंग के लड़कों के साथ जाकर पार्टी करता था। उनके बारे में ज्यादा-से-ज्यादा जानकारी निकालता था और मौका मिलते ही उन्हें रविवार के सेमिनार में बुला लेता था और जो लोग रविवार को सेमिनार में नहीं आ पाते

थे, उन्हें उनके रूम पर जाकर ही बताकर आता था कि वह लाइफ में कैसे करोड़ों कमा सकते हैं। कुछ लोगों ने मेरी बातों में आकर मेरे नीचे जॉइन भी कर लिया। इसकी वजह से मेरे साथ-साथ जोया को भी फायदा होने वाला था, क्योंकि वह मेरी सीनियर थी। ऐसे में मैं जितने लोगों को अपने नीचे जोड़ता, उतना ही फायदा उसे भी होता। दूसरी तरफ जोया के लेफ्ट लेग में अभय भी जुड़ गया था, जितनी तेजी से मैं काम कर रहा था, उससे लगभग तिगुनी रफ्तार से वह काम कर रहा था। उसके अंदर वह सभी गुण पहले से थे, जो ऐसे बिजनेस करने के लिए होने चाहिए। अगले एक महीने में ही उसने 20 लोगों की टीम बना ली थी। इधर मेरी टीम में केवल छह लोग ही जुड़ पाए थे, लेकिन मैंने प्रेजेंटेशन देना इतनी अच्छी तरह से सीख लिया था कि नींद से उठकर भी लोगों को आसानी से कंपनी के बारे में सबकुछ बता सकता था। मुझे यकीन हो गया था कि सुचि ने मेरी इनर पर्सनैलिटी को बेहतर बनाया और अब जोया मेरी आउटर पर्सनैलिटी को बेहतर बना रही थी।

फिर भी जब उसे स्टेज पर जोया के साथ देखता था तो मुझे बहुत जलन होती थी। लगता था कि जोया के साथ तो सिर्फ मुझे ही खड़ा होना चाहिए। यह बात जोया को ही पता थी, इसलिए वह मुझे अकसर समझाती कि अगर मैं अपनी टीम बढ़ाऊँगा तभी हम दोनों का फायदा होगा। मुझे भी यह समझ आता था कि जैसे ही मेरी टीम में कोई नया जॉइन करता था तो जोया अगले कुछ दिनों तक मुझे ज्यादा भाव देती थी। उसकी देर रात को आने वाली कॉल मेरे अंदर काम करने का नया उत्साह भर देती थी।

जिंदगी ठीक वैसे ही चल रही थी, जैसे मैं चाहता था, लेकिन इन सबके बीच में अभय आ गया। दरअसल एक दिन मैं अपने एक दोस्त को सेमिनार दिखाने लाया था, लेकिन वह दोस्त अभय का भी अच्छा दोस्त था। सेमिनार देखने के बाद जब उसे कंपनी में जॉइन कराने की बारी आई तो अभय का बोलना था कि वह उसका अच्छा दोस्त है और अगले सप्ताह वह उसे सेमिनार में लाने ही वाला था। जबकि मेरा कहना था कि भले ही वह मेरा उतना अच्छा दोस्त नहीं है, लेकिन मैं उसे सेमिनार में लेकर आया हूँ। इस बात को लेकर हमारी काफी बहस भी हुई और हम दोनों ही उसे अपनी टीम में लेना चाहते थे, जब हम दोनों की बात जोया से हुई तो जोया ने भी यही कहा कि अगर मैं उसे लेकर आया हूँ तो वह मेरी ही टीम में आना चाहिए, उसने यह बात अभय को भी समझाई। थोड़ी ही देर में वह मान गया,

लेकिन उसने मुझे कोने में बुलाकर कहा कि सिर्फ जोया की वजह से वह चुप है और इस बात का बदला वह जरूर लेगा। मैं उसकी धमकी से ज्यादा इस बात से परेशान हो रहा था कि वह जोया की इतनी बात क्यों मानता है और क्या वह भी जोया को पसंद करता है? लेकिन जोया ने इन सब बातों को सिरे से खारिज कर दिया। उसके मुताबिक अभय उसका सिर्फ एक अच्छा दोस्त था और मेरे साथ जैसा उसका रिश्ता है, वैसा किसी के साथ भी नहीं था। इस बात से मैं भी सहमत था, क्योंकि इन दो महीनों में जितना मेरे लिए उसने सोचा था, उतना शायद किसी ने भी नहीं सोचा था।

अगले एक महीने मैंने जोया का दिल जीतने के लिए जोर लगाकर काम किया। अब तक मैं अपनी कोचिंग के 30 लड़कों को अपनी कंपनी के बारे में बता चुका था। जाहिर सी बात है कि कुछ लड़के मेरे सामने ही मेरा मजाक बनाते थे तो कुछ लड़के पढ़ाई पर वापस ध्यान लगाने को बोलते थे, लेकिन मेरा ध्यान तो सिर्फ जोया पर था। एक दिन मैं एक लड़के को कंपनी के प्रेजेंटेशन में उसे लाखों कमाने का सपना दिखाकर जब पैदल अपने रूम पर आ ही रहा था तो किसी गाड़ी वाले ने पीछे से आकर मुझे ठोकर मार दी और उसके बाद मैं तुरंत ही बेहोश हो गया था।

□

"बेटा, ठीक लग रहा है न अब तुझे?" माँ की आवाज में चिंता थी।

"हाँ मम्मी, मैं ठीक हो रहा हूँ। आप लोगों को इतनी दूर से यहाँ आने की जरूरत नहीं थी।"

"अरे, कैसे नहीं आते! पहले तू हॉस्पिटल में एडमिट हो गया और अब एक्सीडेंट हो गया। क्या हो रहा है तेरे साथ? किसी बुरी छाया ने तो नहीं पकड़ लिया है न तुझे?"

"यह सब क्या बोल रही हो मम्मी! उस समय थोड़ा बीमार हो गया था और अभी एक्सीडेंट में तो मुझे ही किसी ने ठोकर मार दी। आप इतना ज्यादा क्यों सोच रही हो?"

"क्या करूँ बेटा, रायपुर से इतनी दूर जो रहता है। हर पल तेरी चिंता लगी रहती है। तू बस जल्दी से ठीक होकर घर आ जा अब। यह आई.आई.टी., फाई.फाई.टी. छोड़कर अब जल्दी घर आ जा।" इतना बोलते-बोलते मम्मी सुबककर रोने लगीं।

उन्हें रोता देखकर पापा ने उन्हें शांत कराया और थोड़ी देर आराम करने के लिए मुझे अकेला छोड़ दिया। दरअसल उस दिन जब पीछे से कार मुझसे टकराई तो मैं उछलकर एक खंभे से टकरा गया। मेरे सिर में काफी गहरा जख्म हो गया था, इसलिए मैं तुरंत ही बेहोश हो गया था। आसपास के लोगों ने आई कार्ड देखकर कोचिंग वालों को फोन किया और साथ-ही-साथ मुझे हॉस्पिटल भी पहुँचाया। मेरे सिर में छह टाँके लगे थे। लगभग दो घंटे तक बेहोश रहने के बाद जब तक मुझे होश आया, तब तक कोचिंग वाले मेरे घर फोन कर चुके थे। अगले ही दिन मम्मी और पापा सब काम छोड़कर कोटा आ गए थे। थोड़ी कमजोरी की वजह से मुझे तीन दिनों तक हॉस्पिटल में रहना पड़ा। जैसे ही मुझे होश आया, मैंने जोया को कॉल करके सारी बात बताई, लेकिन एक बार भी वह हॉस्पिटल मिलने नहीं आई। हाँ, दिन में एक-दो बार उसकी कॉल हालचाल पूछने के लिए आती थी, जिस दिन मैं हॉस्पिटल से डिस्चार्ज होने वाला था तो पापा ने मम्मी को खाना बनाने की तैयारी का बहाना बनाकर मेरे रूम में भेज दिया।

"अभी कैसे हो बेटा?" पापा ने पूछा।

"मैं अभी ठीक हूँ पापा, आप लोग आज चले जाना। मैं कुछ ही दिनों में ठीक हो जाऊँगा।"

"हम तो निकल जाएँगे बेटा, लेकिन तुमसे कुछ बात करनी है।"

"हाँ, पापा! बोलिए न।" मैं थोड़ा डरते हुए बोला।

"बेटा, मेरी कोचिंग वालों से बात हुई। वे बता रहे थे कि पहले महीने में तुम ठीक-ठाक पढ़ाई कर रहे थे और टेस्ट भी दे रहे थे, लेकिन उसके बाद तुम क्लास तो जा रहे हो, लेकिन टेस्ट नहीं देते हो। साथ-ही-साथ मैंने तुम्हारे कमरे में देखा कि बहुत सारे नए कपड़े और जूते हैं, एक नई घड़ी भी रखी थी। तुम्हारी तबीयत खराब थी, तब से मैं तुम्हें ज्यादा पैसे भेजता था, लेकिन वो तुम्हारे स्वास्थ्य के लिए थे। अब तुम मुझे बताओ कि तुम्हारा ध्यान कहाँ है आजकल?"

पापा से इस सख्त रवैए की उम्मीद मैं नहीं कर रहा था। मेरे दिल की धड़कनें तेज हो गई थीं। कुछ पलों के बाद मैं धीरे से बोला, "पापा! मुझे आई.आई.टी. की कोचिंग में ठीक से कुछ समझ नहीं आता है, इसलिए टेस्ट देने का भी मन नहीं करता है और कोटा में एक जगह पर सस्ते में सब सामान मिल जाता है। उसी जगह से मैंने सब खरीदा है।"

"बेटे, पता है। मैं तुम पर शक नहीं कर रहा हूँ, लेकिन मैंने बड़ी मुश्किल से तुम्हारे कोटा में कोचिंग और रहने-खाने का प्रबंध किया है। तुम्हारे बड़े भैया की भी नौकरी नहीं लगी है। ऐसे में मुझे भरोसा है कि तुम इस साल किसी अच्छे इंजीनियरिंग कॉलेज में दाखिला लोगे। जहाँ तक आई.आई.टी. के कॉलेज की बात है, मुझे भी पता है कि वहाँ होना बड़ा ही मुश्किल है, लेकिन हथियार डाल देना भी अच्छी बात नहीं है। हम मिडिल क्लास वालों के पास इतने पैसे नहीं होते हैं कि बच्चों को अच्छी जिंदगी और अच्छी पढ़ाई साथ-साथ दे सकें, इसलिए हम अच्छी पढ़ाई पर ध्यान देते हैं, जब तुम किसी अच्छे पैकेज पर लग जाओगे तो बाकी के खर्चे करना। अभी बस अपने स्वास्थ्य और पढ़ाई पर ध्यान दो।" यह सब बोलते हुए पापा का गला रुँध गया था। उस समय मुझे ऐसा लगा कि पापा को गले लगा लूँ। काश! मैं ऐसा कर पाता, लेकिन कुछ हिचकिचाहट और कुछ ईगो ने मुझे रोक लिया।

खैर, जब हम अपने रूम में पहुँचे तो मम्मी ने मेरी पसंद का खाना बनाया था। शाम को ही मम्मी और पापा रायपुर के लिए निकल रहे थे। जैसे ही वे दोनों दरवाजे से बाहर निकलने वाले थे, मैं मम्मी को पकड़कर रो पड़ा। यह रोना था, उनसे झूठ बोलने के लिए। यह रोना था, उनके पैसों को बरबाद करने के लिए। यह रोना था, उनकी उम्मीदों पर पानी फेरने के लिए। मम्मी को लग रहा था कि मैं उनके जाने से रो रहा था, लेकिन वे आँसू पछतावे के आँसू थे।

जिस तरीके से जोया ने भी मुझसे दो दिनों में बात की, उससे यह समझ आ रहा था कि उसे मेरी कोई खास परवाह नहीं थी, बल्कि वह मेरे जल्दी-से-जल्दी ठीक होने का इंतजार कर रही थी, ताकि उसका काम फिर से चल सके। मेरी आँखें खुलने लगी थीं। मैंने उस पूरे सप्ताह न कंपनी में किसी की कॉल उठाई और न ही जोया की। मैं रोज की तरह कोचिंग जाता और वहाँ से वापस आकर पढ़ाई करता, जब भी पढ़ाई में मन नहीं लगता तो पापा की वह बात याद कर लेता। मुझे लगने लगा था कि मैं वापस पटरी पर आने लगा था, लेकिन अभी तूफान आना बाकी था।

एक दिन जैसे ही मैं अपनी कोचिंग से बाहर निकला तो देखा कि जोया मेरा इंतजार कर रही थी। मैंने उसे देख लिया था, लेकिन मैं नजरें चुराकर उससे भागने की कोशिश कर रहा था। थोड़ी दूर जाकर मैंने पीछे पलटकर देखा तो वह नहीं थी लेकिन अचानक से बिल्कुल मेरे सामने आकर खड़ी हो गई।

"मुझे मालूम है कि तुम मुझसे गुस्सा हो, लेकिन क्या तुम मुझे सिर्फ पाँच मिनट दे सकते हो?" उसने मेरा हाथ पकड़कर कहा।

"ठीक है।" मैंने सिर्फ इतना ही कहा।

हम पास की ही एक चाय की दुकान में जाकर बैठ गए। आसपास स्टूडेंट्स का थोड़ा शोर था, लेकिन हम एक-दूसरे की आवाज को आसानी से सुन सकते थे।

"काश! मेरे पास कोई जादू की छड़ी होती, जिससे मैं पास्ट में जाकर तुम्हें दिखा सकती कि पिछला एक सप्ताह मैंने कैसे गुजारा है। मुझे हर पल बस तुम्हारी ही चिंता होती रहती थी। न मेरी कॉल उठा रहे थे और न ही मैसेज का जवाब दे रहे थे। तुम्हें नाराज होने का हक है, लेकिन मुझे एक बार तुम्हें मनाने का मौका तो दो।" जोया मेरा हाथ पकड़कर बोली।

"क्या मौका दूँ मैं? जब हॉस्पिटल में था तो क्या दस मिनट भी मिलने का टाइम नहीं निकाल सकती थी तुम? क्या मैं सिर्फ तुम्हारा वह जूनियर हूँ, जिसके सहारे तुम खुद पैसे कमा रही हो और सारी मेहनत मैं कर रहा हूँ? क्या हम दोनों का रिश्ता बस यही है?" मैंने ये सब उससे अपना हाथ छुड़ाते हुए कहा।

"नहीं डियर, तुम अलग डायरेक्शन में सोच रहे हो। मैं मिलने नहीं आ पाई, क्योंकि मैं तुम्हें उस हाल में देख ही नहीं सकती थी और तुमने भी तो बताया था कि तुम्हारे मम्मी-पापा आए थे, तो वहाँ मैं कैसे आ सकती थी! जहाँ तक कंपनी में काम करने का सवाल है, तो ठीक है, काम मत करो तुम। उससे हमारे रिश्ते में कोई भी फर्क नहीं पड़ेगा, लेकिन अगले महीने होने वाले बड़े इवेंट की तैयारियों की मीटिंग में मैंने स्टेज पर बोलने के लिए तुम्हारा नाम सुझाया है वरना वे लोग अभय को पसंद कर रहे थे। यार, हम दोनों सक्सेस के इतने करीब थे कि मैं दिन भर मीटिंग में ही बिजी रहती थी। वरना अगर मैं भी तुम्हारे साथ ही रहती तो वहाँ हमारी बात कौन रखता!"

मुझे जोया की बातें कुछ हद तक लॉजिकल तो लगीं, लेकिन मेरा गुस्सा फिर भी कायम था। मैं उठकर जा ही रहा था, तभी उसने बोला कि उसकी बस एक बात सुन लूँ। मैं फिर भी निकल ही रहा था तभी पीछे से एक आवाज आई।

"आई लव यू अनुराग!" सहसा मुझे जैसे विश्वास ही नहीं हुआ, मैंने पलटकर उसे ऐसे देखा जैसे मैं ठीक से सुन ही नहीं पाया हूँ।

"मुझे मालूम है कि यह सही समय नहीं है यह बात बोलने का, लेकिन तुम्हें

जाते देखकर मैं खुद को रोक नहीं पाई। फिर से कहती हूँ—आई लव यू अनुराग!"

मैं एकटक उसे देखता रहा, वह फिर से बोली, "तुम्हें जाना है तो जाओ अनुराग, लेकिन मैं तुमसे प्यार करती रहूँगी।"

कहते हैं कि इश्क में तो बड़े-बड़े राजा अपनी सारी जायदाद कुरबान कर देते थे तो ऐसे में मेरा पिघलना बनता ही था। मैंने एक हलकी सी मुसकराहट के साथ उसे 'आई लव यू टू' बोल दिया। एक सप्ताह की सारी कड़वाहट एक पल में ही काफूर हो गई। मैंने अपने दिल को समझाते हुए कहा कि मम्मी-पापा के सपनों को भी पूरा करूँगा और अपने सपने को भी। थोड़े ही दिनों के बाद जोया ने मुझे बताया कि अगले महीने होने वाले बड़े इवेंट में जो कोई भी लड़का एक साथ 10 लोगों को जॉइन कराएगा, उसे वह इवेंट होस्ट करने का मौका मिलेगा।

साथ-ही-साथ पचास हजार रुपए का बोनस भी मिलेगा। मैंने तय किया कि मैं किसी भी तरीके से दस लोगों को जॉइन कराकर बोनस जीतूँगा और पापा को वह पैसे भेजूँगा। इसके लिए मैंने कोचिंग में अपने बैच के साथ-साथ दूसरे बैच में भी जाना शुरू कर दिया। उस बैच के लड़कों से भी मैंने अच्छी-खासी जान-पहचान बना ली थी, लेकिन उस बैच में अभय का भी एक दोस्त रहता था, जो अभय को मेरे बारे में बताता रहता था। एक दिन कोचिंग वाले सर ने मुझे बुलाया और चेतावनी दी कि अगर मैंने उनक कोचिंग में यह सब करना बंद नहीं किया तो वे मुझे कोचिंग से निकाल देंगे, साथ-ही-साथ घरवालों को भी बता देंगे। मुझे पता चल गया था कि किसी ने मेरी कंप्लेंट सर से कर दी है। मुझे पक्का हो गया था कि यह हरकत अभय की ही होगी, इसलिए अब मीटिंग में भी मैं उससे बात नहीं करता था। दूसरी तरफ जोया के साथ मेरी नजदीकी और बढ़ती चली जा रही थी। मैं उसकी हर डिमांड पूरी करना चाहता था, जब इवेंट को सिर्फ एक ही सप्ताह बचा था तो मैंने उसके बर्थडे पर अपनी पहली कमाई से चार हजार रुपए की घड़ी उसके लिए खरीदकर दी। मैंने भी अब तक आठ नए लोगों को अपनी टीम में शामिल कर लिया था। किसी तरह से मुझे बस दो और लोगों को जोड़ना था। मुझे याद आया कि मेरे कोचिंग के पास जो लड़का चाय का ठेला लगाता है, वह भी मेरी लिस्ट में था। वह अकसर अपना कैफे खोलने की बात करता रहता था।

मैंने उसके सपनों को पंख दिए और अपनी कंपनी के बारे में अच्छे से बताकर उसे भी जॉइन करा लिया। वह खुद भी इतना उत्साहित था कि उसने दो

दिनों के अंदर ही एक लड़के को और जॉइन करा दिया। इवेंट से दो दिन पहले ही मेरा दस लोगों का टारगेट पूरा हो गया था, जब मैं उन दोनों से पैसे लेकर कंपनी के ऑफिस गया तो पता चला कि कोई मीटिंग चल रही है, इसलिए जोया को मैंने दोनों के चालीस हजार दे दिए। साथ-ही-साथ जब जोया ने मुझे खुशी से गले लगाया तो मेरी खुशी का ठिकाना नहीं रहा। उसने मुझे बताया कि अभय ने नौ लोगों को जॉइन करा लिया था, लेकिन उससे पहले मैंने दस लोगों को जॉइन करा लिया, इसलिए अब मैं इवेंट होस्ट करूँगा।

पूरे दो दिन मैंने इवेंट होस्ट करने के लिए पूरी तैयारी की। एक अच्छा सा सूट भी खरीदा और पूरी स्क्रिप्ट को भी याद कर लिया। मुंबई, पुणे और देश भर से कंपनी के सारे सीनियर आने वाले थे। साथ-ही-साथ मेरा को-होस्ट मुझे अच्छे-खासे इंट्रोडक्शन के साथ स्टेज पर बुलाने वाला था। पहली बार ऐसा लग रहा था कि जिंदगी में मैंने भी कुछ किया है।

इवेंट वाले दिन मैं और मेरी टीम के सभी लोग अच्छे से तैयार होकर समय से पहले ही इवेंट वाले होटल पहुँच गए थे। वह टपरीवाले भैया भी बड़े उत्साहित होकर मेरे साथ आए थे, वहाँ काफी भीड़ थी। ज्यादातर जूनियर लोग पहुँच गए थे, लेकिन ज्यादातर सीनियर नदारद थे। मैंने जोया को न देखकर उसे कॉल की।

"कहाँ पहुँची डियर? तुम्हारा बेसब्री से इंतजार कर रहा हूँ।" मैंने पूरे उत्साह के साथ पूछा।

"यार! जो मुंबई से सीनियर आ रहे हैं न! उन्हें लेने जा रही हूँ। तो थोड़ा लेट हो जाऊँगी।"

"अच्छा, मतलब तुम मुझे होस्ट करते नहीं देख पाओगी?"

"ऐसा नहीं है। तुम इवेंट की शुरुआत कर देना और मैं उन सीनियर के साथ स्टेज के पीछे ही रहूँगी, समझे कि नहीं समझे?"

"समझ गया, जब मुझे अवार्ड मिलेगा न तो तुम भी मेरे साथ चलना। तुम्हारे बिना मैं यह सब नहीं कर पाऊँगा।"

"हाँ बाबा, अब चलो तुम इवेंट होस्ट करने पर ध्यान दो। ऑल द बेस्ट।"

जोया से मेरी बस इतनी ही बात हो पाई थी। लगभग 500 लोगों के बीच जाकर मुझे इवेंट होस्ट करना था, इसलिए थोड़ा नर्वस भी हो रहा था। मुझे मेरे को-होस्ट ने शोर-शराबे के बीच स्टेज पर बुलाया। सभी लोग 'अनुराग सर-जबरदस्त'

चिल्ला रहे थे। मेरे लिए यह किसी सपने के सच होने जैसा था। मैं आगे से पीछे देख रहा था। लोग अभी भी 'जबरदस्त' चिल्ला रहे थे। एक मोटिवेशनल गाना भी चल रहा था। तभी मैंने देखा कि अचानक गाना बंद हो गया और पीछे के गेट पर पुलिस खड़ी थी। मुझे लगा कि सीनियर आ गए होंगे और उनकी पॉपुलैरिटी को देखते हुए पुलिस आई होगी, लेकिन मामला कुछ और ही था। पुलिस इस इवेंट को बंद कराने आई थी। दरअसल किसी ने इस कंपनी के बारे में पुलिस में शिकायत कर दी थी। अब वे सभी लोगों से उनका नाम-पता पूछ रहे थे। साथ-ही-साथ वे लोग हमारे सीनियर का भी नाम पूछ रहे थे, जिन्होंने उन्हें कंपनी में जॉइन कराया था। मेरी हवा टाइट हो गई थी। टपरीवाले भैया ने तो रोना ही शुरू कर दिया था। उसने बताया कि मैंने ही उसे कुछ दिनों पहले जॉइन कराया है और उससे बीस हजार रुपए भी लिये हैं। पुलिस मेरे साथ ही अभय और कुछ सीनियर लोगों को उठाकर ले गई। मैं लगातार जोया को कॉल लगाए जा रहा था, लेकिन वह कॉल नहीं उठा रही थी। मुझे सबसे ज्यादा डर इस बात का लग रहा था कि पुलिस मेरे घर में कॉल न करे। पुलिस ने मेरे घर कॉल तो नहीं किया, लेकिन मेरे बारे में सबकुछ पूछा। मैंने भी उन्हें बताया कि मैंने भी ऐसे सेमिनार देखकर ही कंपनी जॉइन की थी और मैंने किसी से कोई भी पैसा लेकर अपने पास नहीं रखा है और सभी पैसा मैंने कंपनी के ऑफिस में जमा करा दिया है। पुलिस ने कंपनी के ऑफिस में भी छापा मार दिया था, वहाँ से वे उन लोगों के बारे में पता लगाना चाहते थे, जिन्होंने मेरे जैसे लोगों को फँसाना शुरू किया था।

पुलिस को भी पता था कि उन्होंने छोटी मछलियों को पकड़ा है और बड़ी मछलियाँ उनके हाथ अभी भी नहीं आई हैं। दूसरी ओर अभय ने कुछ कॉल कीं और पुलिस उसको जाने दे रही थी, लेकिन टपरीवाले भैया चिल्ला-चिल्लाकर पुलिस को बोल रहे थे कि मैंने ही उनके पैसे लिये हैं और कंपनी के ऑफिस तो वे गए ही नहीं हैं। इसलिए वे अलग से मेरे खिलाफ शिकायत करना चाहते थे। पुलिस ने हम दोनों को अलग से बुलाकर पूछताछ की, फिर मुझे बोला कि या तो मैं उनके पैसे वापस कर दूँ या फिर मेरे खिलाफ अलग से शिकायत दर्ज होगी। मुझे कुछ भी समझ नहीं आ रहा था कि मैं क्या करूँ? घर पर बता नहीं सकता था और न ही इतने पैसे कोई भी मुझे देता। शाम हो चुकी थी। मुझे लग रहा था कि आज की रात पुलिस स्टेशन में ही कट जाएगी। अब तो जोया के साथ-साथ कंपनी के बाकी

सीनियर लोगों का भी मोबाइल बंद आ रहा था।

जैसे-जैसे अँधेरा हो रहा था, वैसे-वैसे मेरी उम्मीद भी कम होती जा रही थी। तभी अभय पुलिस स्टेशन आया। उसने पुलिस के साथ-साथ टपरीवाले भैया से बात की। वह टपरीवाले भैया और उसके दोस्त को चालीस हजार देने को तैयार था। पुलिस ने लिखित में लिया कि भैया को दो दिनों के अंदर पैसा दिया जाएगा। इस तरह से पुलिस ने मुझे जाने दिया। अभय ने उस दिन न सिर्फ मुझे पुलिस के चक्कर से बाहर निकलवाया, बल्कि उन्हें पैसे भी दिए। मुझे समझ में नहीं आ रहा था कि अब तक मुझसे दुश्मनी करने वाला अभय इस तरह से बदल कैसे गया! खैर, अगले दिन पेपर में यह खबर आई कि एक चिट फंड कंपनी के सेमिनार और ऑफिस पर छापा मारकर उसे बंद कराया गया, लेकिन कोटा में उसे चलाने वाले सीनियर लोगों को पहले से ही पुलिस के आने की खबर लग चुकी थी, इसलिए सब-के-सब रफूचक्कर हो गए।

मैं तब तक सदमे में ही था। मुझे पूरी तरह से समझ आ गया था कि जोया ने मेरा सिर्फ इस्तेमाल ही किया था। सबसे पहले खुद को दूसरी लड़कियों से अलग बताने के लिए फेमिनिस्ट बनने का नाटक किया। फिर रायपुर के साथ अपना कनेक्शन बताया, ताकि मुझे उससे अपनापन महसूस हो सके। फिर धीरे-धीरे मुझे अपनी सबसे अच्छी दोस्त बताकर कंपनी जॉइन कराने की कोशिश की। यहाँ तक कि ऐसी सिचुएशन बनाई कि मुझे उससे मिलने के लिए कंपनी जॉइन करनी ही पड़ी, लेकिन आखिर गलती तो मेरी ही थी। मैंने ही उसके प्यार में पड़कर घरवालों के पैसे और अपने छह महीने बरबाद कर दिए। सबसे बड़ी बात! मैंने तो उसकी वजह से नॉनवेज भी खा लिया था। बात सिर्फ नॉनवेज खाने की नहीं थी, बल्कि मैं उसके इशारे पर नाचने लगा था। सुचि ने कुछ गलत होने पर बोलना तो सिखाया था, जो मैंने कई बार किया भी, लेकिन मैं यह नहीं सीख पाया था कि खुद को किसी और की वजह से इतना भी नहीं बदल लेना है कि अपनी पहचान ही खोने लगूँ। सुचि ने कभी मुझे मेरी अंदर की मासूमियत को खत्म करने के लिए नहीं कहा। मैंने सोचा था कि जैसे सुचि ने मुझे बदलने में मदद की थी, ठीक वैसे ही जोया भी कर रही है, लेकिन ऐसा नहीं था। इस घटना से सबसे बड़ी सीख यह मिली कि हर लड़की आपको सिखाकर ही नहीं जाती है, बल्कि कुछ लड़कियाँ सबक देकर भी जाती हैं कि लाइफ में सबसे जरूरी काम को पहले करो।

आई.आई.टी. के एग्जाम में अब मुश्किल से चार महीने ही बाकी थे। मैं पूरी तरह से टूट गया था। दूसरी तरफ मुझे अभय को भी पैसे लौटाने थे, जो उसने टपरीवाले भैया को दिए थे, लेकिन मेरे पास पैसे ही नहीं थे। उस घटना के पूरे एक सप्ताह के बाद भी मैं अभय की नजरों से बचकर ही रहता था, जबकि उसकी कोचिंग भी मेरी कोचिंग के पीछे ही थी।

एक दिन मैंने उसे सड़क के दूसरे किनारे देख लिया। मैं तुरंत ही रास्ता बदलकर तेजी से जाने लगा। थोड़ी दूर चलकर जब मैं मोड़ पर पहुँचा तो मैंने पीछे पलटकर देखकर राहत की साँस ली कि अभय मेरे पीछे नहीं आ रहा था, लेकिन अभी मैंने कुछ ही कदम बढ़ाए होंगे और अभय सामने से आ गया।

"कितना छुपोगे भाई ?" उसने मुसकराते हुए कहा।

"सॉरी भाई ! सच कहता हूँ, मेरे पास अभी लौटाने को पैसे नहीं हैं।" मैंने डरते और हिचकिचाते हुए कहा।

"कोई बात नहीं भाई ! मैं पैसे माँग भी नहीं रहा हूँ, जैसे मुझे जोया ने फँसाया था, ठीक वैसे ही तुम्हें भी फँसाया। उस दिन जब तुम्हें बिना गलती के पुलिस स्टेशन में देखा तो रहा नहीं गया।"

"भाई, मुझे सच में माफ कर दो। मुझे तो लगता था कि मेरी कोचिंग में शिकायत तुम्हारी वजह से ही हुई थी और तुम मेरा बुरा चाहते हो।"

"अरे, ऐसा नहीं था। देखो, हम जिस बिजनेस में थे, वहाँ लोगों को जोड़ना जरूरी था। मैं बनिया हूँ, पैसे बनाना जानता हूँ, दुश्मनी करना नहीं। बाकी तुम भी मेरी किसी बात का बुरा मत मानना, क्योंकि वह कंपनी भी बंद हो गई है और जोया भी भाग गई।"

"उसके बारे में तो बात ही मत करो। उसकी वजह से मैंने घर में बीमारी का बहाना बनाकर कंपनी जॉइन करने के लिए पैसे लिये। फिर पिछले एक महीने में कोचिंग जाना छोड़कर बस लोगों को जॉइन कराने के पीछे ही पड़ा रहा। वह मुझे अपने राइट लेग में और तुम्हें लेफ्ट लेग में लगाकर खुद ही पैसे कमाती रही।"

"चलो, तुम्हारे जले पर नमक छिड़कता हूँ, जोया को तुमने जो चालीस हजार दिए थे। वो भी उसने जमा नहीं कराए थे। मुझे मालूम चला है कि उस दिन मीटिंग में सभी सीनियर्स को पुलिस के छापे के बारे में पहले ही पता चल गया था, इसलिए जोया ने वो पैसे खुद ही रख लिये।"

यह सुनते ही मेरे पैरों तले जमीन खिसक गई। मतलब कैसे मैं किसी पर इतना विश्वास कर सकता था कि बिना रिसीप्ट लिये ही उसके हाथ में पैसे थमा दिए। प्यार में अंधा होना शायद इसे ही कहते हैं। इस घटना के बाद एक चीज अच्छी हुई कि मैं और अभय अच्छे दोस्त बन गए। मैं कोचिंग में जितना भी पढ़ता था, उसे समझा देता था और इस तरह से वापस मैंने पढ़ाई करना शुरू कर दिया था। अगले कुछ महीने हम दोनों ने जमकर पढ़ाई की। अभी भी आई.आई.टी. जैसा एग्जाम निकाल लेने का कॉन्फिडेंस नहीं आया था, लेकिन इतना पता था कि अगले दो महीने इसी तरह से पढ़ाई करेंगे तो कोई ठीक-ठाक सा कॉलेज मिल जाएगा। एक दिन रविवार शाम को अभय की कॉल आई और उसने मुझे जग मंदिर चलने के लिए कहा। उसके जग मंदिर बोलते ही मुझे जोया की याद आई। मैंने अभय के साथ जाने के लिए हामी भर दी। वैसे इतने महीनों में कभी भी जोया और अपने बारे में मैंने अभय को नहीं बताया था और इतना सब हो जाने के बाद मैंने यह सब बताना जरूरी भी नहीं समझा था। उस दिन जब हम बोट पर सवार होकर जा रहे थे तो अभय थोड़ा शांत रहने के बाद बोला—

"भाई, तुझे एक राज की बात बताऊँ?"

"हाँ भाई, बोल न!"

"देख तू बुरा मत मानना, लेकिन जोया सिर्फ पैसे लेकर गई यार, लेकिन…"

"लेकिन क्या भाई?"

"वह मेरा दिल लेकर भाग गई यार, उसने तेरा यूज बस अपना बिजनेस बढ़ाने के लिए किया था, लेकिन वह तो मेरी गर्लफ्रेंड बन गई थी। उसे जाने कितने ही महँगे गिफ्ट्स दिए और उसके बदले हर बार 'आई लव यू सो मच' सुनना कितना अच्छा लगता था यार!" अभय ने शरमाते हुए बताया।

"यह क्या बोल रहा है यार तू? कुछ भी मत बोल।" मैंने अचंभे के साथ कहा।

"अरे भाई, सच बोल रहा हूँ। हम काफी समय से रिलेशनशिप में थे, लेकिन मैंने कभी किसी को इसलिए नहीं बताया, क्योंकि उसने मना किया था वरना मैं हफ्ते में तीन दिन शाम को उसके साथ ही बिताता था।"

"और हफ्ते के बाकी तीन दिन मेरे साथ।"

"क्या?"

“हाँ भाई! जोया हम दोनों को साथ में चूना लगा गई, क्योंकि वह मेरे साथ भी रिलेशनशिप में थी।”

“भाई, यह तो गोलमाल हो गया।”

“नहीं भाई! यह सिर्फ गोलमाल नहीं बल्कि जबरदस्त गोलमाल हो गया। हम पागलों के जैसे कंपनी के हर इवेंट में ‘जबरदस्त-जबरदस्त’ चिल्लाते रहे और वह जोया और उसकी कंपनी हमारे साथ गोलमाल करके चली गई। तो हुआ न जबरदस्त गोलमाल?” मैं हँसते हुए बोला।

मेरे इतना बोलते ही अभय भी खिलखिलाकर हँस पड़ा। जोया के जाने का यह फायदा हुआ कि हम दोनों पक्के दोस्त बन गए और आगे की पढ़ाई भी अच्छे से की। जिस दिन एग्जाम हुआ, उसी दिन शाम को मैं घर निकलने वाला था, तभी मुझे एक चिट्ठी मिली। उस पर किसी का नाम नहीं लिखा था। मैं उसे खोलकर पढ़ने पड़ा।

अनुराग, मुझे मालूम है कि तुम्हें मुझसे नफरत हो गई होगी और होनी भी चाहिए, मैंने काम भी कुछ ऐसा ही किया था। झूठे प्यार की वजह से तुम्हारा समय खराब किया। तुम्हें अपने पैरेंट्स से झूठ बोलकर पैसे लेने को भी मजबूर किया, क्योंकि मुझे लगता था कि किसी भी तरह से मुझे बस पैसे कमाने हैं। मैं पैसों के पीछे पागल हो गई थी, लेकिन जब कंपनी बंद हुई तो मुझे अहसास हुआ कि कितने ही लोगों से मैं बात करना बंद कर चुकी थी। कितने ही दोस्तों को नीचा दिखाया था, जब मेरे बड़े भाई की तबीयत खराब हुई तो मेरी वजह से कोई भी मदद करने नहीं आया। उस समय मुझे अहसास हुआ कि मैंने क्या गलती की है! मुझे मालूम है कि तुम मुझे माफ नहीं कर पाओगे, लेकिन बस एक बात कहनी है तुमसे। भले ही तुम मुझसे नफरत कर लेना, लेकिन सभी लड़कियाँ ऐसी नहीं होती हैं। एक दिन जरूर ऐसा आएगा, जब तुम्हें सच्चा प्यार करने वाली लड़की मिलेगी। वह लड़की तुम्हें बदलने के लिए नहीं बोलेगी, बल्कि वह लड़की तुम्हें तुम्हारे अंदर के टैलेंट को बाहर निकालने में मदद करेगी। खैर, अपना खयाल रखना!

वर्तमान

"अरे मम्मी, तो कुछ इस तरह से पापा अभय अंकल से मिले थे?" पार्थ ने आश्चर्य के साथ पूछा।

"हाँ बेटा, पापा और अभय अंकल की दोस्ती बहुत पुरानी है।" पार्थ की मम्मी ने कहा।

"लेकिन मम्मी, पापा को कैसे वह लड़की बेवकूफ बनाकर चली गई? क्या पापा के पास इतना दिमाग नहीं था?" पार्थ ने फिर से पूछा।

"अरे बुद्धू, अंकल प्यार में थे न! एवरीथिंग इस फेयर इन लव एंड वार!" इससे पहले कि पार्थ की मम्मी कुछ बोलतीं, रिद्धिमा बोल पड़ी थी।

"हाँ बेटा! और यह भी तो सोचो कि भले ही उन्हें धोखा मिला, लेकिन उन्हें एक अच्छा दोस्त भी तो मिला। इसके अलावा उन्हें सिर्फ 19 साल की उम्र में ही लोगों से मिलकर उनसे बात करने का कॉन्फिडेंस तो आया।" पार्थ की मम्मी ने समझाते हुए कहा।

"हाँ, यह बात तो है! वरना सुचि वाली स्टोरी में तो पापा कितना डरते थे! सुचि ने पापा के अंदर का डर बाहर निकाला तो जोया ने लोगों के बीच खुद को प्रेजेंट करना सिखाया। अच्छा, मम्मी! आपने क्या सिखाया पापा को?" पार्थ ने उत्सुकता के साथ पूछा।

"बेटा, मैंने पापा को कुछ नहीं सिखाया, बल्कि मैंने उनसे बहुत कुछ सीखा है।" पार्थ की मम्मी ने संजीदगी से कहा।

"सच में आंटी, हमें अंकल की और भी स्टोरीज़ सुननी हैं।" रिद्धिमा ने कहा।

"बेटा, आगे की स्टोरी सुनाने के लिए मुझे आपकी मम्मी की परमीशन लेनी

पड़ेगी, अगर वह मान गई तो सुना दूँगी। वरना पार्थ के पापा की कहानियों को यहीं खत्म करना होगा।" पार्थ की मम्मी ने कुछ सोचते हुए कहा।

"ठीक है आंटी! मैं मम्मी को खुद लेकर आऊँगी। मुझे पक्का यकीन है कि वह मना नहीं करेंगी।" जोया ने पूरे आत्मविश्वास से कहा।

"ठीक है बेटा, लेकिन उन्हें अभी परेशान मत करना। शाम को हम लोग यहाँ इकट्ठा हो रहे हैं।" पार्थ की मम्मी ने कहा।

"अरे मम्मी, हमारे घर में पार्टी हो रही है और आपने मुझे ही नहीं बताया।" पार्थ की आवाज में नाराजगी थी।

"ऐसा नहीं है बेटा! हम जा रहे हैं न, इसलिए बस रिद्धिमा के मम्मी-पापा और अभय आ रहे हैं। पापा आज कुछ काम से गए हैं। वे भी हमें थोड़े लेट से जॉइन करेंगे।" पार्थ की मम्मी ने पार्थ को समझाते हुए कहा।

पार्थ अपनी मम्मी की बात मान गया, अब पार्थ और रिद्धिमा को शाम होने की बेचैनी थी। दोनों ने ही जल्दी से अपना होमवर्क किया और तैयार होकर शाम छह बजे से ही पार्थ के यहाँ बैठे थे। पार्थ की मम्मी शाम के खाने की तैयारी कर रही थीं। तभी दरवाजे की घंटी बजी, दोनों बच्चे दरवाजे की तरफ भागे। दरवाजे पर अभय था। अभय को देखकर पार्थ बोल पड़ा, "अंकल! आपके बारे में मुझे पता चल गया है।"

"क्या पता चल गया बेटा?" अभय ने आश्चर्य से पूछा।

"मुझे न···पता चल गया कि आप और पापा कैसे मिले! मैं यह भी जानता हूँ कि कैसे आपको और पापा को जोया ने बेवकूफ बनाया।" पार्थ ने पूरी उत्सुकता के साथ बताया।

अभय पार्थ की यह बात सुनकर हैरान था। उसने तुरंत पार्थ की मम्मी की तरफ देखकर पूछा, "अच्छा, मतलब इन्होंने अनुराग की डायरी पूरी पढ़ ली।"

"नहीं, अभी नहीं। अभी तो तुम्हारी और अनुराग की कोटा वाली स्टोरी तक पहुँचे हैं।" पार्थ की मम्मी ने बताया।

इतने में रिद्धिमा की मम्मी भी आ गईं, उनके आते ही पार्थ और रिद्धिमा उन पर टूट पड़े। वे दोनों उससे आगे की कहानी सुनने की परमीशन माँगने लगे। उन्होंने मुसकराकर पार्थ की मम्मी की तरफ देखा और कहा, "शायद अब ये लोग इतने बड़े हो गए हैं कि अगली कहानी भी समझ जाएँगे। वैसे भी अभी

बाकी लोगों को आने में समय है तो क्यों न कहानी सुनी जाए!"

रिद्धिमा की मम्मी का इतना बोलना भर था कि पार्थ दौड़कर डायरी उठाकर ले आया, सभी लोग आराम से बैठ गए और पार्थ की मम्मी ने फिर से डायरी पढ़ना शुरू किया।

अफ़लातून

"यार, बॉस ने डेड लाइन देकर रखी है, अगर कोई बड़ी लाइफ इंश्योरेंस पॉलिसी नहीं मिली तो बॉस अगले महीने तक ऑफिस से छुट्टी कर देगा।" मैंने अभय को अपनी परेशानी बताते हुए कहा।

"तू फालतू में इतनी टेंशन ले रहा है। कोई-न-कोई तो मिल ही जाएगा न। याद है, लास्ट टाइम तूने वो टपरीवाले भैया को पॉलिसी खरीदने को मना लिया था।"

"हाँ और यह भी याद है कि उनके प्रीमियम का पैसा मैंने भरा था और वह साल भर तक पैसे के लिए मुझे घुमाते रहे थे।" मैंने खीझते हुए कहा।

"फिर भी कोई-न-कोई तो मिल ही जाएगा। कोई पुराना दोस्त या कोई रिश्तेदार! या पुरानी गर्लफ्रेंड को ही पकड़ ले।" अभय ने माहौल को हलका करने की कोशिश की।

"अब तुझसे क्या ही छुपा है! लास्ट वाली से ब्रेकअप ही इसलिए हुआ था, क्योंकि मैंने उसकी दोस्त से मिलकर पॉलिसी दिखाई थी। उसकी दोस्त तो पॉलिसी लेने को तैयार भी हो गई थी, लेकिन मेरी वाली को पता चल गया। फिर न माया मिली, न राम।"

"अबे, तो ये रामजी और माया बीच में कहाँ से आ गए। कहीं उन्हें भी तो पॉलिसी नहीं बेच दी तूने?"

और हम ठहाके लगाकर हँस पड़े। इस लाइफ इंश्योरेंस कंपनी में सेल्समैन बनने के बाद अभय ही मेरा दोस्त रह गया था, क्योंकि बाकी सभी दोस्तों और रिश्तेदारों ने मेरा फोन उठाना ही बंद कर दिया था। एक बार तो मैंने एक रिश्तेदार के पड़ोसी के यहाँ भी पॉलिसी बेचने की कोशिश की। तब से उन रिश्तेदार ने भी घर आने से मना कर दिया। यह दुनिया भी अपनी लाइफ को लेकर कितनी आश्वस्त

रहती है न? सबको लगता है, किसी और का एक्सीडेंट हो सकता है, लेकिन मुझे कुछ भी नहीं हो सकता।

अभय ही ऐसा था, जो अपनी लाइफ की कदर करता था और उसने मुझसे एक टर्म इंश्योरेंस और एक एंडोमेंट पॉलिसी ले रखी थी। यूँ कह लीजिए कि वह हमारी दोस्ती की कद्र करता था वरना यहाँ लोगों को एक पॉलिसी बेचने में पसीने छूट जाते थे, वहाँ उस बेचारे ने मुझसे दो पॉलिसी खरीदी थी। खैर, ऐसा नहीं था कि मैं हार मान गया था। कभी पेपर में परचे डालकर तो कभी अनजान लोगों से दोस्ती करके मैं कुछ पॉलिसी हर महीने निकालकर अपना गुजारा कर ही लेता था।

आज से चार साल पहले जब हमने कोटा में आई.आई.टी. का एग्जाम दिया था तो हम दोनों को लगा था कि शायद आई.आई.टी. न सही, लेकिन कोई अच्छा कॉलेज मिल जाएगा, लेकिन बमुश्किल हमें पुणे के एक प्राइवेट इंजीनियरिंग कॉलेज में दाखिला मिला। जहाँ अगर आप अपने दम पर किसी कॉलेज में प्लेस हो जाएँ तो बढ़िया है। मैं कोटा में अपने घर वालों के वैसे भी काफी पैसे बरबाद कर चुका था। ऐसे में घर वाले मुझे वापस पुणे के प्राइवेट इंजीनियरिंग कॉलेज में दाखिला दिलाने से मना कर रहे थे। मैंने भी सोच लिया था कि रायपुर के ही किसी छोटे-मोटे इंजीनियरिंग कॉलेज में अपना दाखिला ले लूँगा, लेकिन अभय ने जिद की और कहा कि मैं एक बार पुणे आ जाऊँ और वहाँ कॉलेज के साथ-साथ कोई छोटा-मोटा पार्ट टाइम जॉब कर लूँ। मैंने भी घर में बता दिया कि मुझे स्कॉलरशिप मिल रही है। उसके बाद मैं एक इंश्योरेंस कंपनी में सेल्समैन बन गया। साल भर में जितनी कमाई होती थी, उतने में मेरे कॉलेज की फीस निकल जाती थी। थोड़ा बहुत पैसा घर से आ जाता था। देखते-ही-देखते चार साल भी कैसे निकल गए, पता ही नहीं चला, मेरी उम्र भी 23 साल हो गई थी।

उस दिन अभय मुझे अपनी प्लेसमेंट पार्टी देने के लिए लाया था। हम कॉलेज के फोर्थ ईयर में आ गए थे, जहाँ अभय जैसे होशियार बच्चों का प्लेसमेंट हो गया था और वहीं मुझे कंपनी ने वेटिंग लिस्ट में डाल के रखा था। मुझे मालूम था कि एक बार कंपनी वेटिंग लिस्ट में डाल देती है तो कभी वापस कॉल करके हालचाल नहीं लेती है।

मैं आना तो नहीं चाहता था, लेकिन नए ग्राहक की तलाश में घर से निकलना तो था ही, इसलिए मैं अभय के साथ चल पड़ा था। वह मुझे पिज्जा खिलाने लाया था, जब हम वहाँ पहुँचे तो देखा, एक टेबल खाली है। अभय ऑर्डर करने गया

और मैं वहीं बैठ गया। टेबल काफी गंदी थी, शायद अभी ही कोई खाकर गया था। इसलिए किसी ने उसे अभी साफ नहीं किया था। साथ-ही-साथ किसी कस्टमर का बिल भी रखा हुआ था।

मैंने उठाकर देखा तो एक लड़की का नाम लिखा था और साथ में उसका नंबर भी लिखा हुआ था। मैंने मुसकराते हुए उसका नाम और नंबर नोट कर लिया था, क्योंकि मुझे अपनी नई कस्टमर मिल गई थी। मैंने उनका नंबर 'कस्टमर 457' के नाम से सेव कर लिया, मैं हमेशा ऐसे ही करता था। ऐसा करके मुझे यह पता रहता था कि पिछले चार सालों में मैंने कितने लोगों से बात की थी। मैंने काउंटर पर जाकर उस कस्टमर के बारे में पूछा तो उन्होंने बताया कि यह बिल एक लगभग 30 साल की लड़की का था। मैंने तुरंत ही अपना दिमाग लगाया कि अगर उसकी उम्र लगभग 30 साल की होगी तो वह कमाती भी होगी और ऐसे में उसे लाइफ इंश्योरेंस पॉलिसी की भी जरूरत होगी। मैंने तुरंत ही तय किया कि मैं उसे अगले ही दिन कॉल करूँगा।

□

अगले दिन सुबह मैंने कॉलेज जाने से पहले उस नंबर पर कॉल की। ऐसे फोन करते समय मेरी धड़कन तेज हो जाया करती थी, क्योंकि कई बार लोग गुस्सा हो जाया करते थे। कई लोग तो पुलिस में शिकायत करने की भी धमकी देते थे। खैर, जैसे ही उन्होंने कॉल उठाई तो मैंने उनका नाम लेकर बात शुरू की।

"जी हाँ, लेकिन आप कौन बोल रहे हो?"

"जी, मैं इंश्योरेंस कंपनी से अनुराग बोल रहा हूँ।" मैंने हिचकते हुए कहा।

मेरे इतना बोलते ही वह चुप-सी हो गई। शायद वह अपने ही खयालों में गुम हो गई थी।

"मैडम, क्या आप लाइन पर हैं?" मैंने कॉल पर यह बात दुहराई।

"हाँ, आपको मेरा नंबर कहाँ से मिला?" उन्होंने पूछा।

"जी, कल वो आप पिज्जा खाने के बाद अपना बिल छोड़ के चली गई थीं। मैंने वहाँ से आपका नंबर निकाल लिया।" मेरी आवाज में शर्म भी थी, क्योंकि कुछ इसी तरह से मैं लोगों के नंबर का जुगाड़ करके उनसे बात किया करता था।

"अच्छा तो आप इस तरह से लोगों को कॉल करते हैं?" उन्होंने सख्त लहजे में पूछा।

"जी, ऐसा नहीं है, लेकिन वो मुझे न···एक पॉलिसी करने की बहुत जरूरत है।" मैंने बहुत संकोच से कहा।

"ठीक है, आज शाम को वहीं मिलना।"

उनका इतना बोलना भर था कि मेरे मन में नई पॉलिसी भरने की गुदगुदी होने लगी, लेकिन शायद उस समय तक कॉल नहीं कटी थी। मैंने ध्यान दिया कि वे कॉल काटना भूल गई थीं और किसी और से बात कर रही थीं। बहुत धीमी आवाज आ रही थी, लेकिन फिर भी मैंने थोड़े ध्यान से उनकी बात सुनी।

"मैम, आपने मिलने के लिए हाँ क्यों कहा? आपके पास वैसे भी लाइफ इंश्योरेंस की पॉलिसी है। कोई फ्रॉड भी हो सकता है।" किसी लड़की ने उनसे पूछा।

"दरअसल, मुझे उनकी याद आ गई। वे भी तो इंश्योरेंस कंपनी में सेल्समैन ही थे, जब मैं उन्हें और हमारी बेटी को छोड़कर आई थी। क्या वे अभी भी वहीं होंगे? क्या वे अब अच्छे पैसे कमाते होंगे? यही सब बातें मुझे याद आ गईं। मुझे लाइफ इंश्योरेंस की पॉलिसी की कोई जरूरत नहीं थी, लेकिन मुझे याद आया कि वे भी ऐसे ही रोज सैकड़ों लोगों को कॉल किया करते थे और ज्यादातर लोग बिना कुछ सुने ही फोन काट देते थे। कुछ लोग गालियाँ भी दे देते थे। मुझे आज भी याद है, उनकी इन्हीं सब हरकतों की वजह से ही मैं उन्हें छोड़ आई थी। न वे पैसे कमा रहे थे और रही-सही इज्जत भी ऐसे गँवा रहे थे। न वे मुझे नौकरी करने देते थे और न ही खुद कुछ अच्छा कर रहे थे। जब उन्होंने हमारी बेटी को एक मिडिल क्लास स्कूल में एडमिशन के लिए कहा, तो उसी दिन मैंने यह तय किया कि मैं घर से भागकर पैसे कमाऊँगी और अपनी बेटी के लिए वह सबकुछ करूँगी, जो वे नहीं कर पा रहे थे। मैं अपनी बेटी को भी साथ ले जाना चाहती थी, लेकिन उन्होंने मुझे ऐसा करने नहीं दिया। मैं शुरुआत के एक साल तक दिन-रात एक करके अपनी बेटी के लिए हर महीने पैसे भेजती रही, लेकिन पिछले एक साल से वे पैसे लेने से मना कर देते हैं और बोलते हैं कि अब तुम्हारी खैरात की जरूरत नहीं है और मैं अपनी बेटी के लिए खुद ही बहुत कमा रहा हूँ। उस दिन के बाद से मुझे पैसे कमाना व्यर्थ ही लगता है। अब तो बस इसलिए कमाती हूँ कि दिन भर खुद को उलझाकर रख सकूँ और अगर किसी दिन अपनी बेटी से मिल सकूँ तो उसे बता दूँ कि यह सब मैंने उसी के लिए कमाया है। मैं उसे बता सकूँ कि लाइफ के जो दो साल मैंने उसके बिना बिताए हैं, वे किसी नरक से कम नहीं हैं।" यह बोलते समय शायद उनका गला रुँध गया था।

"मैम, अभी आपकी बेटी कितनी बड़ी हो गई होगी? आप स्कूल जाकर उससे मिल क्यों नहीं लेती हो?"

"2005 में हमारी शादी हुई और 2006 में ही वह हमारी जिंदगी को खुशहाल बनाने चली आई, अभी कुछ ही दिन पहले उसका बर्थडे था। वह पूरे पाँच साल की हो गई है। हाँ, उसने प्री नर्सरी तो दो साल पहले ही जॉइन कर लिया था। उसी के एडमिशन के लिए तो हमारी लड़ाई हुई थी। अभी वो UKG में होगी। मैं अकसर उसे स्कूल के बाहर देखने जाती हूँ। अगर मिलना चाहूँ तो मिल भी सकती हूँ। उन्होंने कभी मना नहीं किया, लेकिन फिर हिम्मत नहीं होती कि अपनी बेटी से नजरें मिलाकर बात कर पाऊँ।"

इतना सुनने के बाद एक चुप्पी छा गई, शायद वे रो रही थीं। एक लड़की, जो शायद उनकी मैनेजर थी, उन्हें दिलासा देकर चुप करा रही थी। मैंने चुपचाप कॉल काट दी, मुझे इसके आगे सुनना अच्छा नहीं लगा।

थोड़ी देर बाद मैंने अभय को कॉल लगाई।

"अबे, क्या बात कर रहा है! वो मान गई मिलने के लिए?" अभय ने चौंकते हुए पूछा।

"हाँ भाई! जाते ही उसे सबसे अच्छी वाली पॉलिसी दिखा दूँगा। अगर मान गई तो इस महीने का टारगेट पूरा हो जाएगा।"

"सही है भाई, मानना पड़ेगा तुझे। बड़ा खुद्दार आदमी है तू। चार साल पहले जोया ने जो चालीस हजार लूटे वो तूने कमाकर मुझे वापस कर दिए। घर वालों से एक बार झूठ बोलकर पैसे माँगे तो उसका प्रायश्चित्त आज भी उनसे पैसे न माँगकर कर रहा है।" अभय ने गर्व से कहा।

"भाई, हम गलतियों को सुधारने और उनसे सीखने के लिए ही तो बने हैं।" मैंने भी अपना पक्ष रखा।

"ठीक है यार! आज तू जा उनके पास और एक बढ़िया सी पॉलिसी के लिए मना ले, ऑल द बेस्ट।"

अभय से बात करते समय मैंने वे सारी बातें नहीं बताईं, जो मैंने गलती से कॉल काटने से पहले सुन ली थीं।

खैर, मैं बड़ी ही उत्सुकता के साथ तय वक्त से पहले ही पहुँच गया था। थोड़ा इंतजार करने के बाद कस्टमर 457 वहाँ आ गई। उनकी लंबी होंडा सिटी मेरी आशाओं को हवा दे रही थी। वे पतली-दुबली सी दिखने में लगभग 30 की होंगी

जैसा मुझे काउंटर पर बताया गया था। नीली जींस के साथ सफेद कलर का कुरता और आँखों पर बड़ा सा महँगा चश्मा उनकी लाइफस्टाइल दिखा रहा था। जैसे-जैसे वे मेरे पास आ रही थीं, मेरे दिल की धड़कन बढ़ रही थी। आज तक मैंने ऐसे किसी हाई प्रोफाइल लोगों को अपनी पॉलिसी नहीं दिखाई थी।

"हैलो मैम, मैं अनुराग! मैंने ही आपको कॉल की थी।" मैंने अपना हाथ बढ़ाते हुए कहा, लेकिन तुरंत ही मैंने सकुचाते हुए हाथ भी वापस खींच लिये।

"हैलो, चलिए फिर काम पर लग जाइए। अगर मुझे ठीक लगी तो मैं पॉलिसी करा लूँगी और नहीं पसंद आई तो साफ मना कर दूँगी। फिर आप बार-बार फोन करके परेशान मत करना।" उन्होंने दो-टूक कहा।

मैंने भी हड़बड़ाते हुए इंश्योरेंस प्लांस दिखाने शुरू किए। वे बड़े ध्यान से सभी प्लांस को सुन रही थीं। प्लांस से ज्यादा वे मुझसे पॉलिसी बेचने में होने वाली परेशानियों के बारे में पूछ रही थीं। यह सब बताते वक्त वे अपने ही खयालों में खो गई थीं। मुझे समझ आ रहा था कि वे किन खयालों में खोई हैं, लेकिन फिर भी मैंने पूछा कि आपका ध्यान कहीं और भी है क्या? तब उन्होंने बताया कि उनके पति भी पहले ऐसे लाइफ इंश्योरेंस बेचा करते थे। उनसे ज्यादा पूछने की हिम्मत तो नहीं हो रही थी, लेकिन फिर भी पूछने पर उन्होंने अपनी पूरी कहानी बताई।

मुझे ऐसा लगा जैसे वे मुझसे ज्यादा गरीब थीं, उसके पास पैसों के अलावा कुछ नहीं था। उन्होंने मुझे दो दिन बाद पैसे लेने के लिए अपने घर बुलाया। मैं आज पॉलिसी की डील फाइनल करके भी खुश नहीं था। मुझे उनके साथ एक जुड़ाव-सा महसूस हुआ, इसलिए मैंने उनका मोबाइल नंबर भी कस्टमर 457 की जगह सिर्फ 'मैम' लिखकर सेव कर लिया।

खैर, इसके बाद मैंने बॉस को फोन करके अपनी डील के बारे में बताया और जब उन्हें प्रीमियम एमाउंट बताया तो उनकी खुशी का ठिकाना नहीं रहा। उन्होंने मुझसे वादा किया कि अगर मैंने यह पॉलिसी कर ली तो मुझे कमीशन के साथ सैलरी भी मिलने लगेगी।

दो दिनों तक मैं बहुत खुश था, मुझे मालूम था कि इस अकेली पॉलिसी के होने से मेरा तीन महीने का खर्चा निकल सकता था, उस दिन मैं कॉलेज नहीं गया। सुबह से तैयार होकर उनके बताए पते पर पहुँच गया। उनका घर काफी बड़ा था। घर से ही लगा हुआ एक ऑफिस भी था। ऑफिस में घुसते ही मैंने पाया कि मैम

वहाँ पर मौजूद नहीं थीं, लेकिन शायद उनकी मैनेजर वहाँ मौजूद थीं। उन्होंने मेरी बात बिना सुने ही कह दिया कि मैम आज बहुत बिजी हैं। मुझे थोड़ा गुस्सा भी आया। मैं जाने ही वाला था कि मैम वहाँ आ गईं।

"सॉरी अनुराग, मुझे याद है कि मैंने ही तुम्हें प्रीमियम एमाउंट और जरूरी डॉक्यूमेंट्स लेने घर पर बुलाया था, लेकिन मेरी ऑफिस में बहुत जरूरी मीटिंग है। क्या हम किसी और दिन मिल सकते हैं?" उन्होंने बहुत ही शालीनता से पूछा।

"मैम, आज मैं अपना कॉलेज छोड़कर आपसे मिलने आया हूँ। क्या आप मीटिंग के बाद मुझसे मिल सकते हो?" मैंने थोड़ा हिचकिचाते हुए पूछा।

"ठीक है, फिर शाम को मिलते हैं। प्लीज उदास मत होना। मैं समझ सकती हूँ कि ऐसा होने पर कैसा लगता है। मेरे पति के साथ भी ऐसा बहुत होता था।"

"कोई बात नहीं मैम, मैं शाम को आ जाऊँगा। बस आप शाम को मना मत करना।"

"नहीं करूँगी, मिलते हैं शाम को।"

इतना बोलकर वे निकल गईं। दिनभर काम खत्म करके जब मैम वापस घर आईं तो मैं उनके घर के बाहर ही बैठा था। मुझे मालूम था कि अकसर कस्टमर बहाना बनाकर मिलते ही नहीं हैं।

"हैलो, तुम समय से आ गए हो? फोन कर दिया होता मुझे!" उनकी आवाज में ग्लानि थी।

"अरे मैम, मैं तो अभी आया हूँ बस। इसमें क्या ही फोन करना!" वैसे तो मैं एक घंटे से वहाँ बैठा था, लेकिन मैंने यह बात मैम को नहीं बताई।

"अच्छा ठीक है, चलो अंदर। मैं थोड़ा अंदर से कपड़े बदलकर आती हूँ।"

वे मुझे जरूरी डॉक्यूमेंट्स देकर कपड़े बदलने चली गईं। तब तक नौकरानी ने मुझे चाय दे दी। इसी बीच उनकी मैनेजर मुझे शक की नजर से देख रही थीं। वे मेरे पास आकर बोलीं, "तुम मुझे सच बताओ कि तुम कोई फ्रॉड तो नहीं हो?"

"आप क्या बोल रही हो? मैं एक इंश्योरेंस कंपनी का एजेंट हूँ। मेरे पास लाइसेंस भी है।" मैंने आत्मविश्वास से कहा।

"अच्छा, तब ठीक है। मेरे कॉलेज के लड़के अय्याशी करने के लिए बहुत फ्रॉड करते हैं।"

इससे पहले कि मैं कुछ बोल पाता, मैम वहाँ आ गईं। मैंने उन्हें बताया कि वे

एक बड़ी पॉलिसी ले रही हैं, इसलिए उन्हें चेकअप के लिए एक बार लैब आना होगा और टेस्ट नेगेटिव आने पर पॉलिसी एक्टिव हो जाएगी। मेरी बात सुनकर वे थोड़ा खीझ-सी गईं, लेकिन फिर भी उन्होंने हामी भर दी और बताया कि दो दिन बाद ही वे टेस्ट के लिए आ पाएँगी।

□

"बॉस, उन्होंने प्रीमियम भर दिया है। अब उन्हें बस एक बार चेकअप के लिए आज लैब जाना है।" मैंने बॉस को खुश होते हुए बताया।

"हाँ अनुराग! यह बहुत बड़ा प्रीमियम है, इसलिए उन्हें आना पड़ रहा है वरना बिना चेकअप के भी काम चल जाता। वैसे लैब में उनके टेस्ट के दौरान तुम उनके साथ ही रहना। जब तक पॉलिसी इश्यू नहीं हो जाती है, तब तक इन कस्टमर्स का कोई भरोसा नहीं होता है।" बॉस ने मुझे आगाह करते हुए कहा।

"ठीक है, अगर कुछ भी गड़बड़ हुई तो मैं उन्हें ऑफिस बुला लूँगा।"

"और हाँ, तुमने उस कस्टमर का नाम और डिटेल मुझे अभी तक नहीं भेजी है। जैसे ही टेस्ट हो जाए, तुरंत ही मुझे भेज देना।"

मैं बॉस को 'हाँ' बोलकर लैब की तरफ निकल पड़ा। साथ ही मैंने मैम को फोन करके चेकअप की याद दिलाई। उन्होंने भी आने के लिए हामी भर दी। उनके लैब पहुँचने पर थोड़े से इंतजार के बाद डॉक्टर ने उनका टेस्ट किया और शाम तक उसका रिजल्ट भी आ गया। डॉक्टर को उनके ब्लड सैंपल्स में कुछ खामी दिखी। इसलिए डॉक्टर ने उन्हें कुछ और टेस्ट के लिए शाम को फिर से आने को कहा। मैम ने मुझे तमतमाते हुए फोन किया।

"यह क्या तमाशा लगा रखा है डॉक्टर ने? मुझे फिर से कुछ और टेस्ट के लिए बोल रहे हैं।"

"सॉरी मैम, कभी-कभी मेडिकल टेस्ट में कुछ ऊपर-नीचे आ जाता है। आप चिंता मत करिए, मैं थोड़ी ही देर में दूसरा टेस्ट भी करवा देता हूँ।" मैंने थोड़ा डरते हुए कहा।

"नहीं, अब मुझे और कोई टेस्ट नहीं करवाना है। मैंने तो सिर्फ तुम्हें देखकर यह पॉलिसी लेने का सोचा था, लेकिन अब मुझे कोई पॉलिसी नहीं लेनी है।" उनकी आवाज में नाराजगी थी।

"मैम, मैं अभी भी इंजीनियरिंग के फोर्थ ईयर का स्टूडेंट हूँ। अगर आप यह

पॉलिसी ले लेतीं तो मेरा काफी खर्च निकल जाता, इसलिए प्लीज, यह पॉलिसी कैंसल मत कीजिए।" मैंने रुआँसा होकर कहा।

"ठीक है, देखो, मैंने पहले भी पॉलिसी ली है। इतने टेस्ट करवाने की जरूरत नहीं होती है। अगर तुम्हें लगता है कि मेरे पॉलिसी लेने से तुम्हें फायदा होगा तो ठीक है। मैं पॉलिसी खरीद लूँगी, लेकिन मुझे और टेस्ट नहीं करवाने हैं। क्या तुम अपने किसी सीनियर से बात कर सकते हो?" उनका लहजा नरम हो चुका था।

"ठीक है मैम! मैं बॉस से बात करता हूँ।" मैंने इतना कहकर तुरंत ही बॉस को फोन लगाया। बॉस ने मुझे बताया कि ऐसा होना पॉसिबल नहीं है, लेकिन उन्हें किसी तरह से ऑफिस आने के लिए मना लूँ और बाकी का काम वह कर लेंगे।

मैंने मैम को किसी तरह से ऑफिस आने के लिए मना लिया। हम तय समय पर ऑफिस पहुँच गए थे, लेकिन बॉस उस समय अपने केबिन में नहीं थे। हमने थोड़ी देर उनका इंतजार किया। तब तक मैम अपने मोबाइल पर ही कुछ काम कर रही थीं। तभी बॉस पीछे से आए और बिना मैम को देखे ही बोले, "बोलिए मैम, आपको मेडिकल टेस्ट करवाने में क्या परेशानी है?"

बॉस के इतना बोलते ही दोनों ने एक-दूसरे को देखा। दोनों की आँखें फटी-की-फटी रह गईं। उनके चेहरे के हाव-भाव से समझ आ चुका था कि दोनों पति-पत्नी थे। एक मिनट तक वे एक-दूसरे को देखते रहे। उनके दोनों के ही चेहरे पर गुस्से और प्यार के मिश्रित भाव थे।

"तुम यहाँ कैसे?" मैम ने पूछा।

"मैं क्यों यहाँ नहीं हो सकता? तुम्हें क्या लगा था कि जिंदगी भर मैं घूम-घूमकर पॉलिसी बेचता फिरूँगा।" बॉस ने गुस्से से कहा।

"नहीं, मेरे कहने का मतलब ऐसा नहीं था, बल्कि मैं खुश हूँ कि तुमने सिर्फ दो सालों में कितनी तरक्की कर ली है।" मैम की आवाज में खुशी थी।

"हाँ, लेकिन मैंने सिर्फ पैसे ही नहीं कमाए हैं, बल्कि रिश्ते भी कमाए हैं। दो सालों से अपनी बेटी को हर वह खुशी दे रहा हूँ, जिसकी वह हकदार है। मैं तुम्हारे जैसा नहीं हूँ, जो सिर्फ पैसे कमाने के पीछे पागल हो जाऊँ।" बॉस की बातों में कड़वाहट थी।

"मैं अपनी खुशी से नहीं भागी थी, बल्कि मैं तो तुम्हारे साथ मिलकर पैसे कमाना चाहती थी, तुम्हारा हर दुःख बाँटना चाहती थी। अपने घर के हालात

सुधारना चाहती थी, लेकिन तुमने यह बोलकर मना कर दिया कि अगर घर के बाहर तुम काम करने जाओगी तो मेरी इज्जत कौन करेगा?" इस बार मैम की आवाज में भी नाराजगी थी।

"तो क्या गलत बोला मैंने? देखो, आज कितनी इज्जत है मेरी। बीस लोगों की पूरी टीम लीड करता हूँ। तुम्हारे जितना तो नहीं, लेकिन कम-से-कम अपनी बेटी को खुश रखने लायक तो कमा ही लेता हूँ। और वैसे भी, तुमने खुद से सबकुछ थोड़े किया। तुम्हारे घरवाले भले ही विदेश में रहते हों, लेकिन मुझे मालूम है कि वे लोग तुम्हें मदद करते हैं।"

अपने घरवालों की बात सुनकर मैम भी भड़क गईं और बॉस पर फट पड़ीं—"हाँ, उन्होंने मदद की थी, लेकिन मैं लड़की होकर भी यह रियल एस्टेट का बिजनेस अच्छे से चला रही हूँ। अपने माँ-बाप से पैसे लेने में मुझे कोई शर्म नहीं है। मैं पागल थी, जो कॉलेज में तुम्हारे प्यार में पड़ी। वरना तुम्हारे जैसे आदमी के प्यार में कौन पड़ता!"

वे दोनों यह भूल गए थे कि केबिन में मैं भी था। कुछ देर और लड़ने के बाद मैम केबिन से यह बोलकर निकल गईं कि मैं मर भी जाऊँगी तो भी तुम्हारे पास से पॉलिसी नहीं कराऊँगी। बॉस ने भी चिल्लाकर कहा कि तुम्हारे बिना भी मेरा काम अच्छा चल रहा है। साथ-ही-साथ अब बॉस का गुस्सा मेरे ऊपर निकल पड़ा कि कहाँ-कहाँ से लोगों को उठाकर ले आते हो! मैं चुपचाप ऑफिस से निकल आया। मैंने अभय को सबकुछ बताया। उसने बोला कि अब मैं इन सब काम से थोड़ा ब्रेक लेकर पढ़ाई पर ध्यान दूँ। मुझे भी उसकी बात सही लगी। कुछ महीनों में फोर्थ ईयर का फाइनल एग्जाम होने वाला था और बीच-बीच में कुछ कंपनियाँ भी प्लेसमेंट के लिए आती रहती थीं, इसलिए मैंने अगले कुछ दिन न बॉस को कॉल की और न ही मैम को। मुझे भी पूरी उम्मीद थी कि कम-से-कम मुझे मैम की कॉल तो नहीं आएगी, लेकिन एक दिन जब मैं कॉलेज से रूम के लिए निकल रहा था तो उनकी कॉल आई। उन्होंने मुझे सीधे अपने घर बुलाया, मैं भी सीधे उनके घर पहुँच गया।

उनके घर पहुँचने पर उनकी मैनेजर ने मुझे बैठने को कहा। उनकी मैनेजर देखने में मेरी ही उम्र की लग रही थी। थोड़ी ही देर में मैम भी आ गईं।

"अनुराग, उस दिन जो कुछ भी हुआ, उसके लिए सॉरी, लेकिन उन्हें देखकर मुझे गुस्सा आ गया और उन्होंने क्या बोला, वह भी तुमने सुना ही होगा।"

"मैम, कोई बात नहीं। अगर मुझे पता होता कि मेरे बॉस ही आपके पति हैं तो मैं आपको कभी भी पॉलिसी नहीं दिखाता।"

"अच्छा, यह बताओ कि तुम्हें पॉलिसी के लिए कोई और मिला? और क्या तुम्हें सैलरी भी मिलती है?"

"नहीं मैम, कोई और नहीं मिला और मुझे सैलरी नहीं मिलती है। हमें हर पॉलिसी पर कमीशन मिलता है। आपकी पॉलिसी बड़ी थी तो ज्यादा पैसा मिलता। वैसे आपको पॉलिसी का रिफंड आ गया होगा न?"

"हाँ, मुझे रिफंड मिल गया है। अगर तुम चाहो तो मैं तुम्हें कुछ पैसे दे सकती हूँ।"

"नहीं मैम, मुझे आपके पैसे नहीं चाहिए। मैं खुद से कमा लूँगा।"

"ठीक है, लेकिन अगर कोई परेशानी हो तो मुझे बेझिझक कह देना। मेरी मैनेजर भी तुम्हारे जैसे किसी कॉलेज में पढ़ाई कर रही है। कॉमर्स बैकग्राउंड से है तो सारा लेन-देन देख लेती है। सुबह को कुछ घंटे और शाम को कुछ घंटे ऑफिस सँभालती है। मुझे तुम्हारे जैसे लोगों की मदद करने में अच्छा लगता है, इसलिए कुछ भी हो तो प्लीज बता देना मुझे।" मैम की बातों में अपनापन था।

"जरूर मैम, लेकिन मैं आपकी और सर की कहानी जानना चाहता हूँ, जब आप लोगों की लव मैरिज है तो यह सब कैसे हुआ?"

"यह थोड़ी लंबी कहानी है अनुराग! हम पहली बार 1996 में कॉलेज में मिले। वे एक मिडिल क्लास फैमिली से थे तो मैं एक अमीर फैमिली से थी, लेकिन कॉलेज में साथ वक्त बिताते समय हमें कब एक-दूसरे से प्यार हो गया, पता ही नहीं चला, जब हम कॉलेज से निकले तो हम दोनों को ही एक अच्छी कंपनी में जॉब भी मिल गई। वैसे मेरे पैरेंट्स मुझे अमरीका शिफ्ट होने को बोल रहे थे, क्योंकि बड़े भैया भी वहीं शिफ्ट हो गए थे, लेकिन मैंने इनका साथ चुना, जब शादी करने की बारी आई तो इन्होंने कहा कि शादी के बाद तुम जॉब मत करना। मैं सबकुछ सँभाल लूँगा। मैं मान गई, क्योंकि मुझे खुद से ज्यादा इनसे प्यार था। शादी से पहले ये जॉब छोड़कर बिजनेस भी करना चाहते थे, उसमें भी मैंने इनका साथ दिया। धीरे-धीरे इनका बिजनेस में भी नुकसान होने लगा, लेकिन यह बात भी इन्होंने शादी से पहले नहीं बताई। शादी के बाद इनका बिजनेस पूरी तरह से चौपट हो गया और जब इनके पास पैसे भी नहीं बचे तो 2008 में इन्होंने इंश्योरेंस कंपनी

जॉइन कर ली। मुझे इनकी मेहनत पर पूरा भरोसा था, लेकिन इस बात का दु:ख था कि ये हमारी बेटी के बारे में नहीं सोचते थे और न ही किसी से मदद लेना चाहते थे। कितनी ही बार मैंने जॉब करनी चाही, लेकिन इन्होंने कभी भी हामी नहीं भरी। इसलिए एक दिन मुझे एक कठिन फैसला लेना पड़ा और मैं अपने माँ-बाप के घर में आकर शिफ्ट हो गई, जो उनके जाने के बाद से खाली पड़ा था। उन्होंने मुझे रियल एस्टेट के बिजनेस में आने के लिए पैसे भी दिए और मैं आज अच्छे पैसे कमा रही हूँ। कितनी ही बार मैंने इन्हें भी कहा कि मैंने घर छोड़ के गलती की और मुझे माफ करके अपना लें, लेकिन ये मुझे कभी भी अपना न सके। इनकी बात भी सही है कि मैं अपनी बेटी को छोड़कर चली आई थी, लेकिन मैं पैसे कमाकर सबकुछ नॉर्मल करना चाहती थी। मुझे लगा कि जब मैं पैसे कमाकर दूँगी तो ये मुझे अपना लेंगे। इन्होंने कुछ समय तक पैसे तो ले लिये लेकिन मुझे नहीं अपना सके। बस इतनी सी कहानी है मेरी।"

इतना सब बताने के बाद उनकी आँखें नम थीं, मुझे समझ नहीं आ रहा था कि मैं क्या कहूँ। वे मेरी दुविधा समझ गईं और तुरंत ही बोल पड़ीं, "अनुराग, सॉरी! मैं तुम्हें परेशान नहीं करना चाहती थी। मैंने बस तुम्हें इसलिए बुलाया था कि तुम्हारी थोड़ी मदद कर सकूँ। अगर तुम्हें पैसे नहीं रखने हैं तो मत रखो, लेकिन अगर कभी भी मेरे साथ काम करना चाहो तो मेरे दरवाजे हमेशा के लिए खुले हैं। तुम मेरी मैनेजर का नंबर ले लो, अगर कुछ लगे तो कॉल कर देना।"

"ठीक है मैम!" इतना बोलकर मैं जाने ही वाला था कि पीछे से एक आवाज आई। मैम जैसे ही खड़ी होने के लिए उठीं, वे बेहोश होकर गिर पड़ीं। तुरंत ही एक डॉक्टर आए, उन्होंने कहा कि शायद कमजोरी की वजह से हो गया होगा।

वहाँ से निकलने के बाद मैंने सोच लिया कि कैसे भी करके बॉस और मैम को वापस मिलाना है, लेकिन यह सब काम सिर्फ मेरे लिए कर पाना संभव नहीं था। इसलिए मैं सीधे अभय से मिलने गया। वहाँ से हम शनिवार वाड़ा घूमने चले गए। हम अकसर ऐसे ही बाहर घूमने निकला करते थे। इसकी वजह से मुझे नए लोग भी मिल जाते थे। खैर, शनिवार वाड़ा के अंदर ही किसी कोने में बैठने के बाद मैंने अभय को पूरी बात विस्तार से बताई।

"अरे, मुझे पहले क्यों नहीं बताया तूने?" अभय ने आश्चर्य से पूछा।

"यार, उस समय मुझे मालूम नहीं था कि मैम मेरे बॉस की ही वाइफ हैं। देख,

मैंने उनकी आँखों में बॉस के लिए प्यार देखा है। चल न, किसी तरह से उनको मिलवाते हैं।"

"अबे, यहाँ तेरा प्लेसमेंट नहीं हुआ है। तुझे नई पॉलिसी नहीं मिली है और तू उन दोनों को मिलाने की बात कर रहा है।" अभय ने खीझते हुए कहा।

"भाई, वह सब भी होता रहेगा, लेकिन सोच, अगर वे दोनों मिल जाएँ तो उनकी बेटी को भी माँ-बाप दोनों का ही प्यार मिलेगा।"

"देख, बात तो तू सही कह रहा है। चल इस बारे में कुछ सोचते हैं।"

अभय ने थोड़ा सोचते हुए कहा, "तू अपने बॉस को यह बोल दे कि तू उनकी वाइफ की फर्म में सभी लोगों का इंश्योरेंस कराने वाला है।"

"अरे, तू पागल है क्या भाई? वे अपना इंश्योरेंस वहाँ से नहीं कराएँगी तो फिर अपने नीचे काम करने वालों का क्यों कराएँगी? उस दिन वाला झगड़ा तुझे बताया ही था न?"

"हाँ भाई, मालूम है मुझे, लेकिन कोई भी माँ अपने बच्चों के लिए तुरंत ही भावुक हो जाती है। ऐसे में तू मैम के सामने किसी बहाने से उनकी बेटी का ज़िक्र कर देना और शायद तेरा काम बन जाएगा।" अभय ने अपनी तिकड़म लगाते हुए कहा।

"नहीं भाई! इतना झूठ बोलना मुझसे नहीं हो पाएगा, तू मुझे जानता ही है।"

"देख अनुराग, तुझे एक कड़वी बात बताता हूँ। तू बहुत ही ज्यादा शरीफ है। इसकी वजह से ही तू आगे नहीं बढ़ पा रहा है वरना तेरे जितनी मेहनत तो बहुत कम लोग करते हैं। तुझे अपने लिए बोलना और दूसरों से बात करना तो आता है, लेकिन दुनिया अब इससे आगे बढ़ गई है भाई! तुझे तिकड़म करना भी सीखना होगा यार, तुझे तेज बनना होगा, तुझे अफ़लातून बनना होगा।"

"यार, यह अफ़लातून क्या होता है?"

"देख, अफ़लातून उसे कहते हैं, जो खुद की बड़ाई करने में पीछे नहीं रहता है, जो चालाक होता है, जो खुद को दूसरों से बेहतर मानता है, जो अपने फायदे के लिए झूठ बोलने में भी कोई हर्ज नहीं करता है। तुझे ऐसा ही बनना है और फिर देख, पूरी दुनिया कैसे तुझे सलाम करती है!"

"यार, ऐसे काम करना तो मुझे आता ही नहीं है। मैं कैसे अफ़लातून बनूँगा?"

"देख भाई, कोई काम नहीं आता है तो सीखना तो पड़ेगा। तू झूठ नहीं बोलता

न? चल, आज से मैं तेरी ट्रेनिंग शुरू करता हूँ। सबसे पहले मैम के सामने जाकर यह झूठ बोल। वैसे भी जिस झूठ से किसी का घर बस जाए, वह झूठ सच के बराबर ही होता है।"

अभय की यह खूबी थी कि वह आराम से किसी को भी अपनी बातों में फँसा लेता था। ये सब बातें वह मेरी भलाई के लिए ही बोल रहा था, लेकिन फिर भी मेरा मन गवाही नहीं दे रहा था, लेकिन मैंने सोचा कि एक बार जरूर यह तरीका आजमाया जा सकता है। वैसे तो मेरे पास मैम का नंबर था, लेकिन मैंने फिर भी मैम की मैनेजर को कॉल करके मैम से मिलने का समय माँगा, लेकिन उसने यह कहकर मना कर दिया कि वे अभी बहुत बिजी हैं। ऐसे में वे इस सप्ताह तो नहीं मिल सकती हैं। मुझे भी लगा कि शायद वे बिजी होंगी, इसलिए मैंने पूरे एक सप्ताह तक उन्हें कॉल नहीं की। एक सप्ताह के बाद मैंने फिर से उनकी मैनेजर को कॉल लगाई। इस बार उनकी मैनेजर ने बताया कि वे किसी काम से पुणे से बाहर गई हैं और उन्हें नहीं पता कि वे वापस कब आएँगी। मैं फिर से उसकी बात मान गया, लेकिन एक दिन मैं और अभय पुणे के मशहूर ईरानी कैफे गए। वहाँ हम लोग हमेशा की तरह बन-मस्का खा रहे थे, तभी मैंने देखा कि मैम वहाँ एक कोने में अकेली बैठी थीं। पहले की अपेक्षा वे थोड़ी कमजोर दिख रही थीं। मैं उनके पास गया और बोला, "हैलो मैम, आप वापस कब लौटीं पुणे? आपकी तबीयत तो ठीक है न?"

"हैलो अनुराग! काफी दिनों के बाद दिखे तुम। मेरी तबीयत तो ठीक है, लेकिन पुणे से बाहर तो गई ही नहीं हूँ।" उन्होंने आश्चर्य जताते हुए कहा।

"अच्छा, लेकिन आपकी मैनेजर ने तो मुझे ऐसा ही कहा था।"

"अरे, वह मेरी मैनेजर कम, छोटी बहन के जैसी ज्यादा है। आजकल मैं भी बीमार चल रही हूँ, शायद इसलिए उसने ऐसा बोल दिया होगा।"

"हाँ, लेकिन ऐसे झूठ तो नहीं बोलना चाहिए था न?" मेरी बातों में नाराजगी थी।

"कोई बात नहीं, अगली बार तुम मुझे सीधे कॉल कर लेना। वैसे कोई काम था क्या?" उन्होंने मुद्दे की बात की।

"नहीं मैम, वैसे तो कोई बात नहीं थी। लेकिन…"

मैं इतना ही बोल पाया था कि वहाँ अभय भी आ गया।

"हैलो मैम, मैं अनुराग का दोस्त हूँ। अरे अनुराग, तू क्या बता रहा था कि

बॉस ने अपनी बेटी के बारे में क्या बताया?"

अपनी बेटी के बारे में सुनकर मैम के चेहरे पर बेचैनी आ गई और वे तुरंत ही पूछ पड़ीं।

"क्या बोल रहे थे वे? मुझे जल्दी से बताओ न?"

"मैम, बॉस मुझसे बोल रहे थे कि आजकल काम अच्छा नहीं चल रहा है और टीम से नई पॉलिसी भी नहीं आ रही है। ऐसे में बेटी को इस महीने साइकिल नहीं दिला पाऊँगा।" यह बोलते समय मेरी आवाज थोड़ी डरी हुई थी, आखिरकार पहली बार झूठ जो बोल रहा था।

"अरे, इतना तो कमाने लग गए हैं, फिर भी ऐसा बोल रहे थे। उनका हमेशा से ऐसा ही रहा है। मैं तो खुशी से एक अच्छी वाली साइकिल भेज देती, लेकिन तुमने उस दिन देखा न कि उन्होंने किस तरह से मुझसे बात की।"

"हाँ मैम, वे आपकी पॉलिसी नहीं करना चाहते हैं, लेकिन आप चाहें तो अपने साथ काम करने वाले लोगों की तो पॉलिसी करा सकती हो। वैसे भी हर बड़ी कंपनी ऐसा ही करती है।" अभय ने पूरे विश्वास से कहा।

"अरे, लेकिन मेरी कोई कंपनी थोड़ी ही है। एक छोटी सी फर्म है, जिसमें मुश्किल से आठ लोग काम करते हैं। दूसरी बात, अगर मैं सबका प्रीमियम दूँगी तो काफी पैसे खर्च भी हो जाएँगे।"

"ठीक है मैम, एक काम कर सकते हैं। आप सबको बोल देना कि आप पहले साल का प्रीमियम भरोगी और उसके बाद अगले साल से वे लोग खुद अपना प्रीमियम भरेंगे। बाकी अगर आप चाहो तो मैं आपको कम पैसे वाला प्लान भी दिखा सकता हूँ। अगर आपको लग रहा है कि इसमें मेरा फायदा है तो आप टीम में किसी और के जरिए भी ले सकते हो।" इस बार मैंने भी थोड़ा बढ़ा-चढ़ाकर बोलने की कोशिश की।

"ठीक है, अपनी बेटी के लिए मैं इतना तो कर ही सकती हूँ। बाकी मैं अपने मैनेजर से भी एक बार पूछकर बताती हूँ कि उसका क्या सोचना है। आखिरकार मेरी फर्म का पूरा फाइनेंस वही देखती है।"

"ठीक है मैम, लेकिन मैं सीधे आपको ही कॉल करूँगा।"

"ठीक है। कोई बात नहीं, लेकिन एक बार अपने बॉस से भी पूछ लेना। उसे कोई प्रॉब्लम नहीं होनी चाहिए।"

"हाँ मैम, जरूर।"

मैं इतना ही बोल पाया था कि इतने में वेटर वहाँ आ गया, जब मैम उसके साथ बात कर रही थीं तो पता चला कि बॉस और मैम अकसर यहाँ आया करते थे। शायद इसलिए भी मैम यहाँ अकेले में आकर समय बिताती होंगी।

खैर, जब मैम वहाँ से चली गईं तो मैं और अभय वापस अपनी टेबल पर आकर बातें करने लगे।

"यार, मेरा बॉस मान तो जाएगा ना?" मैंने अभय से पूछा।

"अरे भाई, आती हुई लक्ष्मी किसे अच्छी नहीं लगती! और देख, जैसे महिलाओं को भावुक करके काम कराया जा सकता है, ठीक वैसे ही पुरुषों को आसमान पर चढ़ाकर अपना काम कराया जा सकता है।"

"वो कैसे भाई?"

"बस अपने बॉस को बोल कि मैम ने मार्केट में सबका ट्रैक रिकॉर्ड चेक किया और मैम को सबसे अच्छा ट्रैक रिकॉर्ड उनका ही मिला, इसलिए वे उनके पास से ही पॉलिसी करवाना चाहती हैं। साथ-ही-साथ तू थोड़ी अपनी तारीफ भी कर देना।"

"यार, एक और झूठ?"

"भाई, तुझे अफ़लातून बनना है न? उन दोनों को मिलाना है न?"

"हाँ भाई।"

"तो जैसा मैं बोल रहा हूँ, तू ठीक वैसा ही कर। तू बस अफ़लातून बनकर देख कि तुझे क्या कुछ नहीं मिलता!"

अभय की बात मानकर मैंने बॉस को सभी बातें बढ़ा-चढ़ाकर बताईं। उन्हें यह भी बताया कि कैसे मैंने मैम को पूरी टीम की पॉलिसी लेने के लिए मना लिया है। बॉस मेरी बात सुनकर फूले नहीं समा रहे थे। मैंने बॉस को इस बात के लिए भी राजी कर लिया कि वे मैम से एक बार मिलकर उन्हें थैंक यू बोल दें। एक बार तो उन्होंने मना भी कर दिया, लेकिन मैंने उन्हें बिजनेस की दुहाई देकर मना लिया। इधर मैंने मैम को भी बॉस से मिलने के लिए मना लिया। मैंने जगह भी ठीक वही चुनी, जहाँ वे लोग पहले जाया करते थे—ईरानी कैफे, जब वे दो सालों के बाद पहली बार इस तरह से मिले तो दोनों के चेहरों पर ही संकोच था। वे एक-दूसरे से ठीक से नजरें भी नहीं मिला पा रहे थे।

"थैंक यू, अपनी टीम की पॉलिसी मेरे पास कराने के लिए।" बॉस के मुँह से ये शब्द काफी मेहनत से निकले थे।

"मुझे प्लान अच्छे लगे, इसलिए मैं करवा रही हूँ। वैसे आप तो दूसरी कंपनी में थे न?"

"हाँ, लेकिन तुम्हारे जाने के छह महीने बाद ही मैंने कंपनी बदल ली थी।"

"अच्छा और हमारी बेटी कैसी है?" यह बोलते समय मैम की आँखों में नमी आ गई थी।

"वह भी ठीक ही है। थोड़ी मुश्किल होती है हमें, लेकिन हम दोनों मैनेज कर लेते हैं। उसके दादा-दादी आते रहते हैं और घर में केयरटेकर भी आ जाती है।"

"अच्छा..."

दोनों के पास बातें तो थीं, लेकिन इतने दिनों के बाद इस तरह से मिलने की वजह से कोई कुछ नहीं बोल रहा था, जैसे ही बॉस उठकर जाने को हुए तो मैम बोल पड़ीं, "क्या मैं अपनी बेटी से किसी दिन मिल सकती हूँ?"

बॉस ने एक लंबी गहरी साँस ली और फिर बोले, "मैंने तो कभी मना ही नहीं किया, तुम ही किसी वजह से मिलने नहीं आई।"

"मैं अपने गिल्ट की वजह से नहीं आ पाई, लेकिन मैं अब पक्का मिलने आऊँगी।"

उस दिन जब वे दोनों मिले तो दोनों के अंदर का ईगो थोड़ा सा तो पिघल ही चुका था। अभय ने सही ही कहा था कि जिस झूठ से किसी का घर बस जाए, वह झूठ सच के जैसा ही होता है। मैम से जब मेरी बात हुई तो वे बहुत खुश थीं। उन्होंने बताया कि अगले महीने उनकी बेटी के एग्जाम के बाद वे उनसे मिलने जाने वाली हैं। साथ-ही-साथ उन्होंने मुझे उनके ऑफिस आकर सबके डॉक्यूमेंट्स भी लेकर जाने के लिए कहा।

जब तीन-चार दिनों के बाद मैं उनके ऑफिस पहुँचा तो वे ऑफिस में नहीं थीं, बल्कि उनकी मैनेजर थी। उसके साथ तो मैं बात भी नहीं करना चाहता था, लेकिन वह खुद मेरे पास गुस्से से चलकर आई।

"यह सब तुम मैम के पति के बोलने पर कर रहे हो न? तुम्हें थोड़ा भी अंदाजा है कि पिछले दो महीनों से मैम को कितना नुकसान हुआ है बिजनेस में? और अब मैम को उनकी बेटी के बहाने से फालतू में खर्च करा रहे हो?"

"अरे, सुनो! तुम कुछ भी मत बोलो। सबसे पहले तो झूठ बोलती हो कि मैम पुणे में नहीं हैं और अब मेरे ऊपर फालतू के इल्जाम लगा रही हो। बॉस ने मुझे यह सब करने को नहीं बोला है। अगर तुम्हें इतनी ही प्रॉब्लम है तो मैम को बोल देना कि हम उनकी टीम की पॉलिसी नहीं करेंगे।" यह बात मैं पूरे ताव से बोल तो गया था, लेकिन मुझे डर था कि कहीं सच में मैम पॉलिसी करवाने का प्लान कैंसल न कर दें। इसके पीछे मेरा फायदा नहीं था, बल्कि मैं चाहता था कि इसी बहाने से मैम और बॉस मिलते रहें। मैं जैसे ही उनके ऑफिस से निकलने वाला था, तभी मैम वहाँ आ गईं। मैम ने न सिर्फ अपनी मैनेजर को डाँटा, बल्कि मुझे डॉक्यूमेंट्स के साथ-साथ प्रीमियम एमाउंट भी दे दिया। उन्होंने अपनी मैनेजर को मुझसे बात करने से भी मना कर दिया। शायद उन्हें डर था कि अगर ऐसा नहीं हुआ तो वे अपनी बेटी से नहीं मिल पाएँगी।

खैर, अब अगले प्लान की बारी थी। मैंने मैम को बता दिया कि अपनी टीम का टेस्ट करवाने के लिए वे अपनी टीम को साथ में लेकर आ जाएँ। अगले ही सप्ताह वे अपनी टीम को लेकर लैब पहुँच गईं, मैंने भी बॉस को बुला लिया। आज उनके पास एक-दूसरे के साथ वक्त बिताने के लिए काफी समय था, वे बातें कर रहे थे।

"तुम थोड़ी कमजोर दिख रही हो? क्या बात है?" बॉस ने कहा।

"पता नहीं, पिछले एक महीने से कमजोरी-सी लगती है। थोड़ा बिजनेस भी ठीक नहीं चल रहा है। तो हो सकता है कि उसी का हो।"

"अरे, ऐसे में तुम क्यों आ गई? और अगर बिजनेस ठीक नहीं चल रहा है तो अभी सबकी पॉलिसी क्यों करा रही हो?"

"यह सब तो चलता ही रहता है। वैसे मुझे आपको देखकर खुशी होती है कि आखिरकार आपको इस काम में सफलता मिल ही गई।"

"हाँ, मुझे तुम्हें देखकर भी खुशी होती है कि इतने अच्छे से रियल एस्टेट का बिजनेस चला रही हो, जब तुम घर छोड़कर गई थी तो सोचा नहीं था कि इतने आराम से पैसे कमा लोगी!" इतना बोलने के बाद बॉस थोड़ा रुककर फिर से बोले, "वैसे मुझे तुम्हें सॉरी कहना था।"

"अरे···लेकिन क्यों?" मैम ने आश्चर्य से कहा।

"क्योंकि मैंने तुम्हें समझा नहीं। तुम हमेशा से ही आगे बढ़ना चाहती थी,

लेकिन शादी के बाद मेरी वजह से तुमने जॉब करना भी छोड़ दिया। हमारे खराब वक्त में मुझे तुम्हें सपोर्ट करना चाहिए था।"

"गलती शायद मेरी भी थी, जब तुम्हारा बिजनेस नहीं चल रहा था तो भी मैं वह लाइफस्टाइल चाहती थी, जो हमारी शादी के समय थी। अगर उस समय मैं अपनी बेटी के एडमिशन को लेकर सख्त न हुई होती तो शायद आज चीजें अलग होतीं।"

आज ऐसा लग रहा था कि वे दोनों ही अपना ईगो घर रखकर आए हैं। उस दिन सबकुछ अच्छे से हो गया। मेरी लाइफ में सबकुछ सही चल रहा था, मैंने झूठ बोलना और अपनी तारीफ खुद से ही करना सीख लिया था। इसी वजह से अगले कुछ ही हफ्तों में मैं जिन भी नए लोगों से मिल रहा था, उन्हें पॉलिसी लेने के लिए आराम से मना ले रहा था, क्योंकि अब मैं उन्हें पॉलिसी में क्या कवर नहीं हो रहा है, उसके बारे में नहीं बता रहा था। मुझे समझ में आ रहा था कि जो काम सच बोलने पर बड़ी मुश्किल से होता था, वह झूठ बोलने पर आसानी से हो जा रहा था। अगले एक महीने में ही मैंने चार नई पॉलिसी कर ली थी। बॉस ने मुझे सैलरी देना भी शुरू कर दिया था। इस दौरान कॉलेज में कई कंपनी प्लेसमेंट के लिए आ रही थीं, लेकिन मैं किसी में भी नहीं बैठा। इस एक महीने में ही मुझे यकीन हो गया था कि मैं अगर अच्छे से काम करूँगा तो कंपनी के पैकेज से ज्यादा मैं खुद से ही कमा लूँगा।

एक दिन मुझे मैम ने अपने घर मिलने बुलाया।

"कैसे हो अनुराग?"

"मैं बहुत अच्छा हूँ मैम, आप कैसी हैं?" मैंने बड़े उत्साह से पूछा।

"मैं भी बहुत अच्छी हूँ, बस थोड़ा बीमार रहने लगी हूँ।"

"हाँ मैम, आप सच में काफी बीमार लग रही हैं। आपको उस दिन टेस्ट करा लेना था। मुझे लगता है कि शायद दूसरे टेस्ट कराने से कुछ पता चल जाता!"

"अरे, इतनी भी कोई सीरियस बात नहीं है। कुछ ही दिनों में मैं अपनी बेटी से मिलने उनके घर जाने वाली हूँ। मैं तो यही सोचकर दिन भर खुश रहती हूँ। मुझे पता है कि जैसे ही मैं उससे मिलूँगी, मैं अपने आप ही ठीक हो जाऊँगी।" मैम की बातों से ही समझ आ रहा था कि वे अपनी बेटी से मिलने को लेकर उत्साहित थीं।

"ठीक है मैम, जैसा आपको ठीक लगे। वैसे आपने मुझे क्यों बुलाया था?"

"तुम्हारे बॉस तुम्हारी बहुत तारीफ कर रहे थे। बता रहे थे कि तुम बहुत अच्छा काम कर रहे हो।"

"हाँ मैम, मैंने खुद को बहुत बदल लिया है। अब मैं हाई प्रोफाइल लोगों को भी पॉलिसी दिखाने लगा हूँ। मैं भी बॉस के जैसे अपनी टीम बनाने की सोच रहा हूँ।"

"वह तो मैं देख ही रही हूँ। कपड़े पहनने का ढंग बदल गया है, बोलने का भी ढंग बदल गया है।"

"हाँ मैम, आप ही बताइए कि आज से दो महीने पहले जब मैं आपसे मिला था तो मैं आज से कितना अलग था न?"

"अलग तो थे, वो वाला अनुराग शांत था, संकोची था, लेकिन जो बात होती थी, वह दिल से बोल देता था।"

"हाँ मैम, लेकिन मुझे उसी वजह से बिजनेस भी नहीं मिलता था। अब तो मुझे लगता है कि पॉलिसी निकालना मेरे लिए चुटकियों का खेल है।"

"अच्छी बात है। अच्छा, सुनो, मेरी पहचान के एक विधायक हैं। उन्होंने मेरे जरिए ही एक जमीन खरीदी है। वे बातों-ही-बातों में बता रहे थे कि उन्हें अपनी पत्नी के लिए लाइफ इंश्योरेंस पॉलिसी चाहिए।"

"मैम, मैं हूँ न। मैं उन्हें जाकर सबकुछ बताऊँगा और जल्दी-से-जल्दी पॉलिसी भी करवा लूँगा।"

"लेकिन अनुराग, वे थोड़े टेढ़े-से हैं, ऐसे में तुम्हें बहुत आराम से उन्हें डील करना होगा। वैसे मुझे तुम पर भरोसा है, तुम कर लोगे।"

"हाँ मैम, मैं दो दिनों के अंदर ही उनकी पत्नी की पॉलिसी करा दूँगा। अगर मेरी जगह कोई और होता तो शायद उसके लिए मुश्किल होता।"

"ठीक है अनुराग, लेकिन तुम यह बात उन्हें मत बताना। उन्हें लगेगा कि मैं उनकी मदद करने के लिए यह सब कर रही हूँ।"

"मैम, आप इस बात की चिंता न करें। मैं बॉस को बोल दूँगा कि अपने किसी पहचान वाले के जरिए मैं उनसे मिला था।"

"अनुराग, बस एक बात और…" मैम ने थोड़ा रुककर कहा, "कॉन्फिडेंस और ओवर कॉन्फिडेंस में बस थोड़ा सा ही फर्क होता है। इसलिए थोड़ा सँभलकर आगे बढ़ना। जितनी तुम्हें सफलता मिले, उतने ही विनम्र बनते जाना। इससे तुम्हारी सफलता बढ़ती चली जाएगी।"

मैम की इस बात को मैंने नजरअंदाज कर दिया और सीधे बॉस को आकर बताया कि मुझे विधायक की पत्नी को पॉलिसी दिखाने का मौका मिला है। बॉस यह बात सुनकर बहुत खुश हो गए। हम लोगों ने थोड़ी देर मीटिंग करके यह तय किया कि उनकी पत्नी को सबसे महँगा वाला प्लान दिखाया जाएगा, जिसका प्रीमियम सीधे पाँच लाख का होगा।

"अनुराग! यार, इतना बड़ा प्रीमियम एमाउंट निकलवाना आसान नहीं होगा। अगर तुम चाहो तो मैं भी तुम्हारे साथ चल सकता हूँ? या किसी और को भी साथ लेकर जाओ।" बॉस ने थोड़ी चिंता के साथ कहा।

"अरे बॉस, मुझे किसी की जरूरत नहीं है। मैं अकेले ही काफी हूँ। दूसरी बात, क्या आपको लगता है कि कोई मेरी टक्कर का आपकी टीम में है?"

"टक्कर की बात नहीं है अनुराग! हम यहाँ एक टीम के जैसे हैं। मैंने इसलिए पूछा, क्योंकि प्रीमियम एमाउंट भी ज्यादा है और उन्हें पॉलिसी लेने के लिए मनाना भी होगा।"

"आप उसकी चिंता मत करो बॉस! मैं सबकुछ अकेले ही सँभाल लूँगा।"

मेरी बात सुनकर वे ज्यादा कुछ नहीं बोले। मैंने भी विधायक के सेक्रेटरी से फोन करके अगले दिन का समय माँग लिया। शाम को मैं अभय से मिलने गया। वैसे भी काफी दिनों से मैं उससे नहीं मिल पाया था।

"यार, तू तो राजधानी ट्रेन की स्पीड से भाग रहा है!" अभय ने कहा।

"हाँ यार, सब तेरी ही वजह से हो रहा है। तूने ही मुझे अफ़लातून बनने को कहा था। मैंने भी सोचा कि सीधे रास्ते पर चलकर वैसे भी कुछ नहीं बन रहा है, इसलिए क्यों न और लोगों के जैसे टेढ़े रास्ते पर ही चला जाए!" मैंने बड़े गर्व के साथ यह बात कही।

"लेकिन तूने सिर्फ दो महीने में खुद को कैसे बदल दिया? लोग तो सालों तक खुद को नहीं बदल पाते हैं!"

"यार, देख जब पहली बार तूने मुझे झूठ बोलने के लिए बोला तो मुझे डर लग रहा था, लेकिन पहली बार झूठ बोलते ही मालूम चला कि कितनी आसानी से कोई काम हो जाता है। वे लोग दो साल से एक-दूसरे से नहीं मिले थे, लेकिन एक झूठ की वजह से मिलने को तैयार हो गए। आपको सामने वाले की बस कमजोर कड़ी पकड़नी है। मुझे कॉलेज में भी चार सालों से बस अभय के दोस्त के नाम

से जानते थे, लेकिन पिछले दो महीनों में मैंने कितने ही लड़कों से दोस्ती कर ली। मैंने बस उनके सामने शेखी बघारना शुरू किया कि मैं बहुत कमाता हूँ और कुछ ही महीनों में कार लेने वाला हूँ। एक दिन कुछ लोगों को बुलाकर पार्टी भी दे दी। इस तरह से मेरे कितने सारे दोस्त भी बन गए। अगर काम की बात भी करूँ तो पहले लोगों को पॉलिसी दिखाते समय उसकी कमी भी सच बता देता था, लेकिन अब लोगों को कहता हूँ कि सबकुछ कवर हो रहा है। अपने कमीशन का कुछ पार्ट निकालकर उन्हें डिस्काउंट भी दे देता हूँ।"

"इसलिए तू इतना बिजी रहने लगा है न? वैसे तूने यह बात अपने बॉस को बताई?"

"नहीं यार, बॉस को थोड़ी ये सब बताऊँगा। वैसे भी उसे बिजनेस चाहिए था न! मैं दे रहा हूँ, वे इसी बात से खुश हैं।"

"चल ठीक है यार, लेकिन मुझे लगने लगा है कि तू जैसा पहले था, वैसे ही अच्छा था।" अभय ने मुझे समझाते हुए कहा।

"अरे नहीं भाई! पिछले चार साल में पढ़ाई और काम के बीच पिसते हुए कितना स्ट्रगल किया है, यह तुझसे बेहतर कौन जान सकता है! तेरा ही आइडिया था कि मुझे बदलना चाहिए और अब तू ही वापस पहले के जैसा होने को बोल रहा है।" मैंने थोड़ा गुस्से में कहा।

"यार देख, तुझे जोया याद है न? तुझे नहीं लगता कि तू उसके जैसा ही हो रहा है। मैंने तुझे बस थोड़ा चालाक होने के लिए कहा था।"

"भाई, मुझे ऐसा नहीं बोलना चाहिए था लेकिन मुझे लग रहा था कि तुझे मेरी तरक्की से जलन होने लगी है। पिछले दो महीने में ही मैंने इतना कमा लिया है, जितना तू कंपनी में जॉब करके छह महीने में कमाएगा, इसलिए ही तुझे ऐसा लग रहा है न?"

मेरी बात सुनकर अभय गुस्सा हो गया। गुस्से से ज्यादा उसके मन में दुःख था, वह बिना कुछ बोले उठकर चला गया। खैर, मैंने अपना ध्यान अगले दिन की मीटिंग पर लगाया। अगले दिन मैं पूरी तैयारी के साथ विधायक और उनकी पत्नी से मिलने गया। दोनों ने आराम से मेरी बातें सुनीं। उन्हें प्लान भी काफी अच्छा लगा। उन्होंने कहा कि वे प्लान लेने के लिए तैयार हैं, लेकिन वो प्रीमियम के पैसे अगले सप्ताह तक देंगे। मैंने उनसे कहा कि फिर मैं अगले सप्ताह ही आ जाऊँगा।

मेरे इतना बोलते ही वे भड़क गए। उन्होंने कहा कि वे जनता के सेवक हैं। वे पैसे न देने के लिए कहीं भाग थोड़ी जाएँगे। अगर मुझे उन पर भरोसा नहीं है तो मैं जा सकता हूँ। उनकी यह सब बात सुनकर मैं डर गया। मैंने तुरंत ही उनकी पत्नी के डॉक्यूमेंट्स लेकर उनसे कुछ जगह पर साइन करा लिये। वापस आकर मैंने बॉस को पूरी बात बताई।

"अनुराग, पाँच लाख बहुत बड़ा एमाउंट है, लेकिन हम इतना रिस्क ले ही सकते हैं। अगर ज्यादा हुआ तो पॉलिसी कैंसिल करा देंगे।"

"ठीक है सर! मेरे पास एक लाख हैं। अगर आप चाहें तो मैं अपना भी पैसा मिला सकता हूँ।"

"यह तो और भी अच्छा है अनुराग!"

बॉस बस इतना ही बोल पाए थे कि मैम की उन्हें कॉल आ गई। मैम उनसे पूछ रही थीं कि वे उनकी बेटी से मिलने कब आ सकती हैं? तब बॉस ने बताया कि कल ही उनके मम्मी-पापा उन्हें अपने साथ घर लेकर गए हैं, जैसे ही वह आएगी, वे बता देंगे। मैम भी इस बात के लिए मान गईं। दोनों को इतने प्यार से बात करता देख मुझे बहुत अच्छा लग रहा था।

अगले सप्ताह जब हम पैसे लेने गए तो बॉस भी साथ में गए। उन्होंने पाँच लाख तो नहीं, लेकिन दो लाख जरूर दिए। उन्होंने बताया कि अगले सप्ताह वे तीन लाख दे देंगे। फिर उन्होंने बताया कि कैसे मैम की वजह से उन्हें एक बहुत अच्छी जगह सस्ते में मिल गई। बॉस को उस समय समझ आ गया कि मैम की वजह से हमें यह पॉलिसी मिल रही थी। उनके चेहरे पर एक लंबी सी मुसकान थी। वहाँ से निकलने के बाद उन्होंने मैम को कॉल करके थैंक यू भी बोला। इसी सप्ताह विधायक की पत्नी का मेडिकल टेस्ट कराकर पॉलिसी इश्यू भी करा दी गई। अगले सप्ताह जब हम पैसे लेने पहुँचे तो हमें बताया गया कि नेताजी किसी जरूरी काम से दिल्ली चले गए हैं। हमने सोचा कि अगर अगले सप्ताह भी पैसे नहीं मिले तो पॉलिसी कैंसिल करा देंगे, क्योंकि पॉलिसी इश्यू होने के कुछ सप्ताह बाद तक ऐसा किया जा सकता था, लेकिन अगले सप्ताह हमें विधायक मिल गए और उन्होंने हमें एक लाख और दे दिए। हमें लगा कि बाकी के पैसे मिल ही जाएँगे। इसलिए हमने पॉलिसी कैंसिल भी नहीं कराई।

लेकिन बाकी के दो लाख वो देने का नाम ही नहीं ले रहा था। हम जब भी

जाते थे तो हमें अंदर ही नहीं जाने दिया जाता था। एक दिन बॉस ने उसके सेक्रेटरी को खरी-खोटी सुना दी। दूसरी तरफ सर और मैम की बेटी अपने दादा-दादी के घर से वापस आ गए थे। बॉस ने उन्हें शाम को घर पर बुलाया। मैम उस दिन बहुत ही खुश थीं। उन्होंने अपनी बेटी के लिए बहुत सारी चॉकलेट और गिफ्ट लिये थे। उसी दिन अचानक हमें विधायक के सेक्रेटरी की कॉल आई कि हम उनके घर पर आ जाएँ। वैसे तो हम मैम को उनकी बेटी से मिलते हुए देखना चाहते थे, लेकिन हमें जाना पड़ा। हम वहाँ जाकर बैठे ही थे कि विधायक आ गया। वो घूरकर बॉस को देखते हुए बोला, "साले, मेरे सेक्रेटरी के साथ लड़ाई करता है। क्या बोला था तूने? अगर औकात नहीं है तो पॉलिसी नहीं लेनी चाहिए। रुक, तुझे तेरी औकात दिखाता हूँ। मुझे सबकुछ पता है। तूने दो साल से एक माँ को अपनी बच्ची से मिलने नहीं दिया न? उसे नौकरी भी नहीं करने दी। तेरे ऊपर ऐसा केस कराऊँगा कि जमानत भी नहीं मिलेगी तुझे। जा, नहीं दूँगा तेरे पैसे। जो कर सकता है, कर ले। अगर ज्यादा होशियारी की न तो तेरी बेटी को उठवा लूँगा।"

बॉस के चेहरे पर गुस्से और डर का मिश्रित भाव था। हम दोनों मन मसोसकर वहाँ से निकल आए, वहाँ से निकलते ही बॉस ने मेरी तरफ गुस्से से देखा।

"मुझे सच बताओ कि इसे ये सब बातें किसने बताई?"

"मुझे नहीं पता सर! मैंने तो इनसे बस काम की बात की थी।" मैं सहमा हुआ-सा बोला।

"तुम्हारी मैम ने ही इसे सबकुछ बता दिया होगा। उसे लगा कि ऐसा करके वह मुझे डरा देगी। मेरे सामने तो कितनी बेचारी बन रही थी और पीठ पीछे ऐसी चाल चल रही थी। अब बस घर पहुँचने दो, उसे बताता हूँ मैं।"

हम जैसे ही घर पहुँचे तो देखा कि मैम अपनी बेटी के साथ खेल रही थीं। उनका चेहरा खुशी से दमक रहा था। बॉस ने उनका हाथ पकड़ा और खींचते हुए उन्हें बाहर ले जाने लगे।

"ये क्या कर रहे हैं आप?" मैम आश्चर्य से बोलीं।

"अच्छा, बोल तो ऐसे रही हो जैसे तुम्हें कुछ पता ही नहीं है। अपनी पहचान का फायदा उठाकर मेरी बेटी को मुझसे दूर करना चाहती हो।" बॉस ने तमतमाते हुए कहा।

"अरे, आप क्या बोल रहे हैं?" मैम को अंदाजा ही नहीं था कि क्या हुआ है।

"तुमने उस विधायक को हमारे बारे में नहीं बताया? तुमने उसके जरिए मुझे धमकी नहीं दिलवाई? तुम मेरी बच्ची को मुझसे दूर करना चाहती हो?"

"नहीं, मैंने ऐसा कुछ भी नहीं किया। आपको जरूर गलतफहमी हुई है।" मैम की आँखों में आँसू आ गए थे।

"नहीं सर, ऐसा कुछ भी नहीं है। मैं मैम को अच्छी तरह से जानता हूँ। भले ही उनके जरिए मैं उस विधायक से मिला था, लेकिन मैम ने उन्हें कुछ भी नहीं बताया।" मैंने तुरंत ही कहा।

"अच्छा, अब मुझे समझ आ रहा है। यह तुम दोनों की प्लानिंग है। सबसे पहले तुम अनुराग के जरिए मुझसे मिली और फिर अपनी पूरी टीम की इंश्योरेंस पॉलिसी भी इसलिए कराई, ताकि तुम दिखा सको कि तुम्हारी वजह से ही मेरा बिजनेस चलेगा। इतने से भी तुम्हारा मन नहीं भरा तो विधायक के पास भेज दिया, लेकिन मैं डरने वाला नहीं हूँ। मैं अपनी बच्ची तुम्हें नहीं दूँगा।" बॉस ने चिल्लाते हुए कहा।

"ऐसा कुछ भी नहीं है। मुझे अनुराग ने बताया था कि तुम्हारा बिजनेस अच्छा नहीं चल रहा है। सिर्फ इसलिए ही मैंने टीम का इंश्योरेंस कराया, मेरा यकीन करो। मैं अनुराग को पहले से नहीं जानती थी और न ही मुझे यह पता था कि तुम अनुराग के बॉस हो।"

"अब बस, बहुत हुआ, मैंने तुम पर भरोसा करके गलती की। मैंने अनुराग को कभी नहीं बोला था कि मेरा बिजनेस अच्छा नहीं चल रहा। तुम दोनों का पर्दाफाश हो गया है। मैं तुम दोनों को अपने सामने नहीं देखना चाहता, दोनों ही मेरे घर से निकल जाओ।"

बॉस के इतना बोलते ही मैम फफककर रो पड़ीं। आखिरकार पूरे दो सालों के बाद वे अपनी बेटी से मिली थीं और अचानक यह सब हो गया, जब हम बॉस के घर से बाहर जा रहे थे तो थोड़ी ही दूर चलने के बाद मैम ने मेरी तरफ गुस्से से देखकर कहा, "अनुराग, तुम्हारे झूठ की वजह से सबकुछ बरबाद हो गया। तुमने खुद को बड़ा अफ़लातून मान लिया था न! अब देखो, क्या से क्या हो गया!"

उनका गुस्सा जायज था। मैंने उन्हें मिलाने के लिए झूठ का सहारा लिया था, लेकिन झूठ की उम्र ज्यादा नहीं होती है। मैं मैम को सफाई देना चाहता था, लेकिन मैं जैसे ही मैम को कुछ बोलने ही वाला था, उतने में ही वे बेहोश होकर गिर पड़ीं।

मैंने तुरंत ही बॉस को कॉल लगाई, लेकिन उन्होंने कॉल काट दी। मैं उन्हें लेकर तुरंत ही हॉस्पिटल गया। इसी दौरान मैंने उनकी मैनेजर को भी कॉल करके सारी बात बताई।

पूरे एक दिन तक उन्हें होश नहीं आया था। मैम की मैनेजर ने उनके मम्मी-पापा को कॉल करके भारत बुलाया। वे लोग अगले तीन-चार दिनों में आने वाले थे। डॉक्टर्स की पूरी टीम लगी हुई थी। एक डॉक्टर ने हमें अपने केबिन में बुलाकर बताया कि कुछ बहुत सीरियस बात हो सकती है। उन्होंने उनका बोनमेरो मुंबई भेज दिया है, जिसकी रिपोर्ट भी शाम को आ जाएगी। शाम होते-होते मैम को होश आ गया था, हम जाकर मैम से मिले। वे बहुत कमजोर हो गई थीं। उन्होंने हमसे ज्यादा कोई बात नहीं की। वे अभी तक कल की बात को सोचकर रो रही थीं।

इधर डॉक्टर ने हमें फिर से बुलाया। उन्होंने बताया कि मैम का खून बनना बंद हो गया है और उन्हें ब्लड कैंसर हो सकता है। यह बात सुनते ही हम दोनों के ही होश उड़ गए। वैसे तो हम दोनों एक-दूसरे से बात करना पसंद नहीं करते थे, लेकिन जैसे ही हम केबिन से बाहर निकले तो मैम की मैनेजर मुझसे बोली, "पता है अनुराग! मुझे काफी दिनों से लग रहा था कि मैम कुछ ठीक नहीं हैं। वे पिछले तीन महीनों से कमजोर होती जा रही थीं। उसी दौरान तुम उनकी लाइफ में आ गए। उन्हें यह उम्मीद दिला गए कि वे किसी तरह से अपनी बेटी से वापस मिल सकती हैं, लेकिन अब वो उम्मीद भी टूट गई। मुझे मालूम था कि ऐसा कुछ हो सकता है। इसलिए मैं तुम्हें मैम से मिलने से रोक रही थी। मुझे मालूम है कि उम्मीद का टूटना कितना दर्द भरा होता है। अब तुमसे सिर्फ एक गुजारिश है कि तुम अब कुछ भी ऐसा मत करना जिससे मैम की उम्मीद फिर से टूट जाए।"

उसकी यह बात सुनकर मैंने कुछ भी नहीं कहा और मैं हॉस्पिटल से बाहर आ गया। मुझे समझ आ रहा था कि अफ़लातून बनने के चक्कर में मेरे हाथ से नौकरी जा चुकी थी, अभय जैसा अच्छा दोस्त गुस्सा हो गया था। मैम और बॉस को मिलाने का प्लान फेल हो गया था, तीन हफ्तों में एग्जाम भी सिर पर थे। यह सब सोचकर मेरा सिर घूमा जा रहा था। मुझे समझ नहीं आ रहा था कि मैं क्या करूँ? अभय के पास जाने की हिम्मत नहीं थी। अपने रूम में आकर मैंने किताबों को देखा। मुझे याद आया कि कितने ही दिनों से मैंने कोई किताब भी नहीं पढ़ी थी, जबकि पिछले पाँच सालों से मैं लगभग हर दिन किताब पढ़ता था। यह आदत मुझे

सुचि से मिलने के बाद ही लगी थी। मुझे सुचि की बहुत याद आ रही थी। कितनी ही बार मैंने उसे फेसबुक पर खोजने की कोशिश भी की, लेकिन वह कभी नहीं मिली, लेकिन उस रात मैंने फिर से 'द अल्केमिस्ट' पढ़ी। मुझे समझ आया कि हर नायक को अपनी जिंदगी में इस दौर से गुजरना पड़ता है। मैंने भी तय कर लिया कि जैसा मैं पहले था, वैसा ही रहूँगा, किसी शॉर्टकट का उपयोग नहीं करूँगा।

अगले ही दिन मैं अभय से मिलने उसके घर गया और उसे गले लगाकर कहा, "भाई, सॉरी यार। थोड़ी सी सफलता ही सिर चढ़ गई थी।"

"अरे भाई, तू इतना क्यों सोच रहा है? मैं तो उस दिन ही वह बात भूल गया और मैंने ही तो तुझे बदलने के लिए कहा था। वह मेरी ही गलती थी।" अभय ने हँसते हुए कहा। अभय की बात सुनकर मेरी आँखों में आँसू आ गए। उसने सबसे पहले मुझे बैठाकर शांत कराया। उसके बाद मैंने खुद से ही विस्तार से पिछले दो दिनों की बात बताई।

"तो बात इतनी सीरियस हो गई है! मुझे भी समझ नहीं आ रहा है कि क्या करें, लेकिन तू सबसे पहले मैम का ध्यान रख। उसके बाद हम यह पता लगाने की कोशिश करेंगे कि उस विधायक तक यह बात कैसे पहुँची?" अभय की बात में दम था। मुझे ऐसी मुश्किल घड़ी में मैम के साथ होना चाहिए था। अगले ही दिन मैं मैम से मिलने गया। वे अब काफी बेहतर नजर आ रही थीं। उन्होंने बताया कि उनके मम्मी-पापा अमरीका से कल आने वाले हैं। साथ-ही-साथ उन्हें अपनी बीमारी का भी पता चल गया था। मुझे लगा था कि यह सुनकर वे टूट जाएँगी, लेकिन उनका हौसला बरकरार था।

"मुझे अपनी बेटी के लिए जिंदा रहना है अनुराग! मुझे कुछ नहीं होगा।" उन्होंने पूरी उम्मीद के साथ मुझसे कहा।

"हाँ मैम, आपको कुछ नहीं होगा और एक दिन आप अपनी बेटी के साथ भी जरूर रहोगी। मैम, मैंने आपसे या सर से झूठ सिर्फ आप दोनों को मिलाने के लिए बोला था। इसमें मेरा कोई भी स्वार्थ नहीं था। हाँ, अपने काम को लेकर मैं घमंडी हो गया था।"

"मुझे मालूम है अनुराग! एक दिन तुमसे बात करते समय ही मुझे समझ आ गया था कि तुम बदल रहे हो, लेकिन अच्छी बात है कि तुम्हें इस बात का अहसास हुआ।"

"हाँ मैम, मैं गलत तरीके से आगे नहीं बढ़ना चाहता हूँ। मैं चाहता हूँ कि मैं

किसी भी तरह से आपकी मदद कर सकूँ।"

"अनुराग, तुम मेरी मदद कर सकते हो, लेकिन उससे पहले तुम्हें अपनी मदद करनी होगी।"

"वह कैसे मैम?"

"तुम्हारे एग्जाम आ रहे हैं, सबसे पहले पूरी तरह से उस पर ध्यान दो। उसके बाद शायद मेरे पास तुम्हारे लिए एक बड़ी जिम्मेदारी है और मेरी फिक्र मत करो। पहले स्टेज का ही कैंसर है। डॉक्टर ने कहा है कि अगर छह महीने कीमो सही तरीके से ली तो मैं ठीक हो जाऊँगी।"

"ठीक है मैम!"

मैं जाने ही वाला था कि मैम ने मुझे रोका और कहा कि मैं यह बात उनके पति मतलब मेरे बॉस को न बताऊँ। वे नहीं चाहती थीं कि अपनी बीमारी की वजह से सहानुभूति पाकर उनके करीब आएँ।

मैंने उनसे वादा किया कि मैं बॉस को कुछ भी नहीं बताऊँगा। अगले तीन हफ्तों तक मैंने और अभय ने अच्छे से पढ़ाई की। हमारे एग्जाम भी अच्छे गए। बीच-बीच में मैम को कॉल करके उनका हालचाल लेता रहता था। उनका कीमो शुरू हो गया था। कैंसर ट्रीटमेंट को उनका शरीर अच्छे से झेल रहा था। वैसे उनके शरीर में कमजोरी आ गई थी और उनके बाल भी झड़ने लगे थे, लेकिन उनका ठीक होना जरूरी था।

एग्जाम के बाद मैं मैम से मिलने गया। वहाँ पर उनकी मैनेजर भी मौजूद थी। साथ-ही-साथ उनके घर वाले भी थे, मैम का चेहरा मुरझाया हुआ था। उनका वजन भी काफी कम हो गया था, लेकिन फिर भी उनके चेहरे पर वही पुरानी हँसी कायम थी।

"अनुराग, कैसे गए तुम्हारे एग्जाम?"

"मैम, एग्जाम तो अच्छे गए, लेकिन आपकी सेहत कैसी है?"

"वह तो तुम देख ही रहे हो। अच्छा, मैंने तुम्हें एक जिम्मेदारी देने का वादा किया था न!"

"हाँ मैम, आपने एग्जाम के पहले कहा तो था!"

"अनुराग, देखो मुझे ठीक होने में कम-से-कम छह महीने का समय लगेगा। ऐसे में मैं चाहती हूँ कि मेरी फर्म को तुम सँभाल लो।"

"लेकिन मैम मैं कैसे आपकी फर्म को सँभाल पाऊँगा? मैं तो सिर्फ 23 साल का हूँ।" मैंने थोड़ा आश्चर्य से पूछा।

"जिम्मेदारियाँ उम्र देखकर नहीं आतीं अनुराग। मुझे मालूम है कि तुम्हें रियल एस्टेट के बारे में कुछ भी नहीं पता है, लेकिन तुम यहाँ से काफी कुछ सीख सकते हो। देखो, इसी बीच अगर तुम्हारा प्लेसमेंट किसी कंपनी में हो जाए तो तुम बेझिझक चले जाना।"

"ठीक है मैम! हमारे घरवाले लगातार पूछ भी रहे थे कि कॉलेज के बाद नौकरी मिलेगी कि नहीं! अब मैं उन्हें बता सकता हूँ कि मेरे पास नौकरी है और आप लोगों को अब पैसे भेजने की जरूरत नहीं है।"

"तुमने अपने इंश्योरेंस वाले काम का नहीं बताया था घर पर?"

"नहीं मैम, वह तो मैं अपनी फीस भरने के लिए करता था।"

"गर्लफ्रेंड बनाने की उम्र में यह सब कर रहे हो। गर्लफ्रेंड न सही, किसी अच्छी लड़की को अपना दोस्त ही बना लेते यार!" मैम की इतनी हलकी-फुलकी बातें सुनकर मुझे समझ आ रहा था कि वे अपना दर्द छुपाने की कोशिश कर रही थीं। एक तरफ कैंसर से जूझते हुए शरीर का दर्द तो दूसरी तरफ बेटी से दो साल बाद मिलकर फिर बिछड़ जाने का दर्द।

मैंने भी माहौल को हलका बनाने के लिए अपनी कोटा वाली कहानी सुनाई और बताया कि कैसे जोया ने मुझे और अभय दोनों को साथ में बेवकूफ बनाया। मैम के साथ-साथ उनकी मैनेजर और उनके घरवाले भी पेट पकड़कर हँसने लगे। कभी-कभी बड़े दुःख के बीच में ऐसी छोटी-छोटी खुशियाँ भी बहुत राहत देती हैं।

खैर, उसी दिन से मैंने मैम का ऑफिस सँभाल लिया। यहाँ काम करने का मेरा एक मकसद भी था। मुझे पता लगाना था कि उस विधायक को आखिर ऑफिस में किसने यह बात बताई? क्योंकि मैम की दुनिया में सिर्फ इतने ही लोग थे। ऐसे में इनके अलावा मुझे किसी और पर शक भी नहीं था। ऑफिस में मेरे अलावा मैम की टीम में आठ लोग थे और उनकी मैनेजर सुबह और शाम को थोड़े समय के लिए आती थी। वैसे तो उसके भी कॉलेज के एग्जाम हो गए थे और उसे दूसरे एग्जाम के लिए तैयारी भी करनी थी, लेकिन मैम से जुड़ाव होने की वजह से वह रोज कुछ समय के लिए आती थी। मेरी और उसकी अकसर कई बातों पर बहस हो जाती थी। वह मुझे फर्म के पैसे मार्केटिंग में खर्च करने से मना करती थी, बल्कि मुझे लगता

था कि मार्केटिंग में पैसे लगाकर ही फर्म को आगे बढ़ाया जा सकता है, लेकिन हम कभी भी इस बात को मैम तक नहीं पहुँचने देते थे। मैंने तीन महीने के अंदर ही कुछ नए प्रोजेक्ट लाने शुरू कर दिए। इसके लिए न मैंने कोई झूठ बोला और न ही खुद की बड़ाई की। बस अपने चार सालों के अनुभव का उपयोग किया। चार महीनों में 2011 भी खत्म होने वाला था। इन चार महीनों में मैं फर्म को एक नई ऊँचाई देना चाहता था, ताकि जब मैम पूरी तरह से ठीक होकर वापस काम पर लौटें तो उन्हें भी गर्व का अहसास हो। मैम हर कीमो के बाद बीमार पड़ जाती थीं।

कभी दो दिन तो कभी सप्ताह भर उन्हें हॉस्पिटल में एडमिट रखना पड़ता था। उनके घरवाले उन्हें अमरीका ले जाकर ट्रीटमेंट कराना चाहते थे, लेकिन उन्हें मालूम था कि एक बार अमरीका जाने के बाद भारत वापस आने में काफी समय लगता, जबकि यहाँ रहते हुए उन्हें यह उम्मीद थी कि वे जल्दी ही ठीक होकर बॉस और अपनी बेटी के साथ रहने लगेंगी। इन चार महीनों में बॉस ने मेरे पास कई बार कॉल की। वे जानते थे कि मैं मैम के साथ ही काम कर रहा हूँ। बातों-ही-बातों में वे मैम का हालचाल भी लेते थे, लेकिन कभी भी उन्होंने मैम को खुद से कॉल नहीं की और मैम ने भी अपनी बीमारी के बारे में बताने से साफ मना कर रखा था।

देखते-ही-देखते नवंबर भी आ गया। मैम को अब बस दो कीमो और लेनी थी। इसके बाद मैम पूरी तरह से कैंसर से आजाद हो जातीं। सबसे जरूरी बात यह थी कि अब कीमो के बाद भी मैम खुद को सँभाल ले रही थीं। वे बीच-बीच में मुझसे ऑफिस का भी अपडेट लेती रहती थीं। मैं कोशिश करता था कि हर बार उन्हें कुछ नए प्रोजेक्ट्स के बारे में बताकर खुश कर सकूँ, इसलिए मैं फर्म के पैसों को भी सही जगह पर इन्वेस्ट करने लगा, लेकिन इसी बात पर मेरी मैम की मैनेजर के साथ लड़ाई हो गई। यह बहस इतनी तीखी थी कि हमें मैम के पास जाना पड़ा। उनकी मैनेजर ने सीधा बोल दिया कि वह मेरे साथ काम नहीं कर सकती। मैंने भी मैम को यही बोला। ऐसे समय में मैम ने शांति से हम दोनों को कहा कि हम एक-दूसरे से कोई बात न करें, जो भी बात हो, वह सीधे उनसे ही कर लें। इसके बाद हम दोनों एक ऑफिस में रहते हुए एक-दूसरे का चेहरा भी नहीं देखते थे, लेकिन दोनों ही इस बात से खुश थे कि मैम जल्दी-से-जल्दी ठीक हो रही हैं। क्योंकि अभय पहले ही एक कंपनी में जॉब करने के लिए मैसूर चला गया था, ऐसे में मुझे भी किसी तरह से यह काम मैम को हैंडओवर करके एक अच्छी सी जॉब तलाशनी

थी। दिसंबर के पहले सप्ताह में मैम की आखिरी कीमो थी।

मैम ने तय कर लिया था कि बस एक बार वे ठीक हो जाएँ और उसके बाद वे बॉस से मिलकर सारी गलफहमी दूर कर लेंगी, लेकिन ऐसा होता, उससे पहले ही उनकी जिंदगी में भूचाल आ गया। एक दिन उन्हें बॉस की तरफ से एक लेटर मिला। वह कोई सामान्य लेटर नहीं था, बल्कि वो तलाक के पेपर थे। सिर्फ वो पेपर पढ़कर ही मैम की साँसें फूलने लगीं, उन्हें जरा सी भी उम्मीद नहीं थी कि कुछ ऐसा होगा।

मैं तुरंत ही बॉस को जाकर मैम के बारे में सबकुछ बताना चाहता था, लेकिन मैम को किए हुए वादे की वजह से मैं यह नहीं कर पा रहा था। उधर मैम ने यह तय कर लिया कि अपना आखिरी कीमो कराने के बाद वे अपने मम्मी-पापा के साथ अमरीका चली जाएँगी। मैंने बॉस को फोन करके मैम के अमरीका जाने वाली बात बताई। यह बात सुनकर वे थोड़े सहम-से गए, लेकिन फिर भी उन्हें लगता था कि मैम अपनी पहचान का उपयोग करके उन दोनों की बेटी को अपने साथ ले जाना चाहती हैं। इसलिए मैम के अमरीका जाने की खबर सुनकर भी उन्होंने तलाक का फैसला वापस नहीं लिया। उस दिन मैं बहुत ही बेबस महसूस कर रहा था। रात को मैं अपने रूम के बाहर टहलने निकला। टहलते-टहलते मैंने देखा कि एक गाड़ी बड़ी तेजी से मेरी तरफ आ रही है। वो गाड़ी इतनी तेज थी कि अगर कुछ ही सेकंड पहले मैं वहाँ से नहीं हटा होता तो मेरी मौत हो जाती। मैंने देखा कि वो गाड़ी डिवाइडर से टकरा चुकी थी। मुझे उम्मीद नहीं थी कि गाड़ी के अंदर कोई जिंदा बचेगा।

□

उस घटना को हुए कुछ दिन हो चुके थे। मैम ने बेमन से अपनी आखिरी कीमो तो करा ली थी, लेकिन इसके बाद उनकी हालत बिगड़ती जा रही थी। उन्हें हॉस्पिटल में एडमिट करा दिया गया था। दूसरी ओर बॉस के पास वो विधायक मिलने आया था, जिसने हमारे दो लाख अभी तक नहीं दिए थे। उसने न सिर्फ दो लाख वापस किए, बल्कि बॉस को बताया कि मैंने या मैम ने उन्हें कुछ भी नहीं बताया था। बल्कि उसने खुद ही मैम की टीम के एक मेंबर को धमकी देकर यह सब बातें उगलवाई थीं। जब बॉस ने उससे पूछा कि आखिर इतने महीनों के बाद उनका जमीर कैसे जाग गया? तब उसने बताया कि कुछ दिन पहले उसका बेटा

दारू पीकर गाड़ी चला रहा था और उसका एक खतरनाक एक्सीडेंट हो गया। उसने यह भी बताया कि किस तरह से सही समय पर मैंने आकर उसकी जान बचाई। उस समय उसे पता चला कि अपने बेटे को अपने से दूर जाते देखने पर कैसा लगता है।

विधायक के मुँह से सच्चाई सुनकर बॉस के पैरों तले जमीन खिसक गई। उन्हें समझ आ रहा था कि वे किस हद तक गलत थे। एक तरफ वे तुरंत ही मैम से मिलने उनके घर निकल पड़े थे, तो दूसरी तरफ मैम हॉस्पिटल में जिंदगी और मौत के बीच झूल रही थीं, जब वे घर पहुँचे तब उन्हें सारी बात पता चली। हॉस्पिटल में जब उन्होंने मैम को देखा तो वे फूट-फूटकर रोने लगे। डॉक्टर ने भी अब जवाब दे दिया था। उनके मुताबिक वे ज्यादा-से-ज्यादा एक सप्ताह तक जिंदा रह सकती थीं। मैम पूरे एक दिन से होश में नहीं थीं, बॉस ने कितने ही तरीकों से उन्हें जगाने की कोशिश की, लेकिन उन्हें होश नहीं आया। हम सब उम्मीद छोड़ चुके थे। अब भगवान् से ही हमें उम्मीद थी। मैंने भगवान् से दुआ करके माँगा कि जैसे उन्होंने बॉस की आँखें खोल दीं, ठीक वैसे ही किसी भी तरह से मैम को भी ठीक कर दें।

कहते हैं, भगवान् खुद धरती पर नहीं आ सकते हैं, इसलिए वे बच्चों के रूप में आते हैं। शाम को जब बॉस उनकी बेटी को हॉस्पिटल लाए तो वे उसे लेकर सीधे मैम के कमरे में गए। उनकी बेटी ने मैम का हाथ कसकर पकड़ लिया और वह जोर-जोर से रोने लगी।

"मम्मी, प्लीज उठ जाओ न! आपको मेरे साथ रहना है मम्मी! चलो न मम्मी! घर चलो।"

कुछ इसी तरीके से वह बच्ची चिल्ला-चिल्लाकर रो रही थी। मैं उम्मीद कर रहा था कि फिल्मों के जैसे ही मैम उठकर अपनी बच्ची को गले लगा लेंगी। ऐसा कुछ भी नहीं हुआ, लेकिन डॉक्टरों ने एक चीज नोटिस की। मैम की हालत सुधर रही थी। उन्हें हलका सा होश आया था। डॉक्टर को समझते जरा भी देर नहीं लगी कि उस बच्ची ने चमत्कार कर दिया था।

अब रोज बॉस बच्ची को लेकर हॉस्पिटल आते थे। वह बच्ची मन भरकर अपनी मम्मी से बातें करती थी। भले ही मैम कुछ बोल नहीं पाती थीं, लेकिन वे सबकुछ सुन रही थीं। हर रोज मैम की हालत सुधर रही थी। आखिरकार वह दिन

भी आ गया जब मैम को पूरी तरह से होश आ गया। वह दिन मैं कभी भी नहीं भूल सकता हूँ, जब बॉस, मैम और बच्ची तीनों एक-दूसरे से लिपटकर रोते रहे। ऐसा लगा जैसे सारी कड़वाहट एक बार में ही भाप के जैसे उड़ गई हो। हॉस्पिटल से आने के बाद वे तीनों ठीक पहले के जैसे ही रहने लगे।

कुछ ही महीनों में मैम ने ऑफिस जाना भी शुरू कर दिया। इस बार उन्हें सपोर्ट करने वालों में बॉस पहले नंबर पर थे। उन्हें समझ में आ गया था कि घर में औरत के काम करने से आदमी की इज्जत कम नहीं होती है। दूसरी तरफ मैम को भी समझ में आ गया था कि गुस्से में आकर कोई भी ऐसा निर्णय नहीं करना चाहिए जिससे रिश्तों में कड़वाहट आ जाए।

अगर मैं अपनी बात करूँ तो मुझे भी ओपन प्लेसमेंट के जरिए अभय की कंपनी में ही जॉब मिल गई थी। अब पुणे से जाने की बारी थी। पिछले चार-पाँच साल में मैंने बहुत कुछ सीखा। खासकर पिछले एक साल में जो मैंने मैम के साथ रहकर सीखा, वह मैं पूरी जिंदगी नहीं भूल पाऊँगा। चाहे वह पैसे कमाकर भी विनम्र रहना हो या किसी भी परिस्थिति में हार नहीं मानना हो।

अब नई जगह जाकर नए लोगों से सीखने की बारी है। देखते हैं, अब आगे क्या होता है ?

वर्तमान

यह कहानी सुनने के बाद सभी की आँखें नम थीं। रिद्धिमा उठकर अपनी मम्मी के पास गई और उनके गले लग गई।

"मम्मी, अनुराग अंकल की वो मैम आप ही हो न ?" रिद्धिमा ने भरे हुए गले से कहा।

"हाँ बेटा, मैं ही अनुराग की जाह्नवी मैम थी।" जाह्नवी ने भी तुरंत ही जवाब दिया।

"मतलब स्टोरी में जयेश अंकल ही पापा के बॉस हैं और साथ-ही-साथ रूहानी दीदी भी हैं, लेकिन पापा ने स्टोरी में किसी का नाम क्यों नहीं लिखा ?" पार्थ ने उत्सुकता से पूछा।

"बेटा, पापा ने तो सबका नाम लिखा था, लेकिन मैंने जानते हुए किसी का भी नाम नहीं बताया, लेकिन आप यह बताओ कि आपको पापा की यह स्टोरी कैसी लगी ?" पार्थ की मम्मी ने पार्थ से पूछा।

"मम्मी, मेरी फीस तो आप लोग भरते हो, लेकिन पापा खुद अपने कॉलेज की फीस भरते थे। उन्होंने जाह्नवी आंटी और जयेश अंकल को भी वापस मिलाया। पापा तो हीरो से कम नहीं हैं।" पार्थ की आवाज में गर्व था।

इतने में ही जयेश और रूहानी भी वहाँ आ गए। रूहानी अब 18 साल की हो गई थी। उसने अपनी बहन रिद्धिमा के सवालों का जवाब देते हुए बताया कि उसे मम्मी की बीमारी के समय का बहुत हलका सा याद है। जयेश भी यह सुनकर खुश हुए कि आज रिद्धिमा को भी उस बारे में पता चल गया है। उनका मानना था कि हर बच्चे को अपने मम्मी-पापा की गलतियों को भी जानने का हक होना चाहिए, क्योंकि अकसर बच्चे अपने मम्मी-पापा को सुपरमैन की तरह मान लेते हैं, जिनसे कोई गलती नहीं हो सकती, लेकिन मम्मी-पापा भी गलतियाँ करते हैं।

"अभय अंकल, आप आंटी को साथ क्यों नहीं लाए?" पार्थ ने अभय से पूछा।

"वो थोड़ा लेट से आएँगी बेटा! क्यों न तब तक आपके पापा की अगली स्टोरी सुन लेते हैं।" अभय ने कहा।

"हाँ, हमें अंकल की अगली स्टोरी सुननी है, लेकिन आंटी! इस बार आप कोई सस्पेंस मत बनाना और सभी के नाम के साथ ही स्टोरी सुनाना।" रिद्धिमा ने पार्थ की मम्मी से कहा।

पार्थ की मम्मी ने फिर से अनुराग की डायरी उठाई और पढ़ना शुरू किया।

यार मोहब्बत

"यार! तेरे बिना मैं ट्रिप पर तो आ गया हूँ, लेकिन मुझे समझ नहीं आ रहा है कि मैं क्या करूँ?" मैंने कॉल पर अभय से उदास होते हुए कहा।

"अरे यार! तू टीम लीड को जानता ही है। पहले उसने हम दोनों की छुट्टी अप्रूव कर दी, लेकिन बाद में काम का बहाना बनाकर मुझे रोक लिया। कम-से-कम तू तो वहाँ जाकर मजे कर। हंपी वैसे भी बहुत ही अच्छी जगह है।" अभय ने मुझे समझाते हुए कहा।

"यार! मैं तो अभी हंपी पहुँचा भी नहीं हूँ और अभी से मुझे लग रहा है कि अगले चार-पाँच दिन कैसे कटेंगे? यहाँ आने का आइडिया तेरा था। पता नहीं मैं यहाँ क्या कर रहा हूँ? इसलिए मुझे आई.टी. कंपनी की जॉब से दिक्कत है। मेरी छुट्टियाँ लैप्स हो रही थीं वरना मैं भी अपना आना कैंसिल कर देता।"

"अरे, तू अभी भी कंपनी और जॉब के बारे में ही क्यों सोच रहा है? तू पाँच दिन अपने दिमाग को पूरी तरह से आराम दे। वहाँ मेडिटेशन कर, ट्रेकिंग कर, तुंगभद्रा नदी में नहा और कोई विदेशी मिल जाए तो उससे दोस्ती भी कर। चल अब जल्दी से फोन रख और नदी के उस पार वाले टेंट में पहुँच जा। मैंने हम दोनों की बुकिंग वहाँ करा रखी थी।"

इससे पहले कि मैं कुछ बोल पाता, अभय ने कॉल काट दी। पिछले दो सालों से मैं अभय के साथ ही मैसूर में आई.टी. कंपनी में जॉब कर रहा था। जॉब करने में मजा तो आता था, लेकिन जब प्रोजेक्ट की डेडलाइन होती तो ऐसा लगता था कि तुरंत ही जॉब छोड़ दूँ। फिर भी यह जॉब मेरे लिए सुरक्षित थी। न किसी के पीछे पॉलिसी कराने के लिए भागना पड़ता था और न ही रियल एस्टेट की डील फाइनल करने के लिए महीनों इंतजार करना पड़ता था।

मैं और अभय कभी-कभी पुणे जाते थे। अभय अपने घरवालों से तो मैं जयेश सर और जाह्नवी मैम से मिल लेता था। वे दोनों ही अब बेहद खुशहाल जिंदगी जी रहे थे। इधर हम दोनों भी आई.टी. कंपनी में जॉब करते हुए मजे कर रहे थे। कभी हम ऊटी घूमने जाते तो कभी बेंगलुरु। इस साल का पहला सप्ताह हमने हंपी में बिताने का सोचा था, लेकिन पूरा प्लान चौपट हो गया।

जैसे ही मैं हंपी में घुसा, वहाँ की खूबसूरती देखकर हैरान रह गया। यह हिंदू राज्य विजयनगर साम्राज्य की राजधानी थी। इसे मंदिरों का शहर भी कहा जाता है। मैं जिस तरफ नजर घुमाता था, उस तरफ मुझे खूबसूरत मंदिर ही दिखाई देते थे। ये सभी मंदिर कोई आजकल के नहीं बने थे, बल्कि सैकड़ों साल पुराने थे। पहाड़ों के बीच मौजूद इस शहर में घुसते ही मुझे लग रहा था कि शायद अगले पाँच दिन मैं यहाँ आराम से काट लूँगा। देखते-ही-देखते मैं तुंगभद्रा नदी के किनारे पहुँच गया था। इस नदी के दूसरी ओर हिप्पी द्वीप था। इस द्वीप में एक होटल के कैंप साइट में मेरा टेंट था। नदी के एक तरफ जहाँ प्राचीन मंदिर और धरोहर थे, तो दूसरी तरफ इस हिप्पी द्वीप पर विदेशियों का जमावड़ा था। यहाँ किसी कोने में आयुर्वेदिक बॉडी मसाज का सेंटर था, तो किसी कोने में म्यूजिकल मेडिटेशन होता था। शाम को विदेशी लोग गाते-बजाते हुए नदी के किनारे बैठकर सूर्यास्त देखा करते थे। मैंने भी सोचा कि आज आराम करके कल सुबह से ही मंदिरों के दर्शन करूँगा।

शाम को मैं नदी के किनारे ही घूमते हुए एक ऐसी जगह गया, जहाँ म्यूजिकल बैंड परफॉर्म कर रहे थे। आसपास ज्यादा लोग नहीं थे, ज्यादातर विदेशी लोग ही वहाँ थे। उनमें से ज्यादातर लोग शराब के नशे में धुत्त थे। साथ-ही-साथ वे लोग सिगरेट और गाँजा भी फूँक रहे थे। मैं तुरंत ही उठकर वहाँ से जाने लगा। तभी किसी ने मुझसे कहा कि डरने की कोई बात नहीं है। यहाँ यह सबकुछ नॉर्मल बात है और पुलिस विदेशियों को वैसे भी उठाकर नहीं ले जाती है। म्यूजिकल बैंड सच में बहुत अच्छा म्यूजिक बजा रहा था, जिसकी वजह से वहाँ भीड़ बढ़ती जा रही थी। मेरे बाजू में एक विदेशी गाँजे को पेपर में रोल करके फूँकने की तैयारी कर रहा था। वह थोड़ी देर के लिए उठकर कहीं गया। मैंने पहले कभी इस तरह से गाँजे को पेपर में रोल करते नहीं देखा था, इसलिए मैं उसे उठाकर देखने लगा।

लेकिन इससे पहले कि मैं उसे रख पाता, उतने में वहाँ पुलिस आ गई! वे

लोग कुछ विदेशियों, मुझे और मेरे आसपास बैठे दो-चार लोगों को उठाकर ले जाने लगे। एक पुलिसवाले ने तो यह तक कह दिया कि मैं ही सबको गाँजा रोल करके बेच रहा था। मुझे समझ ही नहीं आ रहा था कि हर बार मैं किसी-न-किसी मुसीबत में अपने आप ही कैसे पड़ जाता हूँ? पुलिस हम लोगों को उठाकर थाने ले गई। उन्होंने मेरा मोबाइल भी जब्त कर लिया था। अगर मुझे मोबाइल मिल जाता तो शायद मैं अभय या किसी और को कॉल करके बता भी पाता। शाम से रात हो चली थी। हम पुलिस़ स्टेशन में ही बैठे थे, तभी मुझे एक जानी-पहचानी आवाज सुनाई दी।

"सर, शाम से मेरा एक दोस्त खो गया है। क्या आप उसे ढूँढ़ने में मेरी मदद कर सकते हैं?"

शायद मैं उस आवाज को पहचानता था। वह मेरी तरफ पीठ करके पुलिस वाले से बात कर रही थी। उसने आगे कहा, "मेरे दोस्त का नाम अनुराग है। शाम को नदी के किनारे घूमते समय वह रास्ता भटक गया था। मैंने सुना कि आपने कुछ लोगों को पकड़ा है। क्या मेरा दोस्त भी उन लोगों में है?"

"हमें नहीं पता है। हमने कुछ लोगों को पकड़ा जरूर है, जो गाँजा पी रहे थे। आप एक बार देख लीजिए।" एक पुलिस वाले ने बेरुखी से कहा।

वह जैसे ही मुड़ी मुझे अपनी आँखों पर विश्वास ही नहीं हुआ। अरे, वह तो जाह्नवी मैम की मैनेजर आयुषी थी, जिसके साथ मेरी कभी नहीं बनी। वह मुसकराते हुए मेरी तरफ आई और बोली, "अरे अनुराग! तुम कहाँ भटक गए थे यार? मैं तुम्हें कब से खोज रही थी।"

मैं उसकी एक्टिंग देखकर हक्का-बक्का सा रह गया था, लेकिन उसने आँखें बड़ी करते हुए मुझे कुछ बोलने के लिए इशारा किया। मैंने तुरंत ही कहा, "अरे वो मैं नदी के किनारे चलते हुए एक म्यूजिकल बैंड को सुनने के लिए रुक गया था और बस फिर इन्होंने आकर मुझे पकड़ लिया।"

हमारी बात सुनकर पुलिस वालों को यह यकीन तो नहीं हुआ कि मैं उन लोगों के साथ शामिल नहीं था, लेकिन वे यह समझ गए कि हम दोनों अच्छे दोस्त हैं, जब भी किसी केस में कोई लड़की आ जाती है तो पुलिस वाले नरम रुख अपना ही लेते हैं। इसलिए थोड़ा मक्खन लगाने के बाद उन्होंने हमें 1000 रुपए लेकर जाने दिया।

वहाँ से बाहर निकलते समय मैं आयुषी को एकटक देखे जा रहा था। तभी

वह बोल पड़ी, "अब ऐसे क्या घूरकर देख रहे हो? मैं उतनी भी बुरी नहीं हूँ। बस मुझे जाह्नवी मैम के पैसे बचाने थे, इसलिए तुमसे लड़ाई हो जाती थी।"

"वैसे तुम्हारा नाम आयुषी ही है न?"

मेरा सवाल सुनते ही वह मुँह बनाकर बोली, "अनुराग, हमने कम-से-कम छह महीने साथ में काम किया है और तुम्हें मेरा नाम तक ठीक से याद नहीं है। मुझे लगा था कि तुम मुझे थैंक यू बोलोगे, लेकिन तुमको तो मेरा नाम भी ठीक से याद नहीं है।"

"अरे, भले ही हमने छह महीने काम किया हो, लेकिन हम बात ही कहाँ करते थे? मैंने तुम्हारा नंबर भी 'मैनेजर-जाह्नवी मैम' के नाम से सेव किया था। ऑफिस के लोगों से भी कभी तुम्हारे बारे में बात नहीं की, इसलिए थोड़ा सा कंफ्यूज हो गया था। वैसे थैंक यू सो मच। अगर तुम सही समय पर नहीं आती तो शायद सारी रात मुझे थाने में ही बितानी पड़ती।"

"थैंक यू की कोई बात नहीं है, मैं भी वहाँ मौजूद थी। मैंने तुम्हें दूर से देख लिया था। मैंने सोचा था कि आकर तुमसे बात भी करूँगी, लेकिन उससे पहले ही तुम्हारे साथ गोलमाल हो गया।" आयुषी ने हँसते हुए कहा।

"मुझे समझ नहीं आता मेरे साथ ही ऐसा क्यों होता है? ठीक ऐसे ही कुछ कोटा में भी हुआ था।" मैंने अपना सिर खुजलाते हुए कहा।

"अरे हाँ, तुम्हारी कोटा वाली कहानी मैं कैसे भूल सकती हूँ! तुम यहाँ कब आए? अकेले आए हो क्या?"

"मैं यहाँ आज ही आया हूँ। अभय भी साथ में आने वाला था, लेकिन आखिरी वक्त पर उसकी छुट्टियाँ कैंसिल हो गईं। मैंने सोचा था कि कल सुबह से घूमना शुरू करूँगा, लेकिन आज ही यह सब हो गया। वैसे तुम यहाँ अकेली आई हो क्या?"

" हाँ, मुझे अकेले ट्रिप करना पसंद है। मुझे यहाँ आए दो दिन हो गए हैं। अभी दो दिन और घूमना है। अगर तुम चाहो तो हम साथ में घूम सकते हैं।"

आयुषी का यह ऑफर मुझे बहुत पसंद आया। वैसे भी मुझे अकेले घूमना ज्यादा पसंद नहीं था। वैसे उस दिन मैंने एक और बात नोटिस की, जो मैं उसके साथ छह महीने रहकर भी नहीं कर पाया था, वह दिखने में बहुत सुंदर थी। उसकी बड़ी-बड़ी आँखें और गालों पर डिंपल उसकी सुंदरता को और भी बढ़ाते थे। उसने नीली जींस के साथ काला टॉप पहना था। जब हम किसी इनसान को पसंद नहीं

करते हैं तो उसकी कोई भी अच्छाई हमें नहीं दिखती है। जैसे मुझे कभी महसूस ही नहीं हुआ था कि आयुषी कितनी सुंदर है, लेकिन इस बार मैं सुंदरता के फेर में नहीं पड़ना चाहता था। जोया भी दिखने में सुंदर थी, लेकिन उसने जो दर्द मुझे दिया था वह मुझे अच्छी तरह याद था। इसलिए मैंने तय कर लिया था कि कुछ भी हो जाए, मुझे अपनी जिंदगी में किसी भी लड़की को आने नहीं देना है।

□

"आयुषी, तुमने बताया नहीं कि अब तुम कहाँ रहती हो? और पिछले दो सालों से क्या कर रही हो?"

"मैं पुणे में ही रहती हूँ। पिछले दो सालों से मैं एक फाइनेंशियल स्टार्टअप के साथ जुड़ी हूँ।"

"अरे वाह, स्टार्टअप में तो काम करने का अपना अलग ही मजा है, लेकिन मुझे तो डर लगता है कि किसी दिन स्टार्टअप वाले किसी बहाने से जॉब से न निकाल दें। इसलिए मुझे तो बड़ी कंपनियों में जॉब करना पसंद है।"

"तुम्हारी बात भी सही है, लेकिन मेरा मानना है कि आप जिस काम में अच्छे होते हो, उसे आपको बिना किसी डर के करना चाहिए। मुझे फाइनेंस का काम पसंद है, इसलिए मैंने जाह्नवी मैम के पास भी पार्ट टाइम काम किया था।"

सुबह के छह बजे थे और हम दोनों ऐसी गंभीर बातें कर रहे थे। शायद हम उम्र के उस पड़ाव पर भी आ गए थे, जहाँ हमारे लिए कॅरियर बहुत मायने रखता था। खैर, हमने एक बाइक किराए पर ली थी और हम अंजनाद्री पर्वत जा रहे थे। कहते हैं कि हनुमानजी का जन्म इसी पर्वत पर हुआ था। पर्वत के नीचे पहुँचते ही ऊपर मंदिर दिखाई दे रहा था, मैं आयुषी के साथ बात करने में अभी तक सहज नहीं हुआ था। क्योंकि मेरे मन में पुरानी बातें अभी तक ताजा थीं। वहीं दूसरी ओर आयुषी मुझसे खुलकर बात कर रही थी। बात करते-करते ही हम ऊपर मंदिर तक पहुँच गए। वहाँ हमने हनुमानजी के दर्शन किए, उसके बाद हम कुछ देर वहीं पर बैठ गए। ठंडी हवा हमें ताजगी से भर रही थी। तभी मैंने अपने बैग से एक किताब निकाली और पहाड़ों के बैकग्राउंड के साथ उसकी फोटो लेने लगा।

"अच्छा, मतलब तुम किताबें भी पढ़ते हो।" आयुषी ने उत्साह के साथ पूछा।

"हाँ, किताबें पढ़ने से मुझे अकेलापन नहीं लगता है। क्या तुम भी किताबें पढ़ती हो?"

"हाँ, लेकिन वे सिर्फ फाइनेंस की किताबें होती हैं। अकेलापन दूर करने के लिए मैं लोगों की जिंदगी को पढ़ना पसंद करती हूँ।" आयुषी ने संजीदगी से कहा।

"वाह, तुमने तो बहुत ही फिल्मी लाइन कह दी!"

"नहीं अनुराग, मैंने कोई फिल्मी लाइन नहीं कही। तुम जाह्नवी मैम की जिंदगी को ही देख लो। उन दो सालों में उन्हें कितना कुछ झेलना पड़ा! क्या वे किसी किताब से कम हैं क्या?"

"यह बात तो सच बोली तुमने। शायद इसलिए ही मैंने उनके साथ बिताए नौ-दस महीनों को अपनी डायरी में लिख लिया है।"

"क्या? तुम डायरी भी लिखते हो।" आयुषी ने आश्चर्य के साथ पूछा।

"हाँ, मैंने जो कोटा वाली कहानी सुनाई थी, वह भी मैंने डायरी में लिख रखी है।"

"तुम किताबें पढ़ते हो। तुम कहानियाँ लिखते हो। तुम बिछड़ी जोड़ियों को मिलाते हो। तुम कुछ ज्यादा ही ग्रीन फ्लैग नहीं हो?" आयुषी ने हँसते हुए पूछा।

"अरे, इसमें ग्रीन फ्लैग होने की क्या बात है! ये जितने भी काम मैंने किए हैं, अपने आपको सुधारने के लिए ही किए हैं।"

"चलो, तुम्हारी बात मान ली, लेकिन क्या तुम मुझे अपनी डायरी पढ़ने को दे सकते हो? प्लीज मना मत करना।"

"मैं यहाँ अपनी डायरी लेकर तो नहीं आया हूँ, लेकिन डायरी के पन्नों की फोटोज की सॉफ्ट कॉपी बनाकर मैंने मोबाइल में रख ली हैं। अगर तुम चाहो तो मैं तुम्हें भेज सकता हूँ।"

"ठीक है, लेकिन मेरी एक शर्त है।" आयुषी ने नटखट भरे अंदाज में कहा।

"अच्छा! और वह शर्त क्या है?" मैंने भौंहें उठाते हुए पूछा।

"तुम्हें मोबाइल में मेरा नाम आयुषी लिखकर सेव करना होगा, न कि मैनेजर-जाह्नवी मैम।"

उसका इतना बोलना भर था और हम खिलखिलाकर हँस पड़े। वहाँ से आने के बाद हम सनापुर झील गए। इस झील में कोरेकल राइड करवाया जाता है। कोरेकल एक ऐसी छोटी गोलाकार नाव को कहा जाता है, जिसे बाँस की मदद से बनाया जाता है। नाविक ने हमें लाइफ जैकेट पहनाकर नाव में बैठा लिया। नाविक हंपी के बारे में बहुत ही रोचक बातें बता रहा था। इसी बीच आयुषी ने अपना

मोबाइल निकाला। सबसे पहले उसने हमारी सेल्फी ली। उसके बाद वह आसपास का वीडियो बनाने लगी, जब उसने कैमरे को थोड़ा जूम किया तो उसे पानी में कुछ दिखा। उसने मुझे दिखाया और मैंने नाविक को दिखाया।

"वह मगरमच्छ है, जल्दी से उस किनारे चलना होगा।" उसने यह बात इतनी आसानी से कह दी जैसे उसने मगरमच्छ न देखकर कोई छोटी सी मछली देखी हो, लेकिन हम दोनों की जान हलक में अटक गई थी। आयुषी ने कसकर मुझे पकड़ लिया था। उसके नाखून मेरे हाथों में चुभ रहे थे, लेकिन मैं उसे एकटक देखे जा रहा था, जब हम किनारे पहुँचे तो आयुषी ने मेरा हाथ छोड़ा, लेकिन उसका चेहरा शर्म से लाल हो चुका था।

□

शाम को हम लोग सूर्यास्त देखने के लिए सनसेट पॉइंट पहुँच गए। हम एक बड़े से पत्थर पर जाकर बैठ गए, वहाँ से पूरे हंपी का सुंदर नजारा दिख रहा था। बातों-ही-बातों में आयुषी ने बताया कि वह नागपुर से है और उसके घर में उसके मम्मी-पापा के अलावा उसकी छोटी बहन भी है। वैसे तो उसके घर में पैसों को लेकर कोई दिक्कत नहीं थी, लेकिन फिर भी वह अपने कॉलेज के समय से ही कुछ-न-कुछ करती रहती थी। उसकी आँखों में मुझे कुछ करने के सपने दिखते थे। खैर, जब हम सूर्य को डूबते हुए देख रहे थे, तभी आयुषी बोल पड़ी, "अनुराग, मैंने तुम्हें फेसबुक पर फ्रेंड रिक्वेस्ट भेजी है, तुमने देखी क्या?"

"यहाँ नेटवर्क में थोड़ी प्रॉब्लम है, मैं अपने टेंट में जाकर देखता हूँ।"

"वैसे मैंने तुम्हारा फेसबुक प्रोफाइल देखा। तुम काफी अच्छा लिखते हो यार! मतलब कुछ पोस्ट पढ़कर मुझे हँसी आ रही थी तो कुछ पोस्ट पढ़कर आँखें नम हो रही थीं। मैं सच बता रही हूँ कि आज रात को ही जाकर मैं तुम्हारी डायरी पढ़ने वाली हूँ।"

"अरे, मैं तो बस टाइम पास के लिए लिखता हूँ। वैसे भी एक सिंगल इनसान के पास काफी समय होता है।" मैंने हँसते हुए कहा।

"सिंगल तो बहुत से लड़के होते हैं, लेकिन बहुत कम लोग ही तुम्हारे जैसे लिख पाते हैं। वैसे इनसान इतना अच्छा प्यार में ही लिख पाता है। कोई है क्या जो जोया के बाद तुम्हारी जिंदगी में आई है?" आयुषी ने हलकी मुसकान के साथ पूछा।

"हाँ, लेकिन प्यार होने से पहले ही वो लड़की कब मेरी जिंदगी से चले गई

पता ही नहीं चला। सच कहूँ तो मैं तो लड़कियों से दूर ही भागता हूँ। जोया मेरा एक बार दिल तोड़ चुकी है। अब मैं किसी और को इसकी इजाजत नहीं दे सकता। वैसे भी मेरे घरवाले मेरे लिए लड़की देख रहे हैं, जहाँ तक लिखने की बात है। मैं बस यूँ ही लिख देता हूँ।"

"अनुराग, अगर तुम बस यूँ ही इतना अच्छा लिख सकते हो, तो तुम्हें तो कोई किताब लिखनी चाहिए।"

"यह अच्छा मजाक है," मैंने हँसते हुए कहा। थोड़ा रुककर मैंने आयुषी से पूछा, "अच्छा, तुम्हारी जिंदगी में कोई लड़का नहीं है क्या?"

"नहीं यार, जिसके मन में दिन भर फाइनेंस चलता रहता हो, उसके दिल में कोई लड़का कैसे बस सकता है?" आयुषी ने बेफिक्री से मुसकराते हुए कहा।

आयुषी की यह बात सुनकर मुझे राहत मिली, क्योंकि मेरा मन आयुषी की पर्सनैलिटी की ओर खिंचा चला जा रहा था, लेकिन उसकी इस बात से मुझे भरोसा हो गया कि हमारे बीच दोस्ती के अलावा कुछ भी नहीं हो सकता। रात को खाना खाने के बाद हमने तय किया कि हम सुबह विरूपाक्ष और विट्ठल मंदिर के दर्शन करेंगे। दोपहर को आयुषी की ट्रेन थी, इसलिए उसके बाद वह सीधे स्टेशन के लिए निकल जाएगी।

अगले दिन भी हम जल्दी उठ गए। हमने जल्दी-जल्दी दोनों मंदिरों के दर्शन कर लिये। उसके बाद हम तुंगभद्रा नदी के किनारे ही बैठ गए।

"अनुराग, मैंने तुम्हारी कहानियाँ पढ़ीं। मुझे पता नहीं था कि तुमने लाइफ में इतना स्ट्रगल किया है। तुम्हारा बचपन इतना खराब होने के बाद भी तुमने सुचि की मदद से अपने लिए लड़ना सीखा। फिर कोटा जाकर कुछ गलतियाँ तो कीं, लेकिन उन गलतियों को सुधारने के लिए भी तुमने जी-जान लगा दिया। पुणे में भी इंजीनियरिंग के चार साल मौज-मस्ती करने के बजाय तुमने फीस पटाने में ही गुजार दिए। मुझे लगता है कि उस समय मैं तुम्हें समझ नहीं पाई थी।"

"कोई बात नहीं आयुषी, सभी लोग अपनी लाइफ में स्ट्रगल करते हैं। मैं भी अपने हिस्से का स्ट्रगल कर रहा हूँ। मुझे पूरी उम्मीद है कि एक दिन मैं सफल जरूर हो जाऊँगा।"

"मुझे भी पूरी उम्मीद है अनुराग! वैसे मुझे तुमसे एक बात पूछनी थी?" आयुषी की आँखों को देखकर ऐसा लगता था कि उसमें मेरे लिए सवाल-ही-

सवाल भरे हैं।

"हाँ, पूछो न।"

"तुमने पुणे वाली कहानी में लिखा है कि अभय तुम्हें अफ़लातून बनने के लिए कहता है और तुम उसकी बात मानकर अफ़लातून बनने के लिए निकल पड़ते हो। इसकी वजह से तुम्हें कुछ समय तक तो फायदा होता है, लेकिन आगे चलकर सभी चीजें गड़बड़ा जाती हैं।"

"हाँ आयुषी, ये सब बातें तो तुम्हारे सामने की ही हैं। मेरे अफ़लातून बनने के चक्कर में सबकुछ गड़बड़ हो गया।"

"लेकिन क्या तुम जानते भी हो कि अफ़लातून कौन था? क्या तुम्हें अफ़लातून का मतलब मालूम भी है?"

"अफ़लातून कौन था, मुझे यह तो नहीं मालूम, लेकिन इतना मालूम है कि अफ़लातून उसे कहते हैं, जो अपनी बातों को बढ़ा-चढ़ाकर सबको बताता है, जो सबको प्रभावित करने के लिए झूठ बोलने से भी परहेज नहीं करता है, जिसे अपनी तारीफ करने में भी कोई दिक्कत नहीं है।"

"अनुराग, ऐसे में तो तुम्हें अफ़लातून का वही मतलब मालूम है, जो आजकल बोलचाल की भाषा में उपयोग किया जाता है, लेकिन अफ़लातून इससे कहीं बढ़कर है।"

"अगर ऐसा है तो मैं जरूर अफ़लातून की कहानी सुनना चाहूँगा, लेकिन तुम्हारे जाने का समय भी हो रहा है।" मैंने घड़ी देखते हुए कहा।

"अनुराग, मैं तुम्हें बताना भूल गई कि मेरी ट्रेन कैंसिल हो गई है।" आयुषी ने इतनी आसानी से यह बोल दिया, जैसे उसे इस बात का कोई फर्क ही न पड़ा हो।

"अरे, ऐसा कैसे हो गया? क्या तुमने दूसरी ट्रेन नहीं देखी?"

"हाँ, मैंने कोशिश तो की थी, लेकिन अभी अगले दो दिनों तक टिकट नहीं मिल रहा था, इसलिए मैंने दो दिन के बाद वाली ट्रेन की टिकट बुक कर ली है। उस दिन तुम मैसूर के लिए निकलना और मैं पुणे के लिए निकल जाऊँगी।"

"अरे वाह, यह तो अच्छी बात है। अब तो हमारे पास समय-ही-समय है। क्या तुम मुझे अफ़लातून की पूरी कहानी सुनाओगी?"

"प्लेटो यूनान के महान् दार्शनिक मतलब फिलॉसफर सुकरात के शिष्य थे और अरस्तू के गुरु थे। प्लेटो का जन्म करीब 428 ईसा पूर्व हुआ था। इन्हें ही

'अफ़लातून' के नाम से भी जाना जाता है। प्लेटो दुनिया के सबसे ज्यादा पढ़े जाने वाले दार्शनिकों में से एक हैं। 'रिपब्लिक' उनकी प्रसिद्ध रचना है। तुम्हें इंटरनेट पर उनके बहुत से कोट्स भी मिल जाएँगे।"

"हाँ, इनके बारे में तो मैंने बहुत सुना है, लेकिन मुझे यह पता नहीं था कि प्लेटो को ही अफ़लातून कहा जाता है।"

"ज्यादातर लोगों को इसके बारे में पता नहीं है, इसलिए लोग 'अफ़लातून' शब्द को बस एक मुहावरा मानकर छोड़ देते हैं, बल्कि अफ़लातून जैसा दार्शनिक होना बहुत बड़ी बात है। अनुराग, तुम्हारा लिखा हुआ पढ़कर मुझे लगता है कि तुम्हें सही वाला अफ़लातून बनना चाहिए।" यह बात बोलते समय उसकी आँखों में विश्वास था।

"मैं तुम्हारी बात समझा नहीं आयुषी!"

"देखो अनुराग, जैसे प्लेटो मतलब अफ़लातून ने अपने विचारों को पूरी दुनिया में पहुँचाया। ठीक वैसे ही तुम भी अपने लिखे को पूरी दुनिया तक पहुँचा सकते हो।" आयुषी यह बात बहुत ही गंभीर होकर बोल रही थी, लेकिन मेरे लिए लिखना और पढ़ना सिर्फ एक टाइम पास था। इसलिए मैंने उसकी इस बात पर ज्यादा ध्यान नहीं दिया।

उस दिन शाम को हमने हंपी के बाकी बचे मंदिरों को भी देख लिया। मुझे आयुषी को देखकर हैरानी होती थी कि जाह्नवी मैम के साथ काम करने के दौरान कैसे वह लोगों के साथ काम-से-काम की ही बात करती थी, लेकिन यहाँ मेरे साथ कितनी बात कर रही थी! वह शायद ऐसी ही थी। मुझे उसके साथ दो दिन साथ रहकर समझ आया कि उसे लाइफ में आगे बढ़ने वाले लोग पसंद हैं।

अगले दो दिन कैसे निकले, पता ही नहीं चला। हम कभी म्यूजिकल मेडिटेशन के लिए जाते थे तो कभी बड़े-बड़े पत्थरों पर चढ़ने का असफल प्रयास करते थे। वे चार दिन मेरी जिंदगी के सबसे सुकून भरे चार दिन थे। अगली सुबह ही हम दोनों की ट्रेन थी। शाम को हम थककर नदी के किनारे ही बैठे थे। आज हम दोनों एक-दूसरे से ज्यादा बात नहीं कर रहे थे। दिल थोड़ा भारी हुआ जा रहा था। तभी आयुषी ने एक लंबी साँस भरकर मुझसे कहा, "अनुराग, तो हम फिर कब मिल रहे हैं? क्या तुम मुझसे मिलने पुणे आओगे?"

"मैं और अभय बीच-बीच में जाह्नवी मैम और जयेश सर से मिलने के लिए

पुणे आते रहते हैं। उस समय मैं तुमसे भी मिल लूँगा।"

"मैं किसी बहाने से मिलने के लिए नहीं बोल रही थी। मेरे कहने का मतलब था कि क्या तुम सिर्फ मुझसे मिलने के लिए पुणे आओगे?" आयुषी ने यह बात मेरी आँखों-में-आँखें डालते हुए बोली।

"इसका जवाब देना तो मेरे लिए मुश्किल होगा।" मैंने थोड़ा अटककर कहा।

"क्या तुम मेरे बोलने का मतलब नहीं समझ रहे हो?" आयुषी की आवाज में बेचैनी थी।

"मैं अच्छे से समझ रहा हूँ। शायद इसलिए ही जवाब नहीं दे पा रहा हूँ। मेरी पूरी जिंदगी ही स्ट्रगल करते बीती है। बस पिछले दो साल से सुकून से रह रहा हूँ। मैं नहीं चाहता कि कोई मेरी जिंदगी में जोया की तरह आए और फिर से मेरा दिल तोड़कर चली जाए।"

"अनुराग, मैंने आज तक किसी लड़के की पर्सनैलिटी को उतना पसंद नहीं किया है, जितना मैं तुम्हारी पर्सनैलिटी को करती हूँ। तुम आगे बढ़ना चाहते हो। तुम गलतियों से सीखना चाहते हो। मैं वादा करती हूँ कि मैं जिंदगी में हर पल तुम्हारा साथ निभाऊँगी। मेरे दिल में फाइनेंस को थोड़ा सा खिसकाकर तुम भी आ गए हो।" आयुषी ने यह बात एक साँस में ही बोल दी। उसकी आँखों के कोनों में भी थोड़ी नमी आ गई थी।

"आयुषी, तुम एक अच्छी लड़की हो, लेकिन मेरा दिल अभी भी प्यार करने से डरता है। सच कहूँ तो दोस्ती करने से भी डरता है। मैंने सुचि को अपना अच्छा दोस्त माना, उसे अचानक जाना पड़ा। मैंने जोया से प्यार किया, वह खुद ही छोड़कर चली गई। अब दिल चाहकर भी किसी पर भरोसा नहीं कर पाता है, इसलिए प्लीज तुम मुझे समझने की कोशिश करना।" मैंने पूरी ईमानदारी से अपना पक्ष रखा।

"कोई बात नहीं यार! मुहब्बत न सही तो यारी निभा लो? मेरे अच्छे दोस्त बन जाओ। मैं तुमसे काफी कुछ सीखना चाहती हूँ।" उसने एक चौड़ी और बनावटी मुसकान के साथ यह बात बोली।

"ठीक है, मैं तैयार हूँ। सच कहूँ तो मुझे तुमसे काफी कुछ सीखने को मिलेगा। मेरा एक दोस्त अभय तो है ही। तुम मेरी दूसरी दोस्त बन जाओ।"

"बिल्कुल। वैसे दोनों ही दोस्तों ने तुम्हें अफ़लातून बनने की सलाह दी थी। तुम अभय वाले अफ़लातून तो बन गए। अब एक बार मेरे वाले अफ़लातून भी

बनकर देखना।"

उस रात हम काफी देर तक बांतें करते रहे। ऐसा लग रहा था कि जैसे इसके बाद हम मिलने ही नहीं वाले हों। सुबह जब हम अपनी-अपनी ट्रेन से रवाना हुए तो दोनों के ही दिल में एक सुकून था।

मैंने वापस आकर अभय को सारी बात बताई। वह हैरान था कि आखिर ऐसा कैसे हो सकता है? लेकिन वह खुश भी था कि मुझे झेलने की जिम्मेदारी सिर्फ उसकी नहीं थी।

□

"मैम, मैं अपनी आई.डी. से लॉगिन नहीं कर पा रहा हूँ।" मैंने एच.आर. को अपनी समस्या बताई।

"अनुराग, पिछले हफ्ते हमारी कंपनी को काफी लोगों की छँटनी करनी पड़ी। कुछ रोल ऐसे थे, जिसकी कंपनी को अब जरूरत नहीं थी। उनमें से एक आपका भी रोल था।" एच.आर. ने बेफिक्री से कहा।

"लेकिन मैम, ऐसा कैसे हो सकता है? मैं अपना हर काम समय पर करता हूँ।" मैंने लगभग चिल्लाते हुए उनसे पूछा।

"अनुराग, आपको चिंता करने की जरूरत नहीं है। आपको तीन महीने की सैलरी दी जा रही है। आप इन तीन महीनों में अपने लिए नई जॉब तलाश कर लेना।" एच.आर. ने इतना बोलकर फोन काट दिया।

मैंने इसके बारे में अभय को बताया। अभय को भी इस बारे में कोई जानकारी नहीं थी। घरवालों को मैंने इसके बारे में नहीं बताया वरना वे लोग परेशान हो जाते। शाम को मुझे आयुषी का फोन आया। मैंने उसे विस्तार से सारी बात बताई।

"अनुराग, जब जिंदगी एक दरवाजा बंद करती है तो दूसरा दरवाजा जरूर खोलती है।"

"यह सब बात बोलने में आसान है आयुषी, लेकिन मुझे फिलहाल दूसरा दरवाजा दिखाई नहीं पड़ रहा है।"

"शायद मुझे दूसरा दरवाजा मालूम है।"

"कौन सा दरवाजा? पुणे की किसी कंपनी में कोई ओपनिंग है क्या?"

"किसी कॉरपोरेट कंपनी में ओपनिंग तो नहीं है, लेकिन एक और कंपनी में ओपनिंग है।"

"क्या तुम उसके बारे में बता सकती हो?" मैंने बेचैनी के साथ पूछा।

"मेरे एक पहचान की एडवरटाइजिंग कंपनी है। वे लोग तरह-तरह के एडवरटाइजमेंट बनाते हैं। 2014 के लोकसभा चुनाव भी आ रहे हैं। इसके लिए उन्हें अच्छे लेखकों की जरूरत है। शायद तुम उनके काम आ सकते हो।"

"क्या यार, तुम भी न! यह मजाक करने का समय थोड़ी है। मैंने आज तक प्रोफेशनली कुछ नहीं लिखा है। ऐसे में कैसे वे लोग मुझे अपनी कंपनी में रख लेंगे?" मैंने परेशान होते हुए कहा।

"किसी भी काम की शुरुआत करना ही उसका महत्त्वपूर्ण हिस्सा होता है। यह बात मैं नहीं कह रही। यह बात प्लेटो ने कही थी। तुम्हें ज्यादा कुछ नहीं करना है। बस एक सैंपल बनाकर उन्हें भेज दो। अगर उन्हें पसंद आए तो ठीक, वरना तुम्हारे पास तीन महीने की सैलरी है ही। तुम कोई नई जॉब तलाश कर लेना।" आयुषी ने आत्मविश्वास के साथ यह बात कही।

मुझे आयुषी की यह बात जम गई। मैंने एडवरटाइजिंग कंपनी में कॉल लगाकर जॉब के बारे में पूछा। उन्होंने कुछ सिचुएशन देकर उसके बारे में गंभीर-सी एडवरटाइजमेंट स्क्रिप्ट लिखने के लिए कहा। मैंने पूरे दो दिन लगाकर वह स्क्रिप्ट लिखी, जब वह स्क्रिप्ट सबमिट करने के तीन दिन के बाद भी उनका रिप्लाई नहीं आया तो मैं समझ गया कि शायद उन्हें मेरा काम पसंद नहीं आया। मैंने आयुषी को भी यह बात कॉल करके बताई।

थोड़ी ही देर के बाद मुझे उनके यहाँ से कॉल आई और उन्होंने बताया कि वे मुझे जॉब पर रखना चाहते हैं। मैं सच कहूँ तो मुझे वह काम करने में मजा आया था। इसलिए मैंने बिना ज्यादा सोचे ही इस जॉब के लिए 'हाँ' कर दी। अब मुझे मैसूर छोड़कर वापस पुणे शिफ्ट होना था। आयुषी यह खबर सुनकर बहुत खुश थी, मुझे वापस पुणे जाना था। अभय थोड़ा उदास था, लेकिन उसे इस बात की तसल्ली थी कि लगे हाथों ही मुझे जॉब मिल गई है।

पुणे के शिवाजी नगर में उनका ऑफिस था। ऑफिस क्या तीन कमरों का घर था, जिसमें सात-आठ लोग मिलकर काम करते थे। मुझे जॉइन करते हुए अच्छा नहीं लग रहा था। कहाँ मैसूर में कितने ही एकड़ की वह कंपनी और कहाँ शिवाजी नगर में तीन कमरों का यह ऑफिस! जिस दिन मैंने पहली बार ऑफिस जॉइन किया, उसी दिन शाम को मैं आयुषी से मिला। यह पहली बार था, जब हम ट्रिप के बाद मिल रहे

थे। वह अपने ऑफिस से सीधे मुझसे मिलने आ रही थी। वैसे तो मैंने पहले भी उसे ऑफिस के कपड़ों में देखा था, लेकिन आज उसके चेहरे की रंगत कुछ और ही थी। उसके पास आते ही मैंने हाथ मिलाने के लिए हाथ आगे बढ़ाया। उसने भी हाथ आगे बढ़ाकर हाथ मिलाया, लेकिन उसके हाव-भाव से ऐसा लग रहा था, जैसे वह गले मिलना चाहती थी। हम पुणे के मशहूर ईरानी कैफे में थे। बन-मस्का ऑर्डर करने के बाद मैंने आयुषी से कहा, "यार, मुझे बहुत अजीब लग रहा है। मैसूर में इतनी अच्छी और सुरक्षित जॉब थी और यहाँ पता नहीं ये लोग क्या कर रहे हैं?"

"अनुराग, आज तो ऑफिस का पहला ही दिन था। धीरे-धीरे तुम्हें सब अच्छा लगने लगेगा। अच्छा यह बताओ, आज ऑफिस में क्या काम मिला?"

"अभी जो लोकसभा के चुनाव आ रहे हैं, उसके लिए ही मुझे छोटी-छोटी स्क्रिप्ट्स लिखनी हैं जिसे लोकल आर्टिस्ट लोगों से शूटिंग करवाकर गाँव और छोटे शहरों में दिखाया जाएगा।"

"अरे, यह तो अच्छी बात है न! तुम्हें रोज कुछ नया लिखने को मिलेगा।"

"लेकिन आयुषी, याद है, तुमने मुझे क्या सपने दिखाए थे? तुमने कहा था कि मुझे कॅमर्शियल राइटिंग में जाना चाहिए। मैंने तो इसका मतलब यही समझा था कि मुझे फिल्मों में लिखना चाहिए या फिर कोई किताब लिखनी चाहिए।"

"देखो, मुझे पूरा भरोसा है कि फिल्मों के लिए तुम एक दिन जरूर लिखोगे, लेकिन हर लेखक ने इसी तरह से शुरुआत की थी। कितने ही लेखकों को तो पैसे भी नहीं मिलते थे। सच कहूँ तो तुम्हारी किस्मत अच्छी है, इसलिए तुम्हें अच्छे-खासे पैसे मिल रहे हैं।"

"यार, बात तो तुम सही कह रही हो, लेकिन पैसे अच्छे-खासे नहीं हैं। अगर मैं रोज उनको एक स्क्रिप्ट लिखकर दूँगा तो ही मैं उतने पैसे कमा पाऊँगा जितने आई.टी. कंपनी में काम करके कमाता था। तुम समझ सकती हो कि एक दिन में एक स्क्रिप्ट पूरी करना कितना मुश्किल काम हो सकता है? खासकर जब मैंने अभी-अभी ही लिखना शुरू किया है।"

"कोई बात नहीं अनुराग! अभी शुरुआत में तुम्हें थोड़ा समय लगेगा। शायद तुम्हें थोड़ी ट्रेनिंग की जरूरत भी पड़ेगी, लेकिन बाद में एक दिन में तुम दो स्क्रिप्ट लिखने लगोगे। मैं जिस फाइनेंशियल स्टार्टअप में काम करती हूँ, वे लोग तो शुरुआत में रजिस्टर्ड कंपनी भी नहीं थे, लेकिन आज उनकी 50 लोगों की टीम है।

इसलिए बिना कुछ सोचे तुम अपने पिछले काम के सारे अनुभवों को झोंक दो। बाकी अब मैं हूँ ही तुम्हारे साथ।" आयुषी ने यह बात मेरे हाथ पर अपना हाथ रखते हुए कही। उसके ठंडे हाथों का स्पर्श मुझे शांत करने के लिए काफी था। साथ-ही-साथ आयुषी ने मुझे गणेशजी की एक सुंदर सी प्रतिमा अपने ऑफिस के डेस्क पर रखने के लिए दी।

एक हफ्ते तक काम करने के बाद मुझे सच में अपना काम पसंद आने लगा। हर दिन कोई नई सिचुएशन मिलती और उसी के अनुसार मैं स्क्रिप्ट तैयार करता। अब मैं और आयुषी अकसर मिलने लगे थे। मेरे न चाहने के बाद भी मेरा दिल उसकी तरफ आकर्षित होता था। आयुषी तो मुझे पहले से पसंद करती थी, लेकिन हंपी के बाद से उसने कभी भी मुझे शब्दों में यह बात नहीं बोली थी। शायद वह मुझे असहज नहीं करना चाहती थी।

हम दोनों ने एक दिन जाह्नवी मैम और जयेश सर से मिलने का प्लान बनाया। मैम ने हमें शाम को डिनर पर बुलाया।

"मुझे मेरी आँखों पर भरोसा नहीं हो रहा है। जो दो लोग हमेशा ही लड़ते रहते थे, वे आज साथ में मुझसे मिलने आए हैं।" जाह्नवी मैम ने आश्चर्य से कहा।

"हाँ मैम, हमारी दोस्ती हंपी में हो गई।" इतना कहकर मैंने मैम को हंपी की सारी बात बताई।

"तुम्हारे साथ एक से बढ़कर एक चीजें होती रहती हैं, लेकिन अच्छा है कि तुम आई.टी. कंपनी की जॉब छोड़कर एक क्रिएटिव फील्ड में आ गए। क्रिएटिव फील्ड में गलतियाँ करने वाले लोग ही ज्यादा आगे बढ़ते हैं।" मैम ने हँसते हुए यह बात कही।

"हाँ, मैम! अनुराग ऐसा ही है। वह अपनी गलतियों से भी सीखता है। आप देखना, एक दिन यह जरूर कुछ बड़ा करेगा।" आयुषी की बातों में विश्वास था। वह विश्वास, जो मुझे खुद पर भी नहीं था।

"आयुषी, फिर शादी का क्या सोचा है? तुम्हारे घरवाले लड़के देख रहे थे ना!" जब जाह्नवी मैम ने आयुषी से यह सवाल पूछा तो वह झेंप-सी गई। उसने बताया कि घरवालों ने कुछ लड़कों को फाइनल तो किया है, लेकिन अभी किसी से भी बात नहीं जमी है। उस रात आयुषी कुछ काम से जल्दी निकल गई। ऐसे में मैं और जाह्नवी मैम बैठे थे। हम जयेश सर के आने का इंतजार कर रहे थे। तभी

जाह्नवी मैम ने मुझसे कहा, "अनुराग, तो तुमने क्या सोचा है शादी का?"

"मैम, मेरे भी घरवाले लड़की देख रहे हैं।" मैंने थोड़ा सकुचाते हुए कहा।

"अरे, जब दोनों के घरवाले ही लड़का और लड़की देख रहे हैं तो तुम दोनों ही शादी क्यों नहीं कर लेते एक-दूसरे से?" मैम ने बेबाकी से कहा।

"अरे मैम, आप यह क्या बोल रही हैं? हम दोनों एक-दूसरे से प्यार थोड़ी करते हैं।"

"अनुराग, मुझे तुम्हारा तो नहीं पता, लेकिन आयुषी की आँखों में तुम्हारे लिए तो प्यार जरूर दिखता है। मुझे मालूम है कि तुम्हारा पुराना अनुभव ठीक नहीं रहा है, लेकिन फिर भी तुम्हें जिंदगी को एक और मौका देना चाहिए। वैसे भी तुम्हारे घर वाले लड़की देख ही रहे हैं।"

उस दिन मैंने मैम की बात सुनी, लेकिन गंभीरता से इस बारे में नहीं सोचा। मुझे अपना कॅरियर बनाना था। मैंने तो अपने घरवालों को यह भी नहीं बताया था कि मुझे उस कंपनी ने निकाल दिया है। उन्हें सिर्फ इतना पता था कि मेरा ट्रांसफर पुणे हो गया है।

□

मुझे पुणे आए लगभग छह महीने हो चुके थे। लोकसभा चुनाव भी पूरा हो गया था। इन छह महीनों में मैंने खूब काम किया और बहुत पैसे भी कमाए। मेरे वन लाइनर डायलॉग लोगों को बहुत पसंद आ रहे थे। मुझे समझ आ रहा था कि अपने जिस टैलेंट को मैं खुद नहीं जानता था, उसे आयुषी पहचान गई। मुझे उस एडवरटाइजिंग कंपनी में प्रमोशन मिल गया था। उन्होंने अपना ऑफिस भी एक अच्छी सी जगह में शिफ्ट कर लिया था। पूरे छह महीनों के बाद मैंने ऑफिस से दो दिन की छुट्टी ली थी, क्योंकि अभय मैसूर से मिलने आ रहा था। उसके आने पर वापस हम शनिवार वाड़ा गए, जहाँ हम कॉलेज के दिनों में घंटों बैठा करते थे।

"यार, मैसूर में तेरी बहुत याद आती है। तू एकदम अचानक से चला गया। हम पूरा साउथ इंडिया भी नहीं घूम पाए थे।" अभय ने मेरे कंधे पर हाथ रखते हुए कहा।

"यार, तुझे तो पता ही है न कि मैं किस वजह से पुणे आया हूँ। न वह कंपनी मुझे निकालती और न मैं पुणे आता!"

"हाँ, यार! वैसे मैं खुश हूँ कि तू कुछ अलग काम कर रहा है। वह काम जिसे करते समय तुझे बोझ नहीं लगता है। वरना याद है मुझे कि कैसे आई.टी. कंपनी में

रोते-धोते हुए तू काम करता था।"

"हाँ यार, वह तो भला हो आयुषी का! उसने तुरंत ही मुझे इस कंपनी के बारे में बता दिया, जबकि उस समय हमें दोस्त बने सिर्फ एक सप्ताह ही हुआ था।"

"यार, तुझे अभी भी लगता है कि उसने सिर्फ दोस्ती निभाने के लिए यह सब किया?"

"और क्या? जैसे तू मेरा अच्छा दोस्त है, ठीक वैसे ही वह भी मेरी अच्छी दोस्त है।" मैंने यह बात अभय से बिना नजरें मिलाए कही।

"भाई, जब से मैं आया हूँ, तब से तू कम-से-कम दस बार आयुषी का नाम ले चुका है। फिर भी तुझे लगता है कि तू उसे सिर्फ दोस्त मानता है?"

"क्या दोस्तों का नाम बार-बार नहीं ले सकते हैं? मैं आयुषी के सामने तेरी बात कितनी ही बार करता हूँ। इसका मतलब यह नहीं न कि मैं तुमसे प्यार करता हूँ।"

"ठीक है, मुझे कुछ नहीं बोलना है। कुछ चीजों का अहसास खुद से ही होना चाहिए।" अभय की बातों में नाराजगी थी।

चाहे अभय हो या जाह्नवी मैम! दोनों ही मुझे एक बात बोल रहे थे। शायद मेरे दिल को भी पता था कि सच्चाई क्या है? लेकिन मैं उस सच्चाई से मुँह मोड़े बैठा था। अगले दिन मैं और अभय आयुषी से मिले।

"तुम्हें तो आई.टी. कंपनी में काम करते हुए तीन साल हो गए। क्या तुम्हें वहाँ कोई मिली नहीं?" आयुषी ने अभय से मजे लेने के लिए पूछा।

"अब मैं क्या बताऊँ आयुषी! मैसूर में मेरे चारों तरफ खूबसूरत लड़कियाँ-ही-लड़कियाँ हैं, लेकिन यार! आज तक किसी भी लड़की के साथ काम करने का मौका ही नहीं मिला। टीम के बाहर जो भी लड़की दिखती है, वह किसी लड़के के साथ ही दिखती है। ऐसे में तीन साल से जीवन में सूनापन ही है। ऊपर से यह अनुराग भी पुणे शिफ्ट हो गया है।" अभय ने अपना दुःखड़ा सुनाते हुए कहा।

"कोई बात नहीं। मुझे पूरी उम्मीद है कि तुम्हें कोई-न-कोई अच्छी लड़की मिल ही जाएगी। बस तुम अपने दोस्त के जैसे प्यार से दूर मत भागना।"

"अरे नहीं, मैं तो प्यार करने के लिए हमेशा ही तैयार हूँ, लेकिन कोई प्यार करने वाली भी तो मिलनी चाहिए।" अभय की बात सुनकर हम तीनों ही हँस पड़े।

"वैसे अनुराग, क्या तुम अभय को रूम पर छोड़कर मुझसे मिलने आ सकते

हो?" आयुषी की आवाज गंभीर थी।

"ठीक है, मैं आ जाऊँगा।"

अभय को छोड़ने के बाद मैं आयुषी से मिलने वापस आया। उसने दगड़ू सेठ गणपति मंदिर जाने की बात की, हम तुरंत ही वहाँ गए। हमने साथ में दर्शन किए। हम थोड़ी देर मंदिर के बाहर ही शांति से बैठे रहे। मैं देख पा रहा था कि आयुषी की आँखें बार-बार नम हो रही थीं। वह थोड़ी परेशान भी हो रही थी।

"क्या हुआ आयुषी, कोई परेशानी है क्या?" मैंने आयुषी से पूछा।

"अनुराग, मेरा रिश्ता हो गया है। लड़के वाले दो दिनों के बाद घर आने वाले हैं। मैं आज रात को ही नागपुर के लिए निकल रही हूँ।" यह बोलते-बोलते उसकी आँखों से आँसू गिरने लगे थे।

"अरे वाह! यह तो बहुत अच्छी बात है, लेकिन तुमने मुझे बताया क्यों नहीं?" वैसे तो आयुषी की बात सुनकर मैं धक-से रह गया था, लेकिन फिर भी मैंने अपने चेहरे पर शिकन तक नहीं आने दी।

"तुम्हें सच में यह खबर सुनकर खुशी हो रही है?" इस बार उसकी बात का मैं जवाब न दे सका। मैं उससे नजरें नहीं मिला पा रहा था। मुझे कुछ न बोलते देख आयुषी ने फिर से बोलना शुरू किया, "अनुराग, तुम्हें पता है, जब हम हंपी में थे तो मेरी ट्रेन कैंसिल नहीं हुई थी, बल्कि मैंने खुद से ही ट्रेन कैंसिल कर दी थी। मैं तुम्हें और जानना चाहती थी। तुम्हें जानकर मैंने महसूस किया कि हमेशा प्रॉफिट और लॉस के बारे में सोचने वाली लड़की भी दिल से सोच सकती है। पिछले छह महीनों में हमने कितना ही समय एक साथ गुजारा है। याद है न कि कैसे गणेश विसर्जन के समय हम पूरी रात बाहर थे। हमने साथ में पुणे के आसपास कितना कुछ देख लिया है। मुझे लगता था कि समय के साथ तुम अपने दिल की बात भी मुझे बता दोगे, लेकिन ऐसा कुछ भी नहीं हुआ। अनुराग, तुम सबके लिए अच्छे हो। अच्छे बेटे हो, अच्छे यार हो, अच्छे एंप्लॉई हो। क्या तुम खुद के लिए अच्छे नहीं हो सकते हो? क्या तुम एक बार अपने दिल की आवाज को नहीं सुन सकते हो?"

आयुषी की इन बातों को सुनकर मेरी आँखों में आँसू आ गए थे। मेरी आँखों के सामने सबकुछ एक फ्लैशबैक के जैसे चल रहा था। कैसे हम दोनों जाह्नवी मैम के ऑफिस में लड़ाई किया करते थे। कैसे आयुषी ने मुझे पुलिस के चंगुल से

छुड़ाया। कैसे हमने हंपी में चार-पाँच दिन साथ गुजारे। कैसे उसने मुझे अफ़लातून का सही मतलब सिखाया और कैसे उसके साथ मैंने पिछले छह महीने गुजारे। इतना सब होने के बाद भी मेरे मन का डर मुझे अपने दिल की बात कहने से रोक रहा था।

"ठीक है अनुराग! अगर आज भी तुम कुछ नहीं बोलना चाहते हो, तो मैं मान लेती हूँ कि तुमने कभी भी मुझसे प्यार नहीं किया। मैं ही बेवकूफ थी, जो यह मान बैठी थी कि दोस्ती-यारी भी प्यार में बदल सकती है। अगर पॉसिबल हो तो मुझे बस स्टैंड तक ही छोड़ आना।" आयुषी ने आँसू पोंछते हुए कहा।

मैं शाम को उसे बस स्टैंड तक छोड़ने भी गया। हम दोनों के बीच में एक अजीब सी खामोशी आ गई थी। धीरे-धीरे उसकी बस को जाते हुए देखकर ऐसा लग रहा था कि जैसे शरीर से कोई आत्मा लेकर जा रहा हो। मेरे दिल की धड़कन तेजी से बढ़ रही थी। धीरे-धीरे वह बस मेरी आँखों से ओझल हो गई।

□

इस जन्म में हो या अगले जन्म, आप बिना प्रयास के समृद्ध नहीं हो सकते हो। भले ही भूमि कितनी ही उपजाऊ क्यों न हो, बिना बीज बोए, बिना मेहनत किए एक अच्छी फसल नहीं हो सकती।

अगले दिन मैं सुबह जल्दी ही ऑफिस पहुँचकर अपने काम में लग गया था। तभी मुझे अपनी डेस्क पर प्लेटो का लिखा हुआ यह वाक्य दिखाई दिया। दूसरी तरफ मुझे आयुषी के दिए हुए गणेशजी भी दिखाई दिए, जिस इंक पेन से मैं कुछ लिख रहा था, वह भी आयुषी का दिया हुआ था। उस पर लिखा हुआ था—'अनुराग दी राइटर'। रात भर मैं चैन से नहीं सो पाया था। आयुषी को छोड़ने के बाद जब मैंने अभय को रूम में जाकर यह सारी बात बताई तो उसने भी मुझसे यही कहा कि मैं जिंदगी भर पछताने वाला हूँ। अभय का घर वैसे तो पुणे में ही था, लेकिन वह मेरे रूम में ही रुका था। वैसे तो मैंने दो दिन की छुट्टी ली थी, लेकिन मैं यह सोचकर ऑफिस आ गया था कि ऑफिस में काम के बहाने मन लगा रहेगा, लेकिन मेरा मन तो आयुषी के साथ चला गया था।

ऑफिस में ज्यादा लोग नहीं थे। बॉस अपने पार्टनर के साथ केबिन में बात कर रहे थे। उन्हें यह अहसास नहीं था कि कोई ऑफिस में आ गया है।

"यार, यह अनुराग बहुत अच्छा काम कर रहा है। शुरुआत में उसका सैंपल देखकर मैंने तो रिजेक्ट ही कर दिया था, लेकिन हमारे ऑफिस के फाइनेंस को

सँभालने वाली आयुषी ने अपनी गारंटी लेकर उसे जॉब पर रखने को कहा। मुझे लगा कि वह ज्यादा-से-ज्यादा दो महीने टिकेगा, लेकिन अनुराग ने खुद को सुधारते हुए खुद को साबित किया।"

बॉस की यह बात सुनकर मैं हैरान रह गया। मुझे लगा था कि मैंने अपने दम पर यह जॉब हासिल की थी।

अपनी डेस्क पर वापस आकर मैंने प्लेटो के लिखे वाक्य को फिर से पढ़ा। मुझे समझ में आया कि अगर मैं आयुषी को अपना बनाने के लिए अब मेहनत नहीं करूँगा तो वह शायद हमेशा के लिए मुझसे दूर चली जाएगी। ठीक है, जोया ने मेरा दिल तोड़ा, लेकिन आयुषी ने मेरा दिल भी जोड़ा। मुझे बेहतर बनाने के लिए उसने अपना सबकुछ लगा दिया। मैं अब अपने अंदर के डर को हटाने के लिए तैयार था। मैंने तुरंत ही अभय को कॉल लगाई।

"भाई! चल न, नागपुर चलते हैं? मुझे आयुषी को अपने दिल की बात बतानी है।" मैंने पूरे उत्साह से कहा।

"यह हुई न बात! तू जल्दी से वापस रूम आ। मैं सब तैयारी करके रखता हूँ।" अभय ने पूरे जोश से कहा।

मैंने तुरंत ही बस बुक करने के लिए देखा, लेकिन सभी बसें शाम की थीं। ऐसे में हम अगले दिन ही पहुँचते। मैंने तुरंत ही एक कार बुक कर दी। मुझे मालूम था कि अभय अच्छी ड्राइविंग करता है। वह रात होने तक नागपुर पहुँचा देगा। मैंने जाह्नवी मैम को कॉल करके आयुषी के नागपुर के घर का एड्रेस माँगा। थोड़ी देर के बाद उन्होंने मुझे आयुषी का पूरा पता भेजा। हम ज्यादा समय बरबाद न करते हुए नागपुर के लिए निकल पड़े।

"अबे, तू उस खरगोश और कछुए की कहानी में खरगोश के जैसे है। आखिरी समय तक सोता ही रहता है।"

"भाई, मैं क्या करूँ, जब तक उसके साथ था तो मन में उसे खोने का डर ही नहीं था, लेकिन कल जैसे ही उसने रिश्ते की बात बताई, मैं अपनी नींद से जाग गया।"

"ठीक है। सही समय पर जागा है तू। अब तेरा भाई तुझे सही समय पर नागपुर पहुँचा देगा।"

हम पूरी स्पीड से नागपुर जा रहे थे। जब नागपुर पहुँचने में आधे घंटे का

समय बाकी था, तो अभय ने बैग की चेन खोलने के लिए कहा, जब मैंने चेन खोली तो देखा कि अभय ने उसमें बुके रखा था। उसने कहा कि अब जब आयुषी को प्रपोज कर ही रहा है तो अच्छे से करना। मैप में अब आयुषी का घर बस पाँच मिनट दिखा रहा था। मेरी धड़कनें तेज हो रही थीं। मेरे साथ ऐसा कभी नहीं हुआ था। ऐसा लग रहा था कि जैसे दिल निकलकर बाहर आ जाएगा, जब हम वहाँ पहुँचे तो देखा कि आयुषी का घर काफी बड़ा और अच्छा था। मैं और अभय गेट से अंदर ही जा रहे थे, तभी उनके पड़ोसी ने बताया कि वे कुछ महीनों पहले ही दूसरी जगह पर शिफ्ट हो गए हैं।

"अरे भाई, मुझे याद आ रहा है कि आयुषी ने मुझे यह बात बताई थी।" मैंने अपना सिर खुजलाते हुए कहा।

"यार, यह बात भी तुझे अभी याद आ रही है। अब क्या करेंगे? तू आयुषी को कॉल कर।" अभय ने थोड़े गुस्से में यह बात कही।

मैं आयुषी को कॉल नहीं करना चाहता था। मैं उसे सरप्राइज़ देना चाहता था, लेकिन अब उसे कॉल करने के अलावा कोई भी चारा नहीं था। मैं उसे कॉल करने ही वाला था, तभी एक चौकीदार घर के अंदर से निकला। उसने आयुषी के नए घर का पता दिया। वह घर वहाँ से आठ किलोमीटर दिखा रहा था। मतलब हमें वहाँ पहुँचने तक रात के 11 बजने वाले थे। हमें खुद भी नहीं पता था कि आयुषी के घरवाले हमें देखकर क्या बोलेंगे। वैसे तो आयुषी बताती थी कि उसके घरवाले बहुत ओपन माइंडेड हैं और सबको अपने अनुसार आगे बढ़ने की छूट है, लेकिन ऐसे मामलों में तो मम्मी-पापा कड़ाई से पेश आते ही हैं। हम आयुषी के घर के सामने खड़े थे।

अभय ने घंटी बजाई। आयुषी ने ही दरवाजा खोला। एक सेकंड के लिए तो उसका मुँह खुला-का-खुला ही रह गया। वह अपलक मुझे और अभय को देखती ही रही।

"मैं सपना देख रही हूँ क्या?" आयुषी ने खुद को चूँटी काटते हुए कहा।

"अरे नहीं, हम लोग सच में पुणे से यहाँ आ गए हैं।" अभय तुरंत ही बोल पड़ा।

इससे पहले कि आयुषी कुछ बोल पाती, उसके पापा दरवाजे पर आ गए। आयुषी ने बताया कि हम दोनों उसके दोस्त हैं और किसी काम से नागपुर आए

हैं। उसके पापा ने मुसकराकर हमारा स्वागत किया। आयुषी की मम्मी भी आ गईं। उन्होंने तुरंत ही हमारे लिए खाना बनाया। हमें पूरे आदर-सत्कार के साथ खाना खिलाया। उन्होंने हमारे सोने के लिए एक रूम भी दे दिया। रात को जब सब सो गए, तब आयुषी हमारे कमरे में आई।

"अरे, मुझे बता भी दो कि तुम लोग अचानक यहाँ कैसे आ गए?" आयुषी ने फुसफुसाते हुए हमसे पूछा।

"आयुषी, क्या हम तुम्हारे घर की छत पर चल सकते हैं?" अभय ने ही आयुषी से पूछा।

"हाँ, चल तो सकते हैं, लेकिन मुझे बताओ तो हुआ क्या है?"

"अरे, तुम चलो तो सही..." इतना बोलकर अभय आयुषी का हाथ पकड़कर उसे छत की तरफ लेकर गया। पीछे से मैं बुके लेकर उसे अपनी पीठ के पीछे छुपाते हुए आया।

"आयुषी, आई लव यू! पता है मुझे कि यह बात कहने में इतने दिन लग गए, लेकिन आज अगर मैं यह बात नहीं कहता तो सारी जिंदगी खुद को माफ नहीं कर पाता। तुम्हारी वज़ह से ही मैं अपने अंदर के सही अफ़लातून को बाहर निकाल पाया, लेकिन अपने पुराने अनुभवों के कारण हमेशा ही तुम्हारे प्यार को मैं अपना नहीं पाया। जब मैंने तुमको खुद से दूर जाते देखा तो ऐसा लगा कि मैं खुद से ही दूर जा रहा हूँ। आयुषी, मुझे मालूम है कि मैंने देर कर दी है, लेकिन मेरे लिए तुम्हारे बिना जीना बहुत मुश्किल हो जाएगा। आई लव यू आयुषी!"

इतना बोलते हुए मैं घुटनों के बल बैठ गया और बुके निकालकर आयुषी को देने लगा। आयुषी बस मुसकराते हुए मुझे देख रही थी। इससे पहले कि आयुषी कुछ बोल पाती, उसके पापा दरवाजे पर खड़े थे। उन्हें देखते ही मेरे दिल की तेज धड़कनें राजधानी एक्सप्रेस से भी ज्यादा तेज भागने लगीं।

पूरे आधे मिनट के सन्नाटे के बाद अभय ने कुछ बोलने के लिए मुँह खोला ही था, तभी आयुषी के पापा ने उसे हाथ से इशारा करते हुए चुप रहने के लिए कहा।

"सुबह नौ बजे तुम दोनों तैयार होकर नीचे आ जाना।" आयुषी के पापा इतना बोलकर चले गए। साथ ही वे आयुषी को भी लेकर चले गए।

अभय और मैं रात भर डर की वजह से सो नहीं पाए। मुझे आयुषी को मैसेज करने की भी हिम्मत नहीं हो रही थी। हम दोनों के ही मन में एक बार

तो यह भी आया कि चुपचाप भाग चलते हैं, लेकिन सोचा कि ज्यादा-से-ज्यादा मार ही खाएँगे। अभय ने तो प्लान भी बना लिया था कि जो मार खाते समय दरवाजे के ज्यादा पास होगा वह जल्दी से बाहर जाकर किसी और को मदद के लिए बुला लाएगा।

सुबह के पाँच बज गए थे, लेकिन हम दोनों की आँखों में नींद नहीं थी, लेकिन शरीर तो अपना काम करता ही है। इसलिए थोड़ी देर बाद हम कब सो गए, पता ही नहीं चला, जब मेरी नींद खुली तो 8 बजकर 50 मिनट हो रहे थे। मैंने जल्दी से अभय को उठाया। नहाने का तो समय नहीं बचा था, इसलिए जल्दी से ब्रश करके हम डरते हुए नीचे हॉल में पहुँच गए।

"आप लोग पूरे दो मिनट लेट आए हैं।" आयुषी के पापा ने कहा। हम दोनों ने ही धीरे से 'सॉरी अंकल' कहा।

आयुषी के पापा हमें घूरे जा रहे थे। उसके बाद उन्होंने आयुषी की मम्मी और अंत में आयुषी की तरफ देखा। हमने आयुषी की छोटी बहन को भी देखा। हम उससे रात में नहीं मिल पाए थे। सभी लोग ऐसे खड़े थे, जैसे कुछ भयानक होने वाला है। तभी आयुषी के पापा उसकी तरफ देखते हुए बोले, "तू शर्त हार गई है बेटा! निकाल दो हजार रुपए!"

आयुषी के पापा का इतना बोलना भर था कि सब खिलखिलाकर हँसने लगे। हमें समझ ही नहीं आ रहा था कि आखिर इस परिवार को हो क्या गया है ? वे लोग लगातार हँसते जा रहे थे।

"बेटा, मुझे मालूम है कि तुम्हें कुछ समझ नहीं आ रहा है। चलो, मैं तुम्हें समझा देता हूँ। मेरे और आयुषी के बीच में शर्त लगी थी कि अगर तुम उससे सच्चा प्यार करते हो तो जरूर अपने प्यार का इजहार करोगे। मेरा मानना था कि तुम शादी तय होने से पहले जरूर फिल्मों की तरह शादी रुकवाने चले आओगे, लेकिन मुझे यह नहीं पता था कि रिश्ते की बात सुनकर ही तुम आयुषी के पीछे-पीछे भागे चले आओगे।"

उनकी बातें सुनकर मुझे और अभय दोनों को लग रहा था कि हम सपना तो नहीं देख रहे हैं, लेकिन यह सच था। आयुषी ने बहुत पहले से मेरे बारे में अपने घर में सभी को बताकर रखा था। वक्त गुजरने के साथ आयुषी की हिम्मत टूटती गई और उसने खुद से ही किसी और से शादी करने के लिए अपने घरवालों को

कहा, लेकिन उसके पापा को पूरी उम्मीद थी कि कुछ ऐसा होगा और मैं आयुषी को अपने दिल की बात जरूर बताऊँगा, बल्कि आयुषी को ऐसा कुछ होने की रत्ती भर भी उम्मीद नहीं थी।

"बेटा! देख लो, आयुषी से ज्यादा तो मैं तुम्हें समझता हूँ।" जब आयुषी के पापा ने यह बात कही तब कहीं जाकर हम दोनों के चेहरे पर मुसकराहट आई। मैंने धीरे से उसके पापा से पूछा, "अंकल, फिर आज जो लड़के वाले आ रहे हैं उसका क्या?"

"अरे बेटा, तू उसकी चिंता मत कर! मेरे दोस्त का बेटा ही आ रहा था। वे लोग भी रिश्ते को लेकर कोई सीरियस नहीं थे। मैंने दोस्ती-यारी के चलते उन्हें बुला लिया था, इसलिए अब तेरे पास भागने का कोई बहाना नहीं बचा है।"

उनकी यह बात सुनकर सब लोग फिर से हँसने लगे। मुझे ऐसा लग रहा था कि मैं सूरज बड़जात्या की कोई फिल्म देख रहा हूँ। जहाँ कोई भी विलेन नहीं है, लेकिन सच में ऐसा हो रहा था। कुछ इस तरह से हमारी यारी मुहब्बत में बदल गई।

खैर, इसके बाद होना क्या था! मैंने अपने घर पर सारी बात बताई। हम दोनों के घरवाले मिले और हमारी शादी भी हो गई। अगले ही साल पार्थ हमारी जिंदगी में आ गया। मुझे नहीं लगता कि अब मेरी जिंदगी में कोई कमी है। पिछले आठ सालों में मेरी जिंदगी में आने वाली लड़कियों और मेरे दोस्त अभय की वजह से सबकुछ बदल गया है। मुझे यह तो नहीं पता कि मैं अफ़लातून बन पाया कि नहीं, लेकिन मुझे मालूम है कि इन आठ सालों की सीख मुझे जिंदगी भर याद रहने वाली है।

वर्तमान

"मम्मी, मतलब वो जाह्नवी मैम की मैनेजर आप ही थीं।" पार्थ ने आश्चर्य से पूछा।

"हाँ बेटा, यह सिर्फ आपके पापा की ही डायरी नहीं है, बल्कि इसमें हम सब की कहानियाँ हैं।" यह बोलते समय आयुषी की आँखों में चमक थी।

"आंटी, इन कहानियों में मम्मी, पापा, रूहानी दीदी, अभय अंकल, अनुराग अंकल और आप हो। ऐसे में और कौन बच गया है?" रिद्धिमा का इतना बोलना भर था कि दरवाजे की घंटी बज गई, अभय की वाइफ चित्रा आई थी।

"अरे आंटी, आप भी आ गईं! शायद अब आपकी स्टोरी ही बची है।" रिद्धिमा ने चित्रा के पास जाकर कहा।

चित्रा हैरान थी कि बच्चों को अनुराग की कहानियों को पढ़कर सुनाया जा रहा है, लेकिन वह खुश भी बहुत थी कि आखिरकार बच्चों को भी अनुराग के बारे में जानने का मौका मिल रहा है।

"मम्मी, इस डायरी में तो पापा ने आगे और कोई कहानी नहीं लिखी है।" पार्थ ने डायरी के पन्ने पलटते हुए कहा।

"हाँ बेटा, इसके आगे आपके पापा ने कोई कहानी नहीं लिखी है। पापा सबकी कहानियाँ लिखते हैं, लेकिन मैंने उनकी और थोड़ी मेरी भी कहानी लास्ट में लिखी है। थोड़े पन्ने पलटकर देखो तो।" अभय ने पार्थ से कहा।

जब पार्थ ने देखा तो कुछ पन्नों के बाद फिर से एक कहानी थी। यह डायरी की अंतिम कहानी थी। इस बार चित्रा ने डायरी पढ़ना शुरू किया।

बरकत का ताबीज़

कहते हैं कि एक नायक को खुद अपनी कहानी नहीं सुनानी चाहिए, बल्कि उसके पास तो ऐसे लोग होने चाहिए, जो उस नायक की सफलता की कहानी सुना सकें। इसलिए आज मैं भी अपने नायक दोस्त अनुराग की कहानी अपने शब्दों में सुनाने जा रहा हूँ। वैसे तो नायक को अपनी नायिका मिल ही चुकी थी। वह अपनी पसंद का काम भी कर रहा था, लेकिन काफी कुछ ऐसा था, जो नायक को करना बाकी था। इस कहानी के जरिए हम नायक के उस पहलू को भी जानेंगे। साथ-ही-साथ मेरी अपनी भी एक छोटी सी कहानी है। चलिए, कहानी शुरू करते हैं।

"यार, पूरे दो साल से मैं एडवरटाइजिंग कंपनी के लिए काम कर रहा हूँ, लेकिन मुझे किसी टेलीविजन सीरियल या फ़िल्मों में लिखने का काम नहीं मिल पाया है।" अनुराग ने मुझसे बेचैनी से कहा।

"कोई बात नहीं भाई! तू एडवरटाइजिंग कंपनी में कितना अच्छा कर रहा है। आयुषी भाभी बता रही थी कि तेरी लिखी स्क्रिप्ट नेशनल टेलीविजन में भी आने वाली है।"

"हाँ यार, वो तो है। आज से दो साल पहले 2014 में जब इस फील्ड में आया था तो सोचा नहीं था कि इतनी सफलता मिलेगी, लेकिन दूसरे लोगों की तरह मैं भी एक लेवल आगे जाना चाहता हूँ। अभी पैसे तो मिल रहे हैं, लेकिन नाम भी तो चाहिए!"

"मैं तेरी बात समझता हूँ अनुराग, लेकिन तू खुद सोच कि जिंदगी ने तुझे सबकुछ दिया है। तू अपना मनपसंद काम कर रहा है। तुझे मनपसंद पत्नी मिली है। और तो और, अब तेरी लाइफ में पार्थ भी तो आ गया है।"

"हाँ यार अभय! पिछले एक साल से जब भी ऑफिस जाता हूँ, तो घर आने की जल्दी होती है। ऐसा लगता है कि दिनभर पार्थ को अपनी गोदी में ही रखकर उसके साथ खेलता रहूँ।"

"देख, तू यहाँ बीवी-बच्चे वाला हो गया है और तेरा दोस्त अभी तक सिंगल ही है। भाई, कुछ तो कर मेरे लिए।" मैंने मजाकिया लहजे में कहा।

"हीरों की खान में बैठकर जौहरी को एक हीरा नहीं मिल रहा है। लोग तेरी कंपनी के मैसूर वाले कैंपस में आने के लिए मरते हैं और तुझे इतने सालों में एक भी लड़की नहीं मिली? तू मान या न मान, लेकिन तेरे में ही कोई कमी है।" अनुराग ने मुझे छेड़ते हुए कहा।

"अरे यार, अब तू भी दुखती नस पर हाथ मत रख। तू इतने दिनों के बाद मैसूर आया है। हम अगले कुछ दिन खूब मजे करेंगे।"

"हाँ, लेकिन तुझे छुट्टी लेने की जरूरत नहीं है। दिन में मुझे भी काम होगा। तुझे तो बताया ही था न कि एक डायरेक्टर अपनी फिल्म की शूटिंग तेरे कंपनी कैंपस में ही करने वाला है। तू बस किसी तरह से मेरी स्क्रिप्ट उस तक पहुँचा देना।"

"ठीक है, हो जाएगा! तू ज्यादा टेंशन मत ले।"

मैं और अनुराग मैसूर पैलेस के पास बैठे हुए ये सब बातें कर रहे थे। अनुराग काफी दिनों के बाद मैसूर आया था। दरअसल उसका कोई काम भी था। उसे हमेशा की तरह ही टी.वी. सीरियल के डायरेक्टर को अपनी नई कहानी सुनानी थी। ज्यादातर समय अनुराग को डायरेक्टर लोगों से मिलने का मौका ही नहीं मिल पाता था। अगर कुछ डायरेक्टर मिल भी जाते थे तो वे उसकी कहानी को अपना बताकर आगे बढ़ना चाहते थे।

कुछ दिन पहले ही अनुराग को पता चला कि एक डायरेक्टर अपनी बहुत बड़ी फिल्म की शूटिंग मेरी कंपनी के कैंपस के अंदर ही करने वाले हैं। वैसे तो उस डायरेक्टर से मिलना पॉसिबल नहीं था, लेकिन उसके साथ दो असिस्टेंट डायरेक्टर भी काम करते थे। ऐसे में उन तक तो पहुँचा ही जा सकता था। हमारी कंपनी के कैंपस में बाहरी लोग नहीं आ सकते थे, इसलिए अनुराग को अंदर जाने की अनुमति नहीं थी। मैं उसकी स्क्रिप्ट लेकर असिस्टेंट डायरेक्टर से तो मिल ही सकता था, लेकिन अनुराग को कभी कुछ आसानी से कहाँ मिलता है?

मुझे मालूम चला कि शूटिंग को कुछ महीनों के लिए आगे बढ़ा दिया गया है। हमेशा की तरह अनुराग फिर से निराश हो गया। फिर भी हमने मैसूर घूमा और अनुराग इस उम्मीद के साथ वापस पुणे गया कि जल्द ही उसे वापस आने का मौका मिलेगा।

इधर मुझे इसी कंपनी में काम करते हुए चार साल से ज्यादा हो गए थे। हर प्रोजेक्ट के खत्म होते समय मैं उम्मीद करता था कि यह कंपनी छोड़कर दूसरी कंपनी में चला जाऊँगा, लेकिन कंपनी हर साल सैलरी कुछ बढ़ा देती थी और वापस मैं अपने कंफर्ट जोन में ही आ जाता था। मेरे नए प्रोजेक्ट में हमारी कंपनी की दो अलग-अलग टीम को मिलकर एक नया सॉफ्टवेयर डिजाइन करना था। ऐसे में हमें रोज ही दूसरी टीम के साथ घंटों कॉल पर बिताने पड़ते थे। उस टीम में चित्रा नाम की एक लड़की थी, जिसके साथ मुझे कम-से-कम दो घंटे रोज बात करनी पड़ती थी। उसके साथ बातचीत करने से समझ आता था कि वह काफी स्मार्ट है, लेकिन इसका नुकसान मुझे ही होता था। किसी काम को करने का क्रेडिट वह अपनी टीम में ले जाती थी। हमारी अकसर प्रोफेशनल तरीके से बहस भी हो जाती थी। मैंने प्रोफेशनल तरीके से इसलिए बोला, क्योंकि इसमें सिर्फ काम की ही बातें होती थीं। मुझे लगता था कि इस साल उसकी वजह से ही कहीं मुझे बोनस ही न मिले। एक दिन की बात है। मैं उसके साथ लैपटॉप पर स्क्रीन शेयर करके कॉल पर बात कर रहा था।

"क्या आपको मेरी स्क्रीन दिखाई दे रही है?" मैंने चित्रा से पूछा।

"नहीं, मैं नहीं देख पा रही हूँ।" चित्रा ने तुरंत ही जवाब दिया।

"ठीक है। मैं स्क्रीन फिर से शेयर करता हूँ।"

"हाँ, अब मैं आपकी स्क्रीन देख सकती हूँ।"

"ठीक है। मैं आपको प्रेजेंटेशन दिखाता हूँ। मैंने थोड़े बदलाव किए हैं।"

मैं जब उसे प्रेजेंटेशन दिखाने के लिए फाइल ओपन कर रहा था, तभी मुझे एक टीममेट का मैसेज आ गया।

"भाई, आज टीम मीटिंग में तू चित्रा को क्रेडिट मत लेने देना। हमारी टीम की इज्जत का सवाल है।"

कुछ ऐसा ही मैसेज स्क्रीन पर आ रहा था, जिसे चित्रा ने भी तुरंत ही पढ़ लिया।

"क्या आप मुझे बता सकते हैं कि मैंने कब आपकी टीम का क्रेडिट लिया है?" चित्रा ने नाराजगी भरे लहजे में कहा।

"अरे, उसके बोलने का मतलब ऐसा नहीं था।" मैंने बात को सँभालते हुए कहा।

"अगर ऐसा मतलब नहीं था तो मुझे पूरी चैट्स पढ़ा दीजिए।"

"चैट पढ़कर क्या करेंगी आप? हम प्रेजेंटेशन पर फोकस करते हैं न?"

"अभय, अगर आपको यह लगता है कि हमारे काम का क्रेडिट सिर्फ मैं ही ले जाती हूँ, तो आप गलत सोचते हो। मैं अपनी टीम की तरफ से काम करती हूँ और आप अपनी। फर्क बस इतना है कि प्रेजेंटेशन को मीटिंग में मैं प्रेजेंट करती हूँ, लेकिन आज शाम वाले प्रेजेंटेशन को आपको ही प्रेजेंट करना होगा।" इतना कहकर उसने कॉल काट दी।

मुझे पक्का लग गया था कि चित्रा मेरी शिकायत टीम लीड से कर देगी, लेकिन उसने ऐसा कुछ भी नहीं किया। शाम को जब मैं प्रेजेंटेशन को सबको दिखा रहा था, तो एक जगह पर मैं अटक गया। तब चित्रा ने ही उसके बारे में अच्छे से सबको बताया। हमारे एक सीनियर ने चित्रा की तारीफ करते हुए कहा कि उसने बहुत अच्छे तरीके से कुछ चीजों को समझाया। तब चित्रा ने कहा कि प्रेजेंटेशन को बनाने के लिए सारी मेहनत अभय ने की है। ऐसे में उसे भी बहुत सारा क्रेडिट जाना चाहिए।

चित्रा की यह बात सुनकर मेरे टीममेट्स खुश हो गए, लेकिन मुझे मन-ही-मन पता था कि बहुत सारा काम चित्रा ने भी किया है, इसलिए मुझे थोड़ा खराब लग रहा था। मैंने आज तक चित्रा को देखा नहीं था, लेकिन उसकी आवाज सुनकर ऐसा लगता था कि वह मेरी ही उम्र की होगी। उस दिन के बाद से चित्रा ज्यादातर काम करके दे देती थी। उसकी नाराजगी मैं समझ सकता था। मैं उसे 'सॉरी' भी बोलना चाहता था, लेकिन कभी बोल नहीं पाया।

एक बार की बात है। अनुराग ने ऑफिस के एड्रेस पर मेरे लिए ऑनलाइन कोई गिफ्ट ऑर्डर किया था, क्योंकि थोड़े ही दिनों में मेरा बर्थडे आने वाला था। मैं उसे लेने के लिए कैंपस के अंदर ही डिलीवरी सेंटर पर गया। जितने भी डिलीवरी वाले होते थे, वे इस सेंटर पर आते थे और कंपनी के सारे लोग यहीं से अपना पार्सल लेते थे। इसी वजह से वहाँ काफी भीड़ हो जाती थी। मेरे सामने

भी कुछ लोग खड़े थे। कुछ मिनट के बाद ही मेरा नंबर आ गया। मैं डिलीवरी वाले से अपना सामान ले ही रहा था, तभी मुझे एक जानी-पहचानी आवाज सुनाई दी। वह मेरे पीछे आकर खड़ी हो गई। मैंने पीछे मुड़कर देखा तो एक लड़की फोन पर किसी से बात कर रही थी।

उसकी नीली आँखें और घुँघराले बाल किसी को भी आकर्षित करने के लिए काफी थे। मैं उसे देखते हुए काउंटर पर ही खड़ा था। तभी डिलीवरी वाले ने मुझे हटने के लिए कहा। मेरे हटने के बाद वह काउंटर से अपना पार्सल लेने लगी। मैं उसके आई.डी. कार्ड पर उसका नाम देखना चाहता था, लेकिन देख नहीं पाया।

अगले कुछ दिनों तक मैं उससे अकसर कैंटीन या ऑफिस के बाहर टकरा जाता था। मैं उसके पास जाकर बात करना चाहता था, लेकिन वह हमेशा ही अपने कुछ दोस्तों के साथ होती थी। ऐसे में मुझे उससे जाकर बात करना ठीक नहीं लगा। अब लगभग रोज मेरी नजरें उसे खोजा करती थीं। मैं जानबूझकर उसके बाजू से निकलता था, ताकि मैं उसकी आवाज को फिर से सुन सकूँ। जितनी बार भी मैं उसके बाजू से निकलता था, मुझे लगता था कि मेरी इससे बात हो चुकी है। आई.टी. कंपनी में हम दिन में इतने लोगों से बात करते हैं कि किसी की आवाज से उसे पहचान लेना आसान काम नहीं था।

अगले कुछ दिनों तक वह मुझे नहीं दिखी, इसलिए मैं भी वापस अपने काम में लग गया। हमारे प्रोजेक्ट में मेरा और चित्रा का बनाया हुआ प्रेजेंटेशन अप्रूव हो गया था। ऐसे में अब हमें साथ मिलकर काम करने की जरूरत थी। मेरी काफी दिनों से चित्रा से बात नहीं हुई थी। उस दिन के बाद से जो भी बात होती थी, वह सिर्फ मैसेज के जरिए होती थी, लेकिन मैं उसे 'सॉरी' बोलकर आगे बढ़ना चाहता था, क्योंकि इसका असर हमारे प्रोजेक्ट पर भी पड़ सकता था। इसलिए मैंने उसे कॉल लगाने का सोचा। मैंने देखा कि वह ऑनलाइन थी। मैंने उसको मैसेज करके कॉल पर आगे की प्लानिंग करने के लिए कहा, लेकिन उसने यह कहकर मना कर दिया कि उसने काफी प्लानिंग पहले से कर ली है और मुझे बस अपने सुझाव डालने हैं। उसकी इन बातों से समझ आ रहा था कि वह अभी तक नाराज है। मैंने उससे कुछ भी नहीं कहा। दो ही दिन बाद हमें अपनी प्लानिंग को टीम लीड के सामने प्रेजेंट करना था। मैं उसी की तैयारी करने लगा।

मुझे चित्रा से बात किए बिना प्लानिंग को फाइनल करने में बहुत परेशानी

हो रही थी। मुझे समझ आ रहा था कि मुझे उसके बारे में अपने टीममेट से ऐसी बात नहीं करनी चाहिए थी, लेकिन अब किया भी क्या जा सकता था। मैंने अनुराग को कॉल कर ये सारी बातें बताईं। उसने मुझे अपने काम पर ही फोकस करने के लिए कहा। मैंने भी अगले दो दिन अपना पूरा ध्यान काम पर लगाया।

शाम को जब टीम लीड के साथ मीटिंग हुई तो कॉल पर मैं, चित्रा और टीम लीड ही थे। मैंने हमारी प्लानिंग को समझाना शुरू किया, लेकिन टीम लीड को प्लानिंग में कुछ कमी लग रही थी। उन्होंने कहा कि हम फिर से तैयारी करके आएँ और दोबारा प्रेजेंट करें। इतने में ही चित्रा ने खुद को अनम्यूट किया और वह बोल पड़ी, "सर, हमारी तैयारी पूरी है। मैं आपको इन स्टेप्स को एक बार फिर से समझा देती हूँ।"

उसकी आवाज में इतना कॉन्फिडेंस होता था कि सामने वाला मना ही नहीं कर पाता था। उसने बोलना शुरू किया, लेकिन मेरा दिमाग कहीं और चला गया था। मुझे याद आ गया था कि जिस लड़की को मैंने पहली बार डिलीवरी सेंटर पर देखा था वह और कोई नहीं, चित्रा ही थी। मुझे लग रहा था कि कितना बेवकूफ था मैं कि उसे पहचान नहीं पाया। मीटिंग तो खत्म हो गई, लेकिन मैं चित्रा के बारे में ही सोच रहा था। अभी तक जिसे मैं अजनबी समझ रहा था, उसके साथ तो मैं पिछले दो महीने से बात कर रहा था। मैंने सोचा कि मैं तुरंत ही उसे कॉल करके 'सॉरी' बोलूँ, लेकिन मुझे याद आया कि वह तो कॉल पर बात ही नहीं करना चाहती है। इसलिए मैंने तय किया कि जब भी मुझे वो कैंपस में दिखेगी, मैं मिलकर उसे 'सॉरी' बोलूँगा। उस दिन शुक्रवार था, मतलब मुझे अगले दो दिन तक इंतजार करना था।

□

"अरे, क्या बात कर रहा है तू? यह तो वही बात हुई न कि बगल में छोरा और शहर में ढिंढोरा। तू सोमवार को जाकर उससे 'सॉरी' बोल देना। वैसे भी सोमवार को तेरा बर्थडे भी है।" अनुराग ने मुझे आइडिया देते हुए कहा।

"हाँ भाई! देख, मैंने कभी सपने में भी नहीं सोचा था कि जिस लड़की की आवाज सुनकर उससे बात करना चाहता था, वह चित्रा ही है। चित्रा से तो मैं बस 'सॉरी' कहना चाहता था, लेकिन अब लगता है कि दोनों ही काम एक साथ हो जाएँगे।"

"चल, मुझे लगता है कि आखिरकार तुझे कंपनी देने वाली लड़की मिल ही

जाएगी। वैसे तूने शूटिंग का पता किया क्या? वे लोग दोबारा कब आने वाले हैं?"

"यार, शायद वे लोग अगले महीने आने वाले हैं, क्योंकि उस महीने के आखिरी सप्ताह के शुक्रवार को हमारी छुट्टी होगी, ऐसे में उनके पास शूट करने के लिए पूरे तीन दिन होंगे।"

"ठीक है, तू मुझे बता देना। मैं उसी के अनुसार अपनी टिकट कराऊँगा। वैसे भी पिछले एक साल से मैंने स्क्रिप्ट तैयार करके रखी है। मुझे बस एक मौका चाहिए।"

"ठीक है, तू चिंता मत कर। मैं किसी भी तरह से उस असिस्टेंट डायरेक्टर तक तेरी स्क्रिप्ट पहुँचा दूँगा।"

मेरे और अनुराग के बीच में रविवार को कुछ इसी तरीके से बात चल रही थी। मैंने पिछले दो सालों में अनुराग को मेहनत करते देखा था। उसकी राइटिंग में न सिर्फ मनोरंजन था, बल्कि वह अपनी कहानियों के जरिए मैसेज भी देना चाहता था। एडवरटाइजमेंट कंपनी की स्क्रिप्ट लिखने में उसे उतना मौका नहीं मिल पाता था।

रविवार की रात को मुझे 12 बजे विश करने के लिए घर से कॉल आई। अनुराग और आयुषी भाभी ने मेरे लिए केक भी ऑर्डर किया था। मुझे पूरी उम्मीद थी कि सोमवार को मेरे टीममेट्स भी मेरा बर्थडे मनाएँगे। साथ-ही-साथ मैं चित्रा से मिलने के लिए भी उत्साहित था।

सोमवार को मैं अच्छी तरह से तैयार होकर ऑफिस गया। ऑफिस में सभी लोगों ने मुझे विश किया, वे लोग केक लाए थे, जिसे मुझे लंच के समय काटना था। उस दिन मैं लंच होने से 10 मिनट पहले ही कैंटीन पहुँच गया था। मैं वहाँ पर चित्रा का इंतजार कर रहा था। कुछ ही देर में वह कैंटीन पहुँची। उसके साथ उसके दोस्त भी थे। मैंने देखा कि उसके दोस्त कुछ लेने के लिए काउंटर पर गए हैं। मेरे लिए यह बहुत सही मौका था, मैं दौड़कर उसके पास गया।

"आप चित्रा ही हैं न?" मैंने हलकी मुसकान के साथ पूछा।

"मैं चित्रा ही हूँ। आप कौन?" उसने तुरंत ही जवाब दिया।

"मैं अभय हूँ। हम साथ में प्रोजेक्ट कर रहे हैं।" इतना बोलते ही उसका चेहरा मुरझा गया।

"हाँ, याद आ गया मुझे। बोलिए क्या काम है?" उसने रुखाई के साथ कहा।

"मुझे बस आपको 'सॉरी' बोलना था।" मैंने बेचारे-सी शक्ल बनाकर कहा।

"ठीक है, वह आपने बोल ही दिया है।"

वह बस इतना ही बोल पाई थी कि उसके दोस्त वहाँ आ गए। चित्रा का इतना रूखा जवाब सुनकर मैं तुरंत ही वहाँ से निकल गया, मुझे बहुत खराब लग रहा था। ऐसा लग रहा था कि मुझे उससे मिलने जाना ही नहीं चाहिए था। उसी समय मेरे टीममेट्स केक लेकर वहाँ पहुँच गए। हम कैंटीन के सबसे कोने वाली सीट पर गए और वहाँ पर मैंने केक काटा। केक काटते समय मेरा उत्साह गायब हो चुका था, लेकिन फिर भी मैंने मुसकराते हुए सबको केक खिलाया। मैंने सबको एक छोटी सी पार्टी भी दी। लंच के बाद मैंने अपने दिमाग को वापस काम पर लगाने की कोशिश की, लेकिन बार-बार मेरा ध्यान चित्रा के उस रूखे से जवाब पर जा रहा था। शाम को चार बजे मैं कॉफी पीने के लिए नीचे कैंटीन में गया।

"हैप्पी बर्थडे अभय!" मैंने पीछे मुड़कर देखा तो चित्रा खड़ी थी। मैं कुछ बोलता, उससे पहले ही वह फिर बोल पड़ी, "आई एम सॉरी! मुझे आपसे ऐसे बात नहीं करनी चाहिए थी, मैं थोड़ा सा परेशान थी।"

"बर्थडे विश करने के लिए थैंक यू। दरअसल मैं आपको 'सॉरी' कहने ही आया था।" मैंने नाराजगी भरे लहजे में कहा।

"अच्छा, क्या मैं भी आपके साथ बैठकर कॉफी पी सकती हूँ?"

"ठीक है, चलेगा, लेकिन अगर आप मुझे अच्छा महसूस कराने के लिए ऐसा कर रही हैं तो इस फॉर्मेलिटी की कोई जरूरत नहीं है।" यह बोलते समय मेरे चेहरे पर कोई मुसकान नहीं थी।

"मैं फॉर्मेलिटी तो नहीं करती हूँ। अगर फॉर्मेलिटी ही करनी होती तो 'सॉरी' लिखकर एक मैसेज छोड़ देती न, मेरा काम तो वैसे ही हो जाता। वैसे भी लड़कियों के मुँह से 'सॉरी' जल्दी नहीं निकलता है। तो अच्छे से सोच लीजिए।" चित्रा ने शरारत भरे अंदाज में कहा।

"अगर ऐसी बात है तो चलिए, बैठते हैं और कॉफी पीते हैं।"

"आज तो आपका बर्थडे है, तो सिर्फ मुझे कॉफी पिलाकर ही भेज देंगे।" चित्रा ने मजे लेते हुए कहा।

"अरे नहीं, आपको जो भी खाना है, खा लीजिए।" मैंने थोड़ा शरमाते हुए कहा।

"हाँ-हाँ, मैं बस मजाक कर रही थी। आज हम बस कॉफी पी लेते हैं।"

"ठीक है। वैसे आप परेशान क्यों थीं? क्या मैं इसकी वजह जान सकता हूँ?"

"जब हम 'आप' से 'तुम' में शिफ्ट हो जाएँगे तो शायद मैं इसकी वजह बता दूँगी।"

"ठीक है चित्रा, तुम बता ही दो फिर।" मैं तपाक से बोल पड़ा।

"अच्छा, बड़े तेज हो तुम। वैसे आज तो काफी काम है। तुम्हें भी और मुझे भी, इसलिए किसी और दिन फुरसत से बताऊँगी।" ऐसा कहते हुए चित्रा की आँखों में शरारत तैर गई।

उस दिन कॉफी पर चित्रा से मुलाकात करके मुझे बहुत अच्छा लग रहा था। वापस अपनी डेस्क पर लौटने के बाद चित्रा ने मुझे कॉल किया।

"वैसे मैं तुमसे एक बात पूछना ही भूल गई। तुम मुझे कैसे पहचान गए? मैंने तो अपनी प्रोफाइल पर फोटो भी नहीं लगाई है।"

"हाँ, लेकिन एक दिन तुम डिलीवरी सेंटर से कोई सामान ले रही थी। मैं तुम्हारे आगे खड़ा था, तुम्हारी आवाज मुझे जानी-पहचानी सी लगी। मैं काफी दिनों तक तुम्हारे आसपास से गुजरकर तुम्हारी आवाज सुनकर पहचानने की कोशिश करता था। पिछले सप्ताह तुम कैंपस में दिखाई ही नहीं दी, लेकिन शुक्रवार को जैसे ही तुमने मीटिंग में बोलना शुरू किया, वैसे ही मालूम चल गया कि वह लड़की तुम हो।"

"अच्छा, मतलब तुम एक सप्ताह से मेरा इंतजार कर रहे थे?" चित्रा ने मेरी टाँग खींचते हुए पूछा।

"अरे, मतलब ऐसा भी कुछ नहीं था। बस मुझे आवाज जानी-पहचानी लगी तो पूछने का मन था।"

"ठीक है, तुम इतना भी मत डरो। वैसे मैं पिछले सप्ताह घर से ही काम कर रही थी, इसलिए तुम्हें कैंपस पर नहीं दिखी।"

"अच्छा, तभी मैं सोचूँ कि तुम जिस टी पॉइंट पर दोस्तों के साथ बैठती हो, वहाँ एक सप्ताह से कैसे नहीं आई?"

"अरे बाप रे! मुझे तो लगा था कि तुम यूँ ही आते-जाते मुझे नोटिस करते थे, लेकिन यहाँ तो मेरी जासूसी हो रही थी।"

"नहीं-नहीं, ऐसा कुछ भी नहीं है।" मैंने हड़बड़ाते हुए कहा।

"अरे रिलैक्स करो, इतना हड़बड़ाने की कोई बात नहीं है।"

चित्रा के साथ बात करके मुझे समझ आया कि वह बात करने में बहुत तेज थी। शाम को मुझे दोस्तों के साथ पार्टी करने जाना था। मैं चित्रा को पार्टी के लिए बुलाना चाहता था, लेकिन मुझे लगा कि कुछ ज्यादा हो जाएगा।

वैसे अब हम रोज ही कैंटीन में मिलते और अपने प्रोजेक्ट को बेहतर बनाने की प्लानिंग करते थे। बीच-बीच में हम एक-दूसरे की टाँग खिंचाई भी करते रहते थे। एक दिन कैंपस में ही टहलते हुए मैंने चित्रा से पूछा, "चित्रा, इस बार रक्षाबंधन का क्या प्लान है ? तुम घर जा रही हो न ?"

यह सवाल सुनकर उसके चेहरे का रंग उड़ गया। उसने एक लंबी और गहरी साँस ली।

"यार, मेरा कोई भाई नहीं है तो घर जाने का कोई मतलब नहीं है।"

"अच्छा, कोई बात नहीं, फिर अपने मम्मी-पापा से मिलने ही चली जाना।"

"मेरे मम्मी-पापा भी अब इस दुनिया में नहीं हैं।"

उसके इतना बोलते ही मेरा दिमाग सुन्न हो गया। मैंने कुछ बोलने से पहले शब्दों को अपने दिमाग में जमाया और बोला, "आई एम सो सॉरी! मुझे इस बारे में कुछ भी नहीं पता था। हम दो हफ्तों से बात कर रहे हैं और इस बारे में कुछ भी नहीं पाता। आई एम रियली सॉरी!"

"सॉरी की कोई बात नहीं है अभय! अब तो उन दोनों को गए हुए कितने ही साल हो चुके हैं। मम्मी के साथ तो मेरी ज्यादा यादें भी नहीं हैं। हाँ, पापा के साथ मैंने अच्छा वक्त बिताया था। उन दोनों के जाने के बाद मैं मामा-मामी के साथ ही रहती हूँ। मामा-मामी का भी कोई बेटा नहीं है, वरना मैं उनसे मिलने चली जाती।"

"चित्रा! यार तुम इतनी जिंदादिल लड़की कैसे हो सकती हो ?" मैंने आश्चर्य के साथ पूछा।

"अभय, कभी-कभी जिंदगी आपको जिंदादिल होने के सिवा कोई ऑप्शन ही नहीं देती है, जब जिंदगी में ऑप्शंस ही नहीं रहता है न, तो शायद जीना ज्यादा आसान भी हो जाता है।"

"तुम्हारी इस बात को तो मैं मानता हूँ। वैसे क्या तुम अब बता सकती हो

कि उस दिन तुम परेशान क्यों थी?"

"कोई ज्यादा बड़ी बात नहीं है। मामा मुझे शादी के लिए बोल रहे हैं, लेकिन मैं शादी नहीं करना चाहती।"

"लेकिन ऐसा क्यों?"

"मैं नहीं चाहती कि कोई भी लड़का मेरे ऊपर दया करके शादी करे। मुझे दया नहीं, साथ चाहिए। लाइफ में मम्मी-पापा के न होने से जो प्यार की कमी रह गई है, मुझे वह प्यार चाहिए। मुझे तो जितने भी लड़के मिलते हैं, वह मेरे ऊपर दया दिखाकर सहारा बनने की कोशिश क़रते हैं या फिर बस टाइम पास करना चाहते हैं। इसलिए मैं किसी को अपने मम्मी-पापा के बारे में नहीं बताती और जो यह बात जानते हैं, उनसे भी यह उम्मीद करती हूँ कि वे किसी और को यह बात न बताएँ।"

"मैं तुम्हारी बात समझ गया चित्रा! क्या तुम यह बात अपने मामाजी को भी नहीं समझा सकती हो?"

"वे यह बात समझते हैं, लेकिन उन्हें लगता है कि मेरी उम्र भी निकली जा रही है। इसलिए भी बोलते हैं कि शादी न सही तो किसी लड़के को ही पसंद कर लो और बाद में अगर ठीक लगे तो शादी कर लो।"

"अच्छा, मतलब…"

मेरे कुछ बोलने से पहले ही वह बोल पड़ी, "अरे, अब इस बारे में कोई और बात नहीं करेंगे। बस इतना समझ लो कि मैं शादी और बच्चे दोनों ही नहीं करना चाहती।"

"लेकिन ऐसा क्यों? बस इसका जवाब दे दो। फिर हम कुछ और बात करेंगे।"

"देखो, शादी करने से पति से प्यार होगा और फिर बच्चों से प्यार होगा, लेकिन अगर वे लोग भी मुझे छोड़कर चले गए तो? अपनों को खोने से बेहतर है कि किसी को अपना ही न बनाओ।" चित्रा की इस बात में कितना दर्द था, वह मेरे लिए सोचना भी मुश्किल था।

मुझे अपने ही खयालों में खोया देखकर चित्रा बोली, "वैसे मैं तुम्हारे लिए कुछ लाई हूँ। इसे तुम अपना बर्थडे गिफ्ट मान लेना।"

चित्रा ने अपने बैग से गिफ्ट निकालकर मुझे दिया।

"अरे, मेरे बर्थडे को तो गुजरे दो हफ्ते हो गए।"

"तो क्या हुआ? अब तुम पार्टी में नहीं बुलाओगे तो क्या मैं गिफ्ट भी नहीं दूँगी?"

चित्रा की यह बात सुनकर मैं झेंप गया। चित्रा ने मुझे तीन किताबों का एक सेट गिफ्ट में दिया।

"चित्रा, तुमने मुझे किताबों का गिफ्ट दिया। इसका मतलब तुम भी किताबें पढ़ती होगी।"

"हाँ, तुम नहीं पढ़ते क्या?"

"मैं सच में किताबें नहीं पढ़ता यार, लेकिन मेरा एक दोस्त किताबें पढ़ता भी है और लिखता भी है।"

"अरे, क्या वह इसी कंपनी में काम करता है?"

"वह आज से कुछ साल पहले इसी कंपनी में काम करता था, लेकिन अब वह एक एडवरटाइजिंग कंपनी के लिए स्क्रिप्ट लिखता है। उसने एक सीरियल भी लिखा है, जिसे वह किसी डायरेक्टर को सुनाना चाहता है।"

"तुम्हारा दोस्त तो बहुत टैलेंटेड है। मैं उससे जरूर मिलना चाहूँगी।"

"हाँ, अगले ही हफ्ते वो पुणे से मैसूर आ रहा है। तब मैं तुम्हें उससे जरूर मिलवाऊँगा।"

"मुझे उससे मिलने का इंतजार रहेगा। मुझे पक्का पता है कि तुम्हारा दोस्त भी मेरी तरह बचपन से ही किताबें पढ़ने का शौकीन रहा होगा, इसलिए वह आज इतना आगे बढ़ पाया है!"

"अरे, ऐसा नहीं था। उसने बताया था कि वह इलेवंथ तक किताबें नहीं पढ़ता था, जब उसने ट्वेल्थ में एक नए स्कूल में एडमिशन लिया तब उसके एक दोस्त की वजह से उसने पढ़ना शुरू किया।"

"अच्छा, तुम्हारे दोस्त का नाम क्या है वैसे?"

"अनुराग। उसकी कहानी भी बहुत गजब है। पहले इंश्योरेंस कंपनी में काम किया, फिर रियल एस्टेट में काम किया, फिर आई.टी. कंपनी में काम किया। वह तो भला हो आयुषी भाभी का, जिसने उसकी एक डायरी पढ़ ली और उसे लिखने के लिए कहा।"

"अनुराग की शादी भी हो गई? वैसे मुझे न उसकी डायरी पढ़नी है। क्या

तुम मुझे किसी भी तरह से वह पढ़वा सकते हो?"

"ठीक है, लेकिन एक शर्त है मेरी। तुम्हें आने वाले रविवार को मेरे साथ चामुंडेश्वरी माता के मंदिर जाना होगा और उसके बाद हम एक फिल्म देखेंगे।"

"अच्छा, मतलब मुझे डायरी पढ़ने के लिए तुम्हारे साथ डेट पर चलना होगा।" चित्रा ने इस वाक्य के एक-एक शब्द को खींचकर बोला।

"अरे, डेट-वेट कुछ नहीं है यार, मतलब खाली हैं तो चल सकते हैं। ऐसी कोई डेट नहीं है।" मैंने तुरंत ही जवाब दिया।

"चलो ठीक है, लेकिन पहले मुझे अनुराग की डायरी पढ़नी है।"

इस तरह से चित्रा मेरे साथ पहली बार कहीं बाहर जाने के लिए मान गई, जब मैंने अनुराग को कॉल करके इसके बारे में बताया तो वह कहने लगा कि चल, मेरी डायरी तेरे कुछ तो काम आई। अनुराग ने अपनी डायरी के हर पन्ने की फोटो खींचकर एक सॉफ्ट कॉपी बनाकर भेज दी। मैंने तुरंत ही उसे चित्रा को भेज दिया। अब मैं चित्रा के साथ घूमने जाने का बेसब्री से इंतजार कर रहा था।

□

रविवार की सुबह हम चामुंडेश्वरी माता के मंदिर में दर्शन करने के बाद मंदिर के बाहर ही खड़े थे। तभी एक बाबा वहाँ आए और वे हमें अपना हाथ दिखाने की जिद करने लगे। मैंने अपना हाथ दिखाया और बाबा ने बहुत तरह की बातें बताईं। उसके बाद चित्रा को अपना हाथ दिखाने के लिए कहा।

"अब मुझे इन सब चीजों में विश्वास नहीं है। मैं यह सबकुछ नहीं मानती।" चित्रा ने तेज आवाज में कहा।

"अरे, ठीक है, कोई बात नहीं। मैंने तो बस ऐसे ही कहा था।"

चित्रा जितनी जोर से चिल्लाई थी, उससे मैं समझ गया था कि ऐसी कोई-न-कोई बात थी, जिसने उसे परेशान कर दिया था। चामुंडेश्वरी माता का मंदिर पहाड़ की चोटी पर था। इसलिए हम थोड़ी देर वहीं बैठकर शहर का नजारा देखने लगे, जब चित्रा थोड़ी देर के बाद शांत हुई, तब उसने खुद से ही कहा, "तुम्हारा दोस्त अनुराग बहुत ही अच्छी डायरी लिखता है यार! उसने अपनी लाइफ में आने वाली हर लड़की के साथ गुजारे समय को बहुत ही अच्छे तरीके से लिखा है। कहीं भी उसने जबरदस्ती का रोमांटिक एंगल डालने की कोशिश नहीं की है। मुझे कोई भी डाउट नहीं है कि वह आगे चलकर एक बहुत बड़ा राइटर बनेगा।"

"हाँ चित्रा, वह लोगों की भावनाओं को पकड़ना जानता है। उसके लिए लिखना सिर्फ एक मनोरंजन नहीं है, बल्कि वह उसमें डूब जाता है। वैसे अगर तुम्हें कोई एतराज न हो तो क्या मैं हमारी फोटो अनुराग को भेज सकता हूँ?"

"अरे, मैं तुम्हारी गर्लफ्रेंड थोड़ी हूँ, जो मेरी फोटो भेजोगे।" चित्रा की इसी हाजिरजवाबी का मैं कायल था।

"बात तो सही है, लेकिन दोस्तों की भी तो फोटो भेज सकते हैं न?" मैंने बात को घुमाते हुए कहा।

"अरे यार! लड़कियों की भी प्राइवेसी होती है न?"

"ठीक है, समझ गया मैं।" मैं इससे ज्यादा कुछ नहीं बोला, क्योंकि मुझे मालूम था कि जब लड़कियाँ प्राइवेसी की बात करें तो आगे कुछ भी नहीं बोलना चाहिए।

"वैसे अगर किसी लड़की को डेट पर ले जाया जाता है, तो उसे किसी अच्छी सी जगह पर खाना भी खिलाया जाता है। यह नहीं कि बस उसे पहाड़ों के ही चक्कर लगवाते रहो।" चित्रा ने माहौल को हलका बनाते हुए कहा।

"अच्छा, मतलब तुम मानती हो कि तुम डेट पर आई हो?"

"नहीं, मैंने ऐसा कब कहा, मैं तो बस तुम्हें बता रही थी।"

वह दिन मेरे लिए 24 घंटे का न होकर सिर्फ दो घंटे का ही था, क्योंकि चित्रा के साथ इतना समय बिताकर भी मुझे ऐसा लग रहा था कि जैसे हम कुछ ही पलों के लिए साथ थे।

वापस आकर मैंने अनुराग को सारी बात बताई। साथ-ही-साथ उसे यह भी बताया कि शूटिंग को फिर से दो हफ्तों के लिए टाल दिया गया है। वैसे तो इससे उसके काम पर कोई फर्क नहीं पड़ता, लेकिन उसके सपनों पर जरूर फर्क पड़ रहा था। उसने एक साल से स्क्रिप्ट लिखकर रखी थी, लेकिन उसे सुनने के लिए बड़ा डायरेक्टर वक्त ही नहीं दे रहा था।

अब मैं चित्रा के साथ भी अनुराग की बातें किया करता था, क्योंकि मुझे लगता था कि अनुराग की बातें होने पर चित्रा की आँखों में चमक आ जाती थी। शायद यह इसलिए था कि अनुराग एक राइटर था और चित्रा को पढ़ना बहुत पसंद था। लेकिन मैं इस बात से खुश था, क्योंकि इसी वजह से मैं भी किताबों में दिलचस्पी लेने लगा था।

उसके आने से एक चीज और अच्छी हुई। पिछले दो सालों से मुझे प्रमोशन नहीं मिला था, लेकिन इस नए प्रोजेक्ट की वजह से प्रमोशन के लिए मेरा नाम भेजा गया, साथ में बोनस देने का वादा भी किया गया। उसके साथ कुछ ही हफ्तों में मैंने जितना सीखा, उतना मैं पिछले चार सालों में नहीं सीख पाया था। मैं मानने लगा था कि वह मेरी जिंदगी में लकी चार्म बनकर आई थी। वह मेरी 'बरकत का ताबीज' के जैसे बन गई थी।

□

"भाई अनुराग! तू अगले हफ्ते की टिकट करा ले। अगले हफ्ते हमारी कंपनी के कैंपस में शूटिंग हो रही है। शायद तीन दिन शूटिंग चलेगी।"

"ठीक है, मैं अगले हफ्ते ही आता हूँ। तू किसी तरह से उन्हें मेरी स्क्रिप्ट दिखा देना।"

"हाँ भाई, तू टेंशन मत ले। वैसे आज मैं चित्रा के साथ ऊटी घूमने जा रहा हूँ। शाम तक हम वापस भी आ जाएँगे।"

"अरे वाह! तो बात यहाँ तक पहुँच गई है।" अनुराग ने मुझे छेड़ते हुए कहा।

"ऐसा कुछ नहीं है भाई, अभी तो उसका भरोसा जीतना है।"

"वह भी जीत लेगा भाई तू, चल जा, मजे कर।"

अनुराग से बात करने के बाद मैं चित्रा के पास गया। हमने ऊटी जाने के लिए एक प्राइवेट कार की थी। हमने दिन भर ऊटी में खूब मजे किए। शाम को वापस आते समय ड्राइवर ने कार को एक ढाबे के पास रोका। ड्राइवर को चाय पीनी थी। मैं अपने और चित्रा के लिए भी चाय लेने कार से नीचे उतरा। चित्रा कार की पिछली सीट पर बैठकर मोबाइल चला रही थी। मैं चाय ले ही रहा था, तभी मैंने देखा कि एक ट्रक बेकाबू होकर हमारी कार की तरफ बढ़ रहा था। मैंने जोर से चित्रा को आवाज लगाई। तब तक ट्रक के ड्राइवर ने भी किसी तरह से ब्रेक लगाए, लेकिन फिर भी ट्रक हमारी कार के सामने वाले भाग पर चढ़ चुका था। मैं भागकर गया। उस 20 मीटर को तय करने तक न जाने मैंने क्या-क्या सोच लिया था, लेकिन इसे किस्मत ही कहेंगे कि चित्रा को एक खरोंच तक नहीं आई थी। वैसे वह कार के अंदर फँस गई थी, लेकिन किसी तरह से कार का दरवाजा तोड़कर उसे बाहर निकाला गया। जैसे ही वह बाहर निकली, मैंने उसे कसकर गले लगा लिया। मेरी साँसें बहुत तेज चल रही थीं। लोगों की भीड़ लग

चुकी थी, लेकिन इस बात से बेखबर मैं उसे गले लगाए हुए था।

"यार, तुम्हें नहीं पता कि उन आठ से दस सेकंड में मेरी क्या हालत हुई थी। मुझे लगा था कि मैं शायद तुम्हें वापस देख नहीं पाऊँगा।" मैं हाँफते हुए बोला।

"अभय, तुम्हें पता है, आज से ठीक दस साल पहले 2006 में पापा का ऐसा ही एक्सीडेंट हुआ था। सुबह से ही मैं उन्हें याद कर रही थी। तुम्हें शायद मेरी बातों पर भरोसा नहीं हो, लेकिन मुझे ऐसा लगा, जैसे आज पापा ने सामने आकर ट्रक को रोक दिया हो।"

"मैं समझ सकता हूँ यार, ऐसे अहसास होने की कोई-न-कोई वजह जरूर होती है।"

"वैसे तुम्हें मेरी इतनी फिक्र नहीं करनी चाहिए, अगर मर भी जाती तो क्या होता?"

"चित्रा, मुझे याद है, जब तुमने कहा था कि तुम्हें सहारे की नहीं, साथ की जरूरत है। यार, मैं तुम्हारा साथ बनने के लिए तैयार हूँ। यह साथ किसी दया की वजह से नहीं, बल्कि प्यार की वजह से है। चित्रा, अगर तुम्हारा कभी भी शादी करने का मन हो तो मुझे बता देना। मैं तुम्हारा इंतजार करूँगा।"

"अभय, तुम कुछ ही हफ्तों में मेरे अच्छे दोस्त बन गए हो, लेकिन प्यार और शादी तो बहुत दूर की बात है। मैं तो अभी शादी के लिए सोच भी नहीं रही हूँ और मुझे शादी में भरोसा भी नहीं है, लेकिन अगर किसी दिन तुम मेरा पूरा भरोसा जीत लोगे तो जरूर मैं इस बारे में सोचूँगी, लेकिन अभी मैं तुम्हारे जैसा दोस्त पाकर बहुत खुश हूँ।"

चित्रा की यह बात मुझे खुश करने के लिए काफी थी। वह पूरा हफ्ता हमने अनुराग का इंतजार करते बिताया। मैं शूटिंग में अनुराग की स्क्रिप्ट को ले जाने से पहले ही चित्रा को अनुराग से मिलाना चाहता था, लेकिन जिस दिन अनुराग आया, उस दिन दिन भर चित्रा किसी वजह से हमसे मिलने न आ सकी। उसने अपने न आने की वजह भी नहीं बताई। उसने अगले दिन सीधे मुझे कैंपस के अंदर ही मिलने के लिए कहा।

☐

"क्या यार, तुम अभी तक अनुराग से नहीं मिली हो?" अगले दिन मैंने चित्रा से मिलते ही कहा।

"अभय, अभी अनुराग से मिलने से ज्यादा जरूरी है कि अनुराग की स्क्रिप्ट उस असिस्टेंट डायरेक्टर तक पहुँचानी चाहिए। क्या तुम्हारे पास कोई प्लान है?"

"अरे, उसमें प्लान की क्या बात है! मैं स्क्रिप्ट लेकर जाऊँगा और उन्हें अनुराग के बारे में सबकुछ बता दूँगा। मुझे मालूम है कि अनुराग के बारे में सुनते ही वे उससे मिलने के लिए राजी हो जाएँगे।" मैंने ऐसे कहा, जैसे यह काम मेरे लिए बाएँ हाथ का खेल था।

"तुम्हें यह सब कितना आसान लग रहा है न! चलो ठीक है, तुम जाओ और यह प्लान आजमाकर देखो।"

मैं खुद को होशियार समझकर शूटिंग के ब्रेक में अनुराग की स्क्रिप्ट उनके पास लेकर गया, लेकिन इससे पहले कि मैं उनके पास पहुँच पाता, मुझे उनके सिक्योरिटी गार्ड्स ने रोक लिया। मैंने अनुराग की स्क्रिप्ट दिखाकर उनसे बस दो मिनट का समय माँगने की कोशिश की, लेकिन मुझे उतना भी समय नहीं मिला। मैं रोनी सी सूरत बनाकर चित्रा के पास वापस आ गया।

"कोई बात नहीं अभय! मुझे मालूम था कि यह काम आसान नहीं होगा। अब तुम बस मेरा कमाल देखो!"

अब चित्रा अपना प्लान शुरू करने वाली थी। डायरेक्टर और असिस्टेंट डायरेक्टर थोड़ा ब्रेक लेकर कैंटीन में बैठे थे। वैसे तो उनके पास जाने की इजाजत नहीं थी, लेकिन उनके साथ काम करने वाले लोग काउंटर पर आकर कॉफी लेकर जा रहे थे, अब यहीं से प्लान की शुरुआत होती है।

"अरे, इतनी बड़ी फिल्म शूटिंग चल रही है। कहते हैं कि क्लाइमेक्स का सीन है, लेकिन मजा नहीं आ रहा है यार! इससे अच्छा तो हमारा अनुराग लिख लेता है।"

कुछ इस तरह की बातें कंपनी के दो लोग कर रहे थे। उनकी इन बातों को शूटिंग वाले सुनते हैं, लेकिन वे सुनकर अनसुना कर देते हैं। थोड़ी दूर पर फिर दो से तीन लोगों का ग्रुप बात कर रहा होता है और वे भी यही बोलते हैं कि फिल्म का क्लाइमेक्स कुछ खास नहीं लग रहा है। इससे अच्छा तो हमारी कंपनी में काम करने वाला अनुराग लिखता था। शूटिंग टीम के लगभग हर एक मेंबर के कान में ये बात किसी-न-किसी तरह से पहुँचाई जाती है।

कहते हैं कि जब बार-बार एक ही बात को बोला जाता है तो उसका असर

लोगों के दिमाग पर भी पड़ता है और उन्हें वह बात सच लगने लगती है। शाम होते-होते शूटिंग टीम के सभी मेंबर यह सुन-सुनकर थक चुके थे कि फिल्म की शूटिंग अच्छी नहीं लग रही है। कुछ कमी है इसमें। शाम को यह बात असिस्टेंट डायरेक्टर तक भी पहुँच गई। साथ ही यह भी बताया गया कि किसी अनुराग का नाम बार-बार लिया जा रहा था।

"आखिर यह अनुराग कौन है? यह किस खेत की मूली है? सुबह से बस उसकी बातें ही चल रही हैं। मेरा तो मूड ऑफ हो गया है। उसे एक बार बुलाकर मेरे सामने लाओ। मैं भी देखना चाहता हूँ कि आखिर कौन सी चीज है यह अनुराग।"

हम असिस्टेंट डायरेक्टर के इतना बोलने का ही इंतजार कर रहे थे। चित्रा ने सिक्योरिटी गार्ड को बताया कि वह अनुराग को जानती है और अनुराग से मिला सकती है। इतना सुनकर सिक्योरिटी गार्ड ने चित्रा को असिस्टेंट डायरेक्टर के पास जाने दिया।

चित्रा अनुराग की स्क्रिप्ट के साथ-साथ उसका पूरा पोर्टफोलियो बनाकर ले गई थी। यह उसने अपनी मेहनत से ही बनाया था। जैसे ही वह असिस्टेंट डायरेक्टर के पास पहुँची, उसने अनुराग का वो वाला विज्ञापन दिखाया जो नेशनल चैनल पर आया था। उसके बाद उसने अनुराग की स्क्रिप्ट को दिखाया। डायरेक्टर ने स्क्रिप्ट की कुछ लाइनें पढ़ीं और बोले कि मेरे पास पूरी स्क्रिप्ट पढ़ने का समय नहीं है। शाम को उसे मेरे होटल में भेज देना। उसके पास पाँच मिनट का समय रहेगा, जिसमें उसे स्क्रिप्ट भी सुनानी है और इस फिल्म के क्लाइमेक्स को ठीक करने का तरीका भी।

इस तरह से चित्रा का प्लान काम कर गया था। दरअसल चित्रा ने ही अपने दोस्तों को जगह-जगह फैलाकर ये बातें करने के लिए बोला था। वह एक दिन पहले से सिर्फ इसी काम में लगी थी। उसने कम-से-कम 50 लोगों को खुद कॉल करके यह काम करने के लिए राजी किया था। मैंने तुरंत ही फोन करके अनुराग को इस बात की जानकारी दी। अब हम सभी लोग शाम होने का इंतजार कर रहे थे।

□

"डायरेक्टर बड़ा अकड़ू है। तू जल्दी-जल्दी से अपनी सारी बातें उसे सुना

देना वरना वह गुस्सा हो जाएगा।"

"भाई, तू मुझे हिम्मत देने के बजाय डरा रहा है।" उसने अपनी शर्ट के कॉलर को ठीक करते हुए कहा।

"अरे, डरा नहीं रहा हूँ भाई, लेकिन सच्चाई है ये। चित्रा ने बहुत बड़ी प्लानिंग करके यह मीटिंग करवाई है।"

"ठीक है भाई, लेकिन चित्रा कहाँ है? कल भी वह मिलने नहीं आई।" अनुराग की बातों में थोड़ी नाराजगी थी।

"यार, कल वह इन सबकी प्लानिंग में ही लगी थी। वह घर से निकल गई है। पहुँच ही रही होगी।"

हम यह बात कर ही रहे थे, इतने में चित्रा दूर से आती हुई दिखाई दी। हमेशा की तरह वह मुसकराती हुई पास आई।

"हैलो, तुम अनुराग हो न? अभय दिनभर तुम्हारे बारे में ही बात करता रहता है।" उसने अनुराग की तरफ देखते हुए कहा।

"हैलो, आप चित्रा हो न? अभय दिनभर मुझसे भी आपकी बातें करता है।"

अनुराग की बात सुनकर हम तीनों हँस पड़े, लेकिन उसी समय हमें बताया गया कि असिस्टेंट डायरेक्टर ने अनुराग को पाँच मिनट के बाद अपने रूम में बुलाया है। अनुराग की धड़कनें तेज हो रही थीं। वह लगातार कह रहा था कि अगर नहीं हुआ तो क्या होगा!

"अनुराग, तू पाँच मिनट में ही उन्हें अपना दीवाना बना देना। मुझे मालूम है कि तू कर सकता है।" मैंने उसे समझाते हुए कहा।

"यार, मैं कोशिश तो करूँगा, लेकिन अगर नहीं हुआ तो?"

"फिर वही बात! कोशिश करना क्या होता है? या तो करोगे या नहीं करोगे? अपनी लाइफ को बाइनरी नंबर्स जैसे रखो, जीरो या वन। बीच का कुछ भी नहीं। ज्यादा-से-ज्यादा उन्हें स्क्रिप्ट पसंद नहीं आएगी। इससे दुनिया रुक थोड़ी जाएगी!" चित्रा ने पूरे अधिकार के साथ अनुराग को यह बात कही।

मैं हैरान था कि कुछ मिनट की मुलाकात में ही चित्रा ने अनुराग को ऐसा कैसे कह दिया। अब अनुराग धीरे-धीरे उनके रूम की तरफ जाने लगा था। तभी चित्रा उसके पास जाकर बोली, "डरना मत। बी कॉन्फिडेंट मिस्टर न्यू बॉय!"

अनुराग को डरते देखते हुए चित्रा ने मुझे भी उसके साथ जाने को कहा।

मैं अनुराग के साथ जाने लगा। अनुराग अपनी ही दुनिया में खोया हुआ था। हम असिस्टेंट डायरेक्टर के रूम में पहुँचे, वे हमारा ही इंतजार कर रहे थे।

"अच्छा तो तुम ही हो वो अनुराग, जो तिकड़म करके यहाँ तक पहुँच गए। बेटा, ऐसे खेल मैंने बहुत खेले हैं, लेकिन मैं तुम्हारी तारीफ करता हूँ कि तुम स्टाफ को बेवकूफ बनाने में सफल रहे। हमने भी अपने दिनों में ऐसे बहुत काम किए हैं। हम भी खुद को तुम्हारे जैसा ही अफ़लातून समझते थे। अपनी स्क्रिप्ट सुनाने से पहले चलो मेरी फिल्म के क्लाइमेक्स को अपने तरीके से ठीक करो।"

इतना बोलकर असिस्टेंट डायरेक्टर ने पूरी फिल्म के बारे में जल्दी-जल्दी बताया। अब अनुराग को उसे अपने तरीके से बदलकर दिलचस्प बनाना था। जो अनुराग अभी तक डरकर बैठा था, वह धीमे-धीमे मुसकरा रहा था, फिर उसने बोलना शुरू किया—

"सर, बॉलीवुड की लगभग हर फिल्म में हीरो कितने ही गुंडों को अकेले मार देता है, हम उस पर भरोसा भी कर लेते हैं। आपकी फिल्म में भी कुछ ऐसा हो रहा है, लेकिन कुछ फिल्में 'शोले' जैसी बनती हैं, जिसमें हीरो भी खतरे में पड़ जाते हैं। आपको वह सीन याद ही होगा, जिसमें गब्बर सिंह धर्मेंद्र को बाँधकर अपने ठिकाने पर ले आता है और बाद में अमिताभ बच्चन अचानक आकर उन्हें छुड़ाते हैं। आप भी क्लाइमेक्स के समय हीरो के दोस्त को हीरो से ज्यादा महत्त्व देकर पेश करिए। हीरो के सामने थोड़ी और मुश्किलें रखिए, फिर देखिए कि क्या कमाल होता है!"

अनुराग की यह बात सुनकर असिस्टेंट डायरेक्टर मुसकरा रहे थे। उन्होंने अनुराग का नंबर लिया और वादा किया कि जैसे ही वे अनुराग की स्क्रिप्ट को पढ़ लेंगे, वे अंनुराग को जरूर कॉल करेंगे।

हम दोनों खुशी से बाहर आ रहे थे। बाहर चित्रा हमारा इंतजार कर रही थी। इससे पहले कि मैं चित्रा को कुछ बोल पाता। अनुराग लगभग खुशी से उछलते हुए बोल पड़ा, "थैंक यू सो मच सुचि! चाहे स्कूल में उस कॉम्पिटिशन की तैयारी करानी हो या फिर आज असिस्टेंट डायरेक्टर से मिलना हो। तुमने मेरा हमेशा साथ दिया है।"

"अनुराग, मैं तुम्हारी तरक्की देखकर बहुत खुश हूँ और मेरी वजह से कुछ भी नहीं हुआ है। सबकुछ तुम्हारी वजह से हुआ है।"

"अरे भई, यह चल क्या रहा है? कोई मुझे भी समझा दो?" मैं दोनों की बातें सुनकर समझ ही नहीं पा रहा था कि वे क्या बोल रहे थे।

"भाई अभय, जिस सुचि की कहानी मैंने ट्वेल्थ में लिखी थी, वह तेरी दोस्त चित्रा ही है।" अनुराग ने पूरे उत्साह से बताया।

"लेकिन इतना बड़ा संयोग कैसे हो सकता है?" मुझे भरोसा ही नहीं हो रहा था।

"अभय, शायद कुछ चीजों की प्लानिंग हम नहीं करते हैं। आज से दस साल पहले मैं अनुराग को बिना कुछ बताए अपने मामा-मामी के यहाँ चली आई थी, लेकिन मेरे मन में हमेशा से यह कसक थी कि मैं कभी अनुराग से मिल सकूँ।" चित्रा ने भी उत्साहित होकर सारी बात बताई।

"सुचि, मैंने भी तुम्हें खोजने की बहुत कोशिश की। यहाँ तक कि फेसबुक और इंस्टाग्राम पर भी खोजा, लेकिन तुम कहीं भी नहीं मिली।" अनुराग ने चित्रा से कहा।

"अनुराग, क्योंकि मैं दोनों ही जगहों पर नहीं हूँ और पापा के जाने के बाद तो कुछ साल मुझे खुद को सँभालने में ही लग गए थे, इसलिए भी मैं शायद तुमसे मिलने की कोशिश नहीं कर पाई।" चित्रा ने इतना ही कहा था और मैं बोल पड़ा, "लेकिन अनुराग, तुझे कैसे मालूम चला कि चित्रा ही सुचि है।"

"यार, जब अभी हम असिस्टेंट डायरेक्टर से मिलने जा रहे थे, तब सुचि ने जो बाइनरी नंबर की बात कही थी, वही बात वह स्कूल के समय में भी कहा करती थी। दूसरी बात, जब उसने कहा कि 'बी कॉन्फिडेंट मिस्टर न्यू बॉय'। तो मेरा शक यकीन में बदल गया कि चित्रा ही सुचि है।"

"ठीक है। अब मुझे सब समझ आ रहा है कि कैसे तुम्हारी डायरी पढ़ते ही चित्रा तुमसे मिलने को बेचैन हो रही थी। क्यों उसने कल दिन भर लगाकर तुम्हारे लिए इतनी प्लानिंग की। इस दौरान मुझे भनक भी नहीं लगी कि चित्रा ही अनुराग की पहली गुरु थी, लेकिन बस मुझे एक बात समझ नहीं आ रही है कि चित्रा, तुम सुचि से चित्रा कैसे बन गई? मुझे यह बात जल्दी से समझा दो।" मेरी बात को आगे बढ़ाते हुए अनुराग ने भी पूछा, "हाँ, सुचि! यह सुचि से चित्रा बनने की क्या कहानी है?"

"वैसे तो यह कहानी बहुत लंबी है, लेकिन इसे छोटा करके समझाती हूँ,

जब मैं पैदा हुई तब मेरा नाम चित्रा ही रखा गया था। दरअसल मेरी माँ का नाम चित्राणी था, इसलिए मेरा नाम उनके नाम के जैसा ही रख दिया गया, लेकिन जब मैं तीन साल की थी, तब माँ गुजर गई। उनके जाने के बाद पापा तरह-तरह के ज्योतिषियों के चक्कर में फँस गए। किसी ज्योतिषी ने उन्हें कहा कि हम दोनों को अँगूठियाँ पहननी चाहिए। तो उन्होंने हम दोनों के लिए अँगूठियाँ बनवाईं। किसी ज्योतिषी ने उन्हें यह बताया कि मेरा नाम चार अक्षरों का होना चाहिए और वह 'स' अक्षर से शुरू होना चाहिए। ज्योतिष के मुताबिक अगर ऐसा किया जाता तो मेरी जान को कभी भी कोई खतरा नहीं होता, इसलिए मेरे स्कूल में एडमिशन लेने से पहले उन्होंने मेरा नाम ऑफिशियली 'सुचित्राणी' कर दिया। मुझे यह नाम कभी अच्छा नहीं लगा। इसलिए मैंने ही अपने नाम को आधा करके सुचि कर दिया। इसलिए भले मेरा नाम हर डॉक्यूमेंट में सुचित्राणी था, फिर भी दोस्तों से लेकर रिश्तेदारों तक सब मुझे सुचि के नाम से ही जानते थे, लेकिन एक दिन पापा गुजर गए। मुझे लगता था कि उनके ज्योतिष के प्रयोग हम दोनों को सुरक्षित रखेंगे, लेकिन ऐसा कुछ नहीं हुआ। इसलिए मैंने सारी अँगूठियाँ निकाल फेंकीं और अपना नाम भी वापस चित्रा रख लिया। मुझे ऑफिशियली अपना नाम बदलवाने में काफी दिक्कतें हुईं, लेकिन ऐसा करके मैं खुद को चुनौती देना चाहती थी। मैं साबित करना चाहती थी कि नाम बदलने से कुछ नहीं होता और इस नाम के साथ भी मैं अच्छे तरीके से जिंदा रह सकती हूँ।"

"अब मुझे समझ आया कि क्यों तुमने उस दिन अपना हाथ दिखाने से मना कर दिया था! और हाँ, इस नाम के साथ भी तुम्हें कुछ नहीं होगा, इस बात का सबूत भी हमें पिछले सप्ताह मिल गया है।" मैंने संजीदगी से यह बात कही।

"मैं सच कहता हूँ कि अगर अब असिस्टेंट डायरेक्टर मेरी स्क्रिप्ट को रिजेक्ट भी कर दे तो मुझे कोई फर्क नहीं पड़ेगा। मेरी पहली दोस्त और गुरु मुझे दस सालों के बाद मिल गई है।" अनुराग ने भावुक होते हुए यह बात कही।

चित्रा की आँखों में भी खुशी के आँसू आ गए थे।

"देखो यार, रोना-धोना बहुत हुआ। तुम दोनों को ही मुझे थैंक यू बोलना चाहिए, आखिरकार मेरी वजह से ही तुम दोनों दोस्त मिल पाए। वैसे अनुराग, तुम चित्रा को बता दो कि मैं कितना अच्छा लड़का हूँ और मेरे से शादी करने में भी कोई बुराई नहीं है।" मैंने शरारत भरे अंदाज में यह बात कही।

तब अनुराग तुरंत ही हँसते हुए बोल पड़ा, "सुचि, मैं इसकी गारंटी नहीं ले सकता। अगर आगे चलकर कुछ हुआ, तुम मेरे पास मत आना।"

अनुराग के इतना बोलते ही हम तीनों खिलखिलाकर हँस पड़े।

कुछ इस तरह से यह कहानी पूरी होती है, जिसमें मुझे मेरी मुहब्बत मिली तो अनुराग को उसकी बिछड़ी हुई दोस्त। अच्छा, जाते-जाते यह भी बताता चलूँ कि उस असिस्टेंट डायरेक्टर को अनुराग की स्क्रिप्ट बहुत पसंद आई और उन्होंने अनुराग को एक टी.वी. सीरियल में असिस्टेंट स्क्रिप्ट राइटर बना दिया। चित्रा या सुचि जो भी कह लो, वह मेरे और अनुराग दोनों के लिए ही 'बरकत का ताबीज़' बन गई।

कुछ इस तरह से अनुराग अफ़लातून बन गया। मेरा वाला अफ़लातून नहीं, बल्कि आयुषी वाला अफ़लातून।

वर्तमान

"आंटी, मुझे लगा था कि कम-से-कम पापा आपको तो नहीं जानते होंगे, लेकिन पापा ने तो कहानी की शुरुआत ही आपसे की।" पार्थ ने चित्रा से कहा।

"हाँ बेटा, आपके पापा और मैं बेस्ट फ्रेंड्स हैं। आपके पापा जैसा कोई पापा नहीं है। उन्होंने हर रिश्ते में अपना बेस्ट दिया है।" चित्रा ने गर्व के साथ कहा।

"आंटी, लेकिन यह बताओ, आपने अभय अंकल से शादी कब की और क्या आपको अभय अंकल पर भरोसा हुआ?" रिद्धिमा ने चित्रा से पूछा।

"बेटा, हमने शादी 2019 में की। अभय को मेरा भरोसा जीतने में तीन साल लग गए, लेकिन वह हार नहीं माना। आज देखो, शादी के पाँच साल बाद भी हम कितने अच्छे से रह रहे हैं।" चित्रा ने रिद्धिमा को बताया।

"आंटी, लेकिन आप दोनों तो मैसूर में रहते थे न?" पार्थ ने पूछा।

"हाँ बेटा, लेकिन यह आपके पापा की ही जिद थी कि हमें साथ रहना चाहिए, इसलिए हम पुणे आकर शिफ्ट हो गए।"

"लेकिन आंटी, अब पापा तो हमें मुंबई लेकर जा रहे हैं!" पार्थ ने कहा।

"हाँ बेटा, क्योंकि आपके पापा को उनकी पहली फिल्म मिल गई है। कुछ ही दिनों में उनकी शूटिंग शुरू हो जाएगी।"

जब पार्थ ने यह खबर सुनी तो उसकी खुशी का ठिकाना न था। वह अपने पापा के घर आने का इंतजार बेसब्री से कर रहा था। आखिरकार पार्थ के पापा मतलब अनुराग घर आए तो सभी खड़े होकर तालियाँ बजाने लगे। पार्थ अपने पापा के गले लग गया। एक तरफ अनुराग को समझ ही नहीं आ रहा था कि यह क्या हो रहा है तो दूसरी तरफ आयुषी खुश थी कि उसने पार्थ के दिल में अनुराग की वह

जगह बना दी थी, जो वह हमेशा से डिजर्व करते थे।

कुछ दिनों के बाद अनुराग का बर्थडे था, पार्थ ने अनुराग को एक गिफ्ट दिया। वह गिफ्ट और कुछ नहीं अनुराग की कहानियों की किताब ही थी जिसका प्रिंटआउट उसने निकलवाया था। उसका कवर पेज पार्थ ने अपनी ड्राइंग पेंसिल से बनाया था, पार्थ ने किताब का नाम 'अफ़लातून' रखा।

अब पार्थ बहुत गर्व से अपने पापा के बारे में सबको बताता है। वह कहता है कि इस 'अफ़लातून' किताब को वह बड़ा होकर दुनिया के सबसे बड़े पब्लिशर से छपवाएगा।

वह किताब किसी बड़े पब्लिशर से छपेगी कि नहीं छपेगी, यह तो वक्त ही बताएगा, लेकिन एक बेटे के दिल में उसके अफ़लातून पिता की अच्छी इमेज हमेशा के लिए छप चुकी थी।

□□□